www.blue-panther-books.de

Helen Carter

AnwaltsHure³

Erotischer Roman

www.blue-panther-books.de

BLUE PANTHER BOOKS TASCHENBUCH
BAND 2164

1. AUFLAGE: MÄRZ 2010

VOLLSTÄNDIGE TASCHENBUCHAUSGABE

ORIGINALAUSGABE

COVER: ISTOCK
UMSCHLAGGESTALTUNG: WWW.HEUBACH-MEDIA.DE
GESETZT IN DER TRAJAN PRO UND ADOBE GARAMOND PRO

PRINTED IN GERMANY
ISBN 978-3-940505-47-7

WWW.BLUE-PANTHER-BOOKS.DE

INHALT

»FesselSpiele«
Die Internet-Story

Mit dem Gutschein-Code
HC3TBZITA
erhalten Sie auf
www.blue-panther-books.de
diese exklusive Zusatzgeschichte als PDF.
Registrieren Sie sich einfach online oder
schicken Sie uns die beiliegende
Postkarte ausgefüllt zurück!

Prolog

Es war das absolute Traumkleid. Das eng anliegende Oberteil hatte einen geraden Kragen, der ringsum mit weißem Pelz besetzt war. Von den Schultern fiel eine lange Schleppe. Die elfenbeinfarbene Seide des Kleides ging vom Oberteil direkt in einen weit ausgestellten Rock über, dessen Saum wiederum von Pelz geziert wurde.

Mein Haar war elegant aufgesteckt und ich trug eine mit Diamanten überzogene Tiara, von der ein meterlanger Schleier herabfloss. Selbst in dem wirklich üppig ausgestatteten Rolls Royce fühlte ich mich in diesen Stoffmassen eingezwängt. Rock, Schleier und Schleppe bauschten sich kniehoch, und obenauf ruhte mein Strauß, bestehend aus Orchideen, Freesien, Lilien und Stephanotis, deren betörender Duft mich ebenso einhüllte, wie mein Schleier.

George trug einen grauen Cut und hielt seinen Zylinder auf dem Schoß, wie auch seine silbergrauen Handschuhe aus weichem Leder.

Von Zeit zu Zeit sah er zu mir herüber, lächelte mich aufmunternd an und wandte sich dann wieder dem Londoner Gewühl zu. Fuhren wir langsamer, bemerkte ich wieder und wieder Passanten, die stehen blieben, auf den Rolls deuteten und anerkennende, ja bewundernde Gesten machten.

Mein Herz schlug von Moment zu Moment schneller, je näher wir der Kirche St. Ignatius of Loyola kamen. Es war ein goldener Oktobertag, durchzogen von Sonne und dem in flammenden Farben stehenden Laub der Bäume in der City of London.

»Du machst so ein betrübtes Gesicht ...« Georges Stimme erklang so plötzlich, dass ich erschrak.

»Ja? Ich bin nervös«, sagte ich vorsichtig.

Er lächelte breit und sein Haar funkelte im schönsten Silber.

»Du fürchtest, dass du …«, begann er und drehte bedächtig den Hut auf seinem Schoß, »dass *wir* nicht mehr vögeln werden, sobald du verheiratet bist?«

Ihm zuzustimmen, fiel mir unendlich schwer, doch tief in mir wusste ich, dass er recht hatte. Die Vorstellung, die Frau eines anderen zu sein und meiner überbordenden Lust auf die unterschiedlichsten Männer und auch Frauen, nicht mehr nachgeben zu dürfen, allen voran George, machte mich nervös.

»Mach dir keine Gedanken, meine Süße. Wenn du willst, werde ich dir noch heute Nacht beweisen, dass sich zwischen uns nichts geändert hat«, sagte er mit seiner volltönenden, dunklen Stimme, die einem Gänsehaut über den Rücken und Feuchtigkeit zwischen die Schenkel trieb.

George beugte sich leicht nach vorn, legte seine Hand an mein Kinn und zog mein Gesicht zu seinem hin. Fassungslos starrte ich seine halb geöffneten Lippen an, seine Zunge, die hinter seinen Zähnen ruhte und nur darauf zu lauern schien, in meinen Mund eindringen zu können.

Und wirklich. Er legte seinen Kopf leicht schräg und küsste mich so fordernd und intensiv, als wären wir nicht auf dem Weg in die Kirche, sondern ins Bett. Er schmeckte so vertraut. Nach einer Mischung aus Whisky und Zigaretten. Und dieser Geschmack verband sich mit dem ebenso herben wie edlen Duft seiner Haut. Ein Gentleman von Kopf bis Fuß. Zumindest, was die Pflege und das Äußere anging. Sein Cut saß wie angegossen, was ich bemerkte, als wir vor der Kirche gehalten hatten und ich darauf wartete, dass der Chauffeur mir öffnete.

Die üblichen Schaulustigen hatten sich zu beiden Seiten des Kirchenvorplatzes aufgereiht und harrten nun der Dinge, die da kommen würden. Freundlicher Applaus überraschte mich, als ich ausgestiegen war und mehrere Blumenmädchen sowie die Schneiderin meines Kleides, sich meiner anzunehmen begannen. Offensichtlich freuten sich die Zuschauer, dass sie eine Hochzeit mitbekamen.

Es kam mir wie eine Ewigkeit vor, bis mein Rock glattgezogen war, die Schleppe gerade lag und der Schleier exakt über der Pelzverbrämung ruhte. Mein Strauß war so gebunden, dass er wirkte, als kletterten Blüten- und Efeuranken nicht nur meinen Arm hinauf, sondern auch an meinem Rock abwärts bis zu meinen Füßen.

»Nun? Wie sehe ich aus?«, fragte ich.

George stellte sich so dicht vor mich, wie er irgend konnte bei meinem weiten Rock, betrachtete mich eingehend und sagte dann: »Dein Lippenstift ist kein bisschen verschmiert, falls du das gemeint haben solltest. Und was sich zwischen deinen Beinen abspielt, sieht eh keiner.«

Pikiert presste ich meine Lippen zusammen und sah ihn missbilligend an. Allein sein entwaffnendes Grinsen hielt mich davon ab, ihm eine saftige Ohrfeige zu verpassen.

»Nein. Du siehst umwerfend aus. Wirklich!« Somit hielt er mir gentlemanlike seinen Arm hin, damit ich mich einhängen konnte. Seinen Zylinder trug er in der freien Hand und geleitete mich dann die Stufen zur schönsten Kirche im palladianischen Stil Londons empor. Der Wind wehte warm und bauschte meinen Schleier, der sich gleich einer glitzernden Wolke emporhob. Es war den beiden Mädchen in ihren Seidenkleidern zu verdanken, dass er mir nicht die Tiara vom Kopf zog, oder zumindest meine Frisur zerstörte. Hätte George meinen Arm nicht festgehalten, ich wäre permanent versucht gewesen, die glitzernde Krone auf meinem Kopf festzuhalten.

Wie schwer das Gehen mit einer so langen Schleppe ist, durfte ich nun erfahren, als ich das in goldenes Licht getauchte Kirchenschiff betrat. Jede einzelne Treppenstufe, die hinter mir lag, schien Seide und Pelz festhalten zu wollen. Es kam mir so vor, als läge der lange, rote Teppich Meilen von mir entfernt, während ich unter den neugierigen und begeisterten Blicken der dicht an dicht sitzenden Gäste beinahe verging.

Ich hatte es nie geliebt, im Mittelpunkt der Aufmerksamkeit zu stehen. Es hemmte und bedrückte mich. Doch an solch einem Tag kann man sich unmöglich diesen Blicken entziehen. Und mit jedem Schritt, kam ich dem Mann näher, dem all mein Sehnen, all meine Liebe tatsächlich galt. Jenem Mann, den ich erst hatte finden dürfen, nachdem ich durch eine solche Unzahl von Betten gewandert war.

Und nun ging ich jenem wundervollen Moment entgegen, wo wir vor allen Menschen bekundeten, für immer füreinander da sein zu wollen, zusammen zu gehören gegen alle Widerstände und alle Irrungen.

Vorn am Altar stand er mit seinem Trauzeugen, groß, schlank und ungemein gutaussehend, und sah zu mir hin. Die Tränen, die in seinen Augen funkelten, konnte ich sogar am anderen Ende des Kirchenschiffs erkennen. Der schwarze Frack stand ihm ausgezeichnet. Er betonte seine schlanke Gestalt und seine dunklen Locken, die über seinen Kragen wallten, verführten jede Hand dazu, sie streicheln zu wollen.

»Heute Nacht ...«, wisperte Georges Stimme nur für mich hörbar, »... heute Nacht werde ich zu dir kommen. Wenn sein Samen noch an deinen Schenkeln klebt, werde ich deine Möse lecken und dich zum Schreien bringen.«

Augenblicklich errötete ich bis unter die Haarspitzen, nahm nichts und niemanden mehr wahr, spürte nur noch Georges entschlossene Hand, die mich ein wenig nach vorn drückte, bevor er selbst zur Seite hin abging. Vater und Sohn nickten sich kurz zu, und dann setzte George sich in die erste Bank.

Derek aber beugte sich zu mir herab und mit seiner Stimme umfloss mich gleichzeitig der wundervolle Duft seiner Haut und seines Atems. »Du siehst so atemberaubend aus ... Oh, Gott. Ich bin froh, dass dieser wundervolle Körper jetzt nur noch für mich da ist.« Dereks olivengrüne Augen ruhten auf mir und wäre es nicht unsere Hochzeit gewesen, ich hätte diesen Blick gierig genannt.

»Kein anderer Mann wird mehr seine Hand auf deine Haut legen«, umgaben mich seine Worte, während ich zu George hinübersah. Sein Blick war starr auf mich gerichtet. Nicht einmal ein Blinzeln durchbrach diese stählerne Verbindung unserer Augen.

»Du wirst keinen anderen Ständer mehr lecken und keine anderen Finger als meine werden dein geschwollenes Fleisch von jetzt an reiben«, hörte ich Derekt sagen.

George sah perfekt aus in seinem Anzug, unter dessen maßgeschneiderten Stoff ich jeden Inch Haut kannte, bis hinab zu seinem wunderbaren Schwanz, den ich schon so oft genossen hatte. Mein Herz zog sich zusammen.

»Kein anderer Finger als meiner wird sich in deine gierige Rosette bohren, und nur für mich wirst du von jetzt an stöhnen.«

Ich dachte an Alexander mit seiner wächsernen Haut und seinem schwarzen Haar. An Jay und seine Fähigkeit, nicht nur Frauen, sondern auch Männer in den siebten Himmel der Wollust zu befördern. An Lord Richard Abershire, der mich zum ersten Mal als Kunde verwöhnt hatte und den ich wieder und wieder auch als Freund genossen hatte.

»Keine anderen Lippen werden deine Nippel einsaugen ...«

Cal, mein elfengleicher Jüngling, von dem ich glaubte, dass ich ihn in die körperliche Liebe einführen würde und der stattdessen mich gelehrt hatte, welche Wonnen auch ein unerfahrener, aber neugieriger Liebhaber einer Frau zu schenken in der Lage ist.

Alles in mir vibrierte, zog und zerrte. Plötzlich meinte ich, die Hände all jener verflossenen Liebhaber an mir zu spüren. Ihre Stimmen, die auf mich einredeten, keinen Fehler zu machen. Nichts zu tun, was ich nur bereuen würde. Und über all diesem Zerren und Raunen stand George. Groß, schlank, ein Gentleman. Machtbewusst, einflussreich, vermögend. Der erfolgreichste Anwalt Londons stand dort in der Kirchenbank und sah mich an. Wie ein Lehrer. Ein gewaltiger Lehrer. Mit wissenden Augen.

»Derek ... ich ...«, mehr bekam ich nicht heraus. Ich raffte meinen voluminösen Rock und drehte mich um. Die ersten Schritte ging ich noch ganz normal, ruhig, beinahe besonnen. Doch dann begann ich zu rennen. Ich rannte und rannte. Der Teppich nahm kein Ende. Meine Füße schmerzten. Menschen ... immer mehr Menschen ... immer mehr Reihen ... Schweiß rann über mein Gesicht, verwischte meine Schminke. Das Kleid schien Tonnen zu wiegen, und die Schleppe verhakte sich wieder und wieder in den kunstvoll geschnitzten Bänken. Um freie Hände zu haben, warf ich meinen Strauß soweit ich konnte von mir. Mädchen und Frauen sprangen auf. Versuchten johlend und schreiend die Blumen zu erhaschen. Voller Panik schaute ich hinter mich und sah den Strauß, der – gleich einem Spielball – gefangen und wieder in die Luft geworfen wurde. Die Blüten rissen ab und stoben in die Luft. Frauen stießen sich gegenseitig zur Seite. Eine richtiggehende Schlacht entbrannte um den Strauß, der längst in Fetzen gerissen worden war. Mein

Rock hing fest. Ich packte ihn mit bebender Hand und zerrte wie eine Verrückte an ihm, doch ich bekam ihn nicht los.

»Emma! Warum tust du mir das an?«, rief es hinter mir verzweifelt, und ich blickte mich zu Derek um, der fassungslos am Altar stand und unfähig war, mir zu folgen oder mich umzustimmen. Nur George ... der trat aus der Bank und kam gemessenen Schrittes auf mich zu, während ich dafür sorgte, dass mein wundervolles Kleid nach und nach zerriss.

»Endlich bist du zur Vernunft gekommen«, sagte er so laut und deutlich, als sei es das Ehegelöbnis. Dann legte er seine Hände an meinen Ausschnitt, holte Schwung und zog ihn mit einem Ruck herab. Meine Brüste hüpften geradezu aus meiner weißen Spitzencorsage und mit erigierten Nippeln wippten sie auf und ab. Im gleichen Moment, da jeder meine vollen, weißen Brüste sehen konnte, hoben wild läutend die Kirchenglocken an.

Ich schrie gellend und schnellte hoch. Mir war eiskalt und der Schweiß überzog meine Haut. Mein Nachthemd klebte an meiner Haut und trug zu dem unangenehmen Gefühl bei, das mich einhüllte, seit ich aus meinem Traum erwacht war. Die Kirchenglocken, eben noch meine Schande in die Welt dröhnend, hatten sich unversehens in eine penetrant klingelnde Türglocke verwandelt.

Mist! Das war Danny, der mich zu meinem nächsten Job abholen sollte und ich hatte ihn vollkommen verschlafen ... So etwas ärgerte mich maßlos! Im Rennen warf ich mir meinen Morgenmantel über.

Er sah etwas verblüfft aus, als ich die Tür öffnete und noch halbnackt war, doch nachdem ich ihm alles erklärt hatte, nickte Danny und lächelte. Perfektes Bild eines Upperclass-Chauffeurs, dem nichts so schnell die Ruhe raubte. Nicht mal eine unpünktliche Nutte.

Irgendwo durch London

Es war der wärmste November, an den ich mich erinnern konnte. Die Sonne brannte heiß vom Himmel und man wusste nicht, ob die braunen Blätter, die von den Bäumen fielen, dies aus Trockenheit taten oder weil der Jahreszeitenkreis sich schloss.

Ich sah aus dem Fenster des sich lautlos durch den Londoner Verkehr schlängelnden Rolls Royce. Zufrieden streckte ich meine Beine aus, die in ganz ungewohnten Kniestrümpfen steckten. Dazu hatte ich flache Loafers gewählt und einen dunkelgrauen Faltenrock. Eigentlich hätte ich gern die weiße Bluse weiter geöffnet, die ich trug, und auch die Krawatte etwas gelöst, doch ich wusste, dass ich bald wieder aussteigen würde und dann müsste ich meine Kleidung wieder neu ordnen.

Nicht ganz unglücklich war ich über die Tatsache, dass ich heute keinen String tragen musste, denn die meisten dieser Stücke zwickten doch beträchtlich.

Ich genoss das Gefühl des handschuhweichen Leders an meiner Haut. Wohin man seine Hand in diesem Wagen auch legte, man berührte Luxus. Leise klassische Musik schwebte aus unsichtbar angebrachten Lautsprechern und umhüllte mich. Den kleinen Monitor vor mir hatte ich ausgeschaltet, denn ich musste mich nicht extra in Stimmung bringen. George und ich schauten hier oft zusammen Pornos und trieben es dabei im Fond des Rolls miteinander, doch ich fühlte mich auch so sexy genug. Der dreißig Jahre alte Whisky aus der Bordbar hatte sein Übriges zu meiner ruhig-lasziven Stimmung beigetragen. George, der Anwalt für den ich arbeitete, und der mir seinen Wagen samt Chauffeur Danny zur Verfügung stellte, wenn ich zu meinen Dates mit seinen Klienten fuhr, war in keinerlei Hinsicht knausrig oder gar geizig.

Ich verwöhnte seine Kunden und dafür verwöhnte er mich. Mittlerweile seit drei Jahren. Und seine Bezahlung war weiß Gott nicht schlecht. Immerhin finanzierte ich mir mit diesem Job ein bemerkenswertes Apartment in Kensington und einen nicht ganz bescheidenen Lebensstil.

Draußen hasteten die Leute zur Tube, der Londoner Untergrundbahn, oder zu ihrem Bus. Sie mussten sich mit irgendwelchen Chefs herumschlagen, die sich für den Nabel der Welt hielten, während ich hier im Rolls saß und für einen Mann arbeitete, der nicht nur großzügig war, sondern auch noch ein fantastischer Liebhaber – wenn ich mir auch schon vor langer Zeit den Gedanken abgeschminkt hatte, jemals tiefere Gefühle in ihm zu wecken. George lebte für sein Geschäft und für seine Kunden. Und was Sex anging, so sah er nicht ein, es sich wegen einer einzigen Frau mit allen zu verderben.

Ich hatte mich, wie gesagt, daran gewöhnt und akzeptierte seine Haltung. Zudem genoss ich den Sex mit den unterschiedlichsten Leuten mindestens ebenso sehr wie er …

Danny brachte den Rolls vor einem jener Häuser zum Stehen, die ich mittlerweile sehr gut kannte: Stadtvillen, die im vorletzten Jahrhundert erbaut worden waren und zwei Weltkriege relativ gut überstanden hatten. Georges Kanzlei befand sich in einem ebensolchen Haus. Ich fühlte mich etwas angespannt, als ich die Ledertasche über die Schulter warf und mich winkend von Danny verabschiedete, der hier warten würde, bis ich wieder herauskam. Die warme Luft stand beinahe, und ich war über ihre Intensität verblüfft, denn sowohl der Rolls als auch mein Apartment in Kensington waren klimatisiert. Ich zog an dem messingfarbenen Klingelgriff und gleich darauf wurde die massive, schwarz lackierte Tür aufgezogen und ein Mann mittleren Alters in einem perfekt sitzenden Anzug begrüßte mich. Aus Erfahrung wusste ich, dass es sich bei diesem distinguierten Herrn keineswegs um meinen Klienten handelte, sondern vielmehr um dessen Butler.

»Miss Emma Hunter?«, fragte er mit ruhiger Stimme, wobei uns beiden klar war, dass er sehr wohl wusste, um wen es sich handelte, da ich in Schulmädchenaufmachung vor ihm stand. »Sie werden erwartet.«

Welch wunderbarer Satz, der sich leider immer auf einen Kunden bezog. Zumindest in meinem Leben.

Er führte mich durch eine elegante Empfangshalle, deren Boden in schwarz-weißem Schachbrettmuster gehalten war und öffnete eine gegenüberliegende Tür. Zu meiner Verwunderung passierten wir einen wunderschönen Salon, an dessen rechter Seite ein Feuer im offenen Kamin prasselte und so meine herbstliche Stimmung, die mich in diesem Haus erfasste, unterstrich. Offensichtlich hatte das Personal Order, die Feuer zu einem bestimmten Zeitpunkt anzuzünden und sich nicht am Wetter zu orientieren.

Der Butler blieb vor einem langgestreckten Gebäude stehen, dessen Fenster mit schwarzem Tuch verhangen waren. Er öffnete eine Tür im vorderen Bereich der Längsseite und ließ mich eintreten.

»Bitte ...«, sagte er leise.

Ich ging an ihm vorbei in die Düsternis des merkwürdigen Gebäudes. Mein Magen zog sich leicht zusammen und ich fragte mich, wie oft ich bis jetzt Glück gehabt hatte mit meinen Kunden, und wann das erste Mal wäre, dass mir mein Glück nicht mehr so gütlich gesinnt wäre.

George checkte zwar die Männer vor jedem Date, aber wirklich sicher konnte man sich nie sein. Und dieses schwarzverhängte Haus roch zumindest intensiv nach Gefahr. Ich schluckte hart und tastete mich so lange in der leicht abgestandenen Luft voran, bis sich meine Augen an das Dämmerlicht gewöhnt hatten. Verblüfft hielt ich vor dem Wagen einer U-Bahn. Ein original Tube-Waggon stand in diesem Gebäude. Nun erklärte sich auch die langgezogene Bauweise.

Ich hatte schon viele exzentrische Dinge gesehen, seit ich für George arbeitete, aber so etwas war selbst mir noch nicht untergekommen. Schmunzelnd stand ich da, versunken in der Betrachtung dieses Gefährts und fühlte mich in eine »Avengers«-Folge versetzt, die stets nur so von irgendwelchen Exzentrikern strotzten, die sich ihre eigene Welt gezimmert hatten.

Plötzlich – ich musste es mit meinem Eintreten ausgelöst haben, doch fiel es mir erst jetzt auf – war ich von der Geräuschkulisse einer echten Tube umgeben. Stimmen von Menschen waren zu hören und das Scharren ihrer Füße. Nur die Menschen selber fehlten. Mit einem Mal erfasste mich ein heftiger Zugwind, zauste mein Haar, verstummte und die Tür des Abteils vor mir öffnete sich.

Ohne zu zögern bestieg ich den Waggon.

»Mind the gap!«, ertönte es über mir. »Stand clear of the doors!«

Außer mir gab es noch zwei Fahrgäste im Wagen. Ein junger, gut aussehender Typ im dunkelblauen Anzug mit braunem, akkurat geschnittenen Haar, einen Aktenkoffer zwischen den Füßen, und der sich an einer Schlaufe festhielt, die von der Decke hing, und einen anderen Mann, der auf einer Bank unterhalb des Fensters saß. Neben ihm befand sich eine niedrige Wand, die ihn von jenen trennte, die auf seiner Seite ein- oder ausstiegen. Er hatte einen ziemlichen Bauchansatz, der über seinen Gürtel drängte, während sein Oberkörper zur Seite lehnte. Er schien zu schlummern. Seine Aktentasche hatte er auf dem Schoß. Neben ihn setzte ich mich und drückte meine Schulmappe gegen meine Brust.

Die Bahn ruckelte und die Fahrtgeräusche drangen an mein Ohr. Hätte ich es nicht besser gewusst, ich wäre mir vollkommen sicher gewesen, dass ich mich in einer wirklichen Tube befand auf dem Weg irgendwo durch London.

Nach ein paar Minuten, in denen mich der appetitliche Angestellte ausgiebig mit seinen Blicken gemustert hatte, hielt der Wagen. Ein heftiges Rucken. Der Mann neben mir grunzte, als sei er gerade unfreiwillig geweckt worden. Dann öffnete sich die Tür und ein weiterer Mann im Anzug kam herein. Ein Japaner!

Passt, dachte ich mir, denn ich hatte gerade einen Artikel in der »Times« gelesen, dass es ein großes Problem in Japan sei, dass immer wieder Frauen in den dicht gedrängten Bahnen angegrabscht würden. Suchend blickte er sich um. Altersmäßig ordnete ich ihn zwischen den beiden bereits Anwesenden ein. Er musste so Anfang fünfzig sein und mir wurde bewusst, dass ich es in meiner ganzen Karriere noch nie mit einem Asiaten getrieben hatte. Er war mittelgroß und schlank. Die Geschmeidigkeit seiner Bewegungen deutete an, dass er sich sportlich betätigte. Sein Haar war nach hinten gekämmt, dicht und schwarz, aber mit hohen Geheimratsecken, was ihn eine Idee älter wirken lassen mochte, als er tatsächlich war. Alles in allem machten seine kupferfarbenen Züge einen ebenso wachen wie intelligenten Eindruck auf mich und ich war gespannt, wie er wohl vögeln mochte.

Der Junge sah zu ihm hin. Seine Wangen überzogen sich mit einer leichten Röte, was ihm den Eindruck eines gut geschrubbten Kirchgängers gab.

Die Türen schlugen zu, heftiges Rucken und schon ging es

wieder los. Es war merkwürdig, aber ich wusste auf einmal, auch wenn ich die drei nicht ansah, dass sie mich sehr wohl beobachteten. Die Luft schien förmlich in dem Abteil zu vibrieren und die Vibration setzte sich in meinem Unterleib fort. Meine Nippel wurden hart und ein Sirren lief über die Haut meiner Arme. Ich spürte, wie sich die kleinen Härchen aufstellten.

Als der Wagen um eine Kurve kreischte, rutschte der Schlafende leicht gegen mich. Sein Knie drückte gegen meines. Jetzt musste ich das scheue Reh geben. Also klappte ich beide Beine zur anderen Seite. Er brummte etwas, hielt aber die Augen geschlossen und drückte sich dann so gegen mich, als wollte er an meiner Schulter weiterschnarchen. Schnell erhob ich mich, dabei rutschte meine Tasche zu Boden. So musste ich mich bücken, wobei ich den beiden anderen Männern einen Blick auf die Ränder meines Slips gönnte. Dann streckte ich meinen Arm nach oben, um ebenfalls einen Haltegriff zu schnappen. Doch ich hatte Pech, ich war zu klein, um daranzureichen. Allerdings sorgte nun die Bahn dafür, dass ich gegen den Japaner gedrückt wurde. Er hielt mich fest, indem er mir seine Hand gegen die Pobacken presste. Mit einem erschrockenen Fiepen richtete ich mich auf und sah ihn vernichtend an.

»Nehmen Sie Ihre Hand da weg!«, kommandierte ich.

»Da?«, gab er zurück und schob seine Finger unumwunden in mein Höschen.

Schnell presste ich meine Schenkel zusammen, wand mich etwas und machte dann einen Schritt zur Bank hin, von wo mir aber bereits neues Ungemach drohte, denn der angeblich Schlummernde hob meinen Faltenrock frech hoch und begutachtete meinen Slip.

Jetzt blieb mir nur noch der Hübsche. Hilfesuchend sah

ich ihn an. »Sehen Sie, was dieser Mann sich herausnimmt?«

Dieser legte seinen Kopf leicht schräg und folgte den Blicken des Sitzenden. »Er sieht sich doch nur deine Möse an. Was ist daran so schlimm? Es wäre doch viel schlimmer, wenn der da ...«, er deutete mit dem Kopf zu dem Pograbscher hin, »... deine Titten anfassen würde.«

Das war das Stichwort. Der so angesprochene Japaner trat schwankend auf mich zu und packte mit festem Griff meine rechte Brust. Sofort drängten meine Nippel gegen die Spitze meines BHs.

»Ihre Warzen stehen schon ...«, stellte er zufrieden fest.

Ich riss mich entschieden los, wenn ich auch in Wahrheit am liebsten alle drei gleichzeitig an mir hätte rumspielen lassen. Doch noch musste ich meine Rolle einhalten.

»Wenn ihre Nippel stehen, könnte ihre Möse feucht sein«, erklärte der Dicke.

»Probieren Sie es doch aus«, sagte der Japaner und packte meine Oberarme, die er energisch nach hinten zog, während der Junge meine Beine festhielt. Ich wehrte mich ebenso schwach, wie erfolglos, indem ich meinen Unterleib immer wieder nach vorn stieß. Und schon tauchte der Dicke seine Finger zwischen meine Schamlippen. Ich musste keuchen, denn die Luft, die sich noch in meinen Lungen befand, schien nicht mehr auszureichen. Vor lauter erschrockenem Genuss ließ ich mich in die Arme der beiden Männer sacken, die mich auch sofort mit festem Griff auffingen. Der Junge war inzwischen zu meinen Armen gewechselt.

»Seht ihr – das mag sie!«, feixte der Dicke und begann, meine Klit im Slip heftig zu wichsen. Ich machte noch ein paar scheinheilige Ausweichbewegungen, wobei ich mich bereits vollständig diesen Händen hingab. Zu dritt streichelten sie meine Schenkel, öffneten von hinten meine Bluse und hoben meine Brüste aus den BH-Körbchen. Der Japaner schob seine Hände unter meinen Achseln durch und manipulierte meine Nippel zwischen seinen Fingerspitzen, indem er sie permanent hin- und herrollte.

Ohne nachzudenken legte ich meinen Kopf in den Nacken und atmete den Duft nach herbem Rasierwasser des Japaners ein. Meine Neugierde auf ihn kannte kaum noch Grenzen und am liebsten hätte ich ihm meine ganze Aufmerksamkeit gewidmet. Was natürlich nicht ging, denn ich wusste ja gar nicht, wer überhaupt mein Auftraggeber war. Und selbst wenn, ich wurde dafür bezahlt, es mit allen dreien zu treiben!

»Oh, bitte ...«, flehte ich. »So lassen Sie mich doch los. Ich bin doch keine Nutte.« Ich konnte mir mein Grinsen kaum verkneifen.

Der Dicke nahm meinen Fuß und stellte ihn auf die Bank. Dann zog er meinen Slip zur Seite und inspizierte mein feuchtes Fleisch. Es erregte mich maßlos, so gehalten zu werden und die kühle Luft über meine glühende Möse streichen zu fühlen.

»Keine Nutte? Dafür bist du aber ganz schön saftig!«

»Kosten Sie doch mal von ihr!«, ermunterte ihn der Japaner und seine Stimme war tief, ein wenig rauchig vielleicht.

»Gute Idee«, stimmte der Junge zu, der offensichtlich auch etwas sagen wollte.

Abwehrend drängte ich nach hinten, was aber nur dazu führte, dass ich meinen Hintern gegen den Unterleib des Asiaten drückte und so im gleichen Augenblick spürte, dass dieser eine ziemlich heftige Erektion hatte. Gerade so, als wollte er diesen Umstand überspielen, begann er jetzt, meine Brüste heftig zu kneten. Seine Hände waren weit größer und kräftiger, als ich gedacht hatte und so walkte er mein weiches Fleisch in alle Richtungen.

Ich zuckte zusammen, als sein Atem kühl durch mein Haar wanderte und gegen meinen Hals schlug. »Kommst du mit der Zunge an deine Nippel?«

Schnell beugte ich meinen Kopf herab und streckte meine Zungenspitze so weit heraus, wie ich nur irgend konnte, während er meine Brüste hart nach oben und damit meiner Zunge entgegenpresste. Doch es war umsonst. Ich erreichte sie nicht.

»Nein? Dann helfe ich dir, meine Prinzessin.«

In seinen Worten schwang eine unglaubliche Zärtlichkeit mit, die ich überall, aber niemals an einem solchen Ort, in solch einem Moment erwartet hätte. Er beugte sich sacht herab und saugte meine erigierten Warzen zwischen seine Lippen. Und im gleichen Moment, da er mich zu saugen begann, stieß die Zunge des Dicken zwischen meine Fleischlappen. Ich schrie auf und warf mich nach hinten, tat ein paar verzweifelte Paddelbewegungen, die etwas wie Gegenwehr symbolisieren sollten, und presste mich so nur noch dichter an meinen Nippel-Knabberer.

Sein dickes Haar schabte über die weiße Haut meiner Brüste, wo sich die Linie meines Badeanzug-Oberteils nur allzu deutlich abzeichnete.

»Du hast wundervolle Brüste, meine Prinzessin. So groß und voll. Sie werden hüpfen vor Freude, wenn ich dich reite.«

Meine Säfte umflossen die Zunge des Dicken zwischen meinen Schenkeln bei der Vorstellung, endlich einen Schwanz in meinem Loch zu haben.

»Wer will sie zuerst ficken?«, fragte der Japaner, der offensichtlich den Ton angab und den ich deswegen auch für den eigentlichen Auftraggeber hielt. Der Dicke war noch mit meiner Klit beschäftigt, die er heftig mit Mittel- und Zeigefinger wichste. Mit nass glänzendem Kinn sah er zu uns auf.

»Ficken? Sie meinen, Sie wollen mich besteigen? Oh – aber doch nicht alle?!«, stieß ich ängstlich hervor.

Mein Mösenlecker legte seine Finger zu einer Tüte zusammen und setzte sie an meinem Loch an. »Ich will erst sehen, wie gedehnt ihre Möse ist«, stellte er entschieden fest.

»Um Himmels Willen ... nein! Doch nicht alle Finger!«, fiepte ich, was den Jungen zum feixenden Kommentar ermunterte: »Oh, sie ist wohl noch Jungfrau!«

Ich schenkte ihm einen vernichtenden Blick und das Grinsen sackte aus seinem Gesicht. *Sei froh, wenn du deinen überhaupt reinstecken darfst, Bürschlein*, dachte ich bösartig.

Und schon spürte ich die heftige, wenn auch nicht unangenehme Weitung meines Loches. Jetzt konnte ich endlich schreien. Ich blickte an mir herab und sah seine Hand in mir arbeiten. Ohne es richtig einordnen zu können, spürte ich doch, dass er mich innerlich mit seinen Fingern rieb. Mit geschlossenen Augen, in den Armen des Japaners hängend, tobte mein Unterleib über der Hand dieses wunderbaren Masturbatoren. So unscheinbar der Kerl auch aussah, aber was seine Finger im Unterleib einer Frau anstellen konnten, suchte wirklich seinesgleichen. Ich stöhnte und jammerte. Ein Orgasmus begann den nächsten zu jagen und ich genoss die Art und Weise, wie all diese Hände meinen Körper aufzulösen schienen.

Mit einem kaum noch zu leistenden Schwung stellte ich auch mein zweites Bein auf die Bank und war so in der Lage, seine Finger auf das Beste zu benutzen.

Erst als ich keuchend und kraftlos dahing, hatte mein dicker Wichser ein Einsehen und zog seine Hand aus meiner Pussy zurück. Es war der Japaner, der meinen Sturz verhinderte, indem er mich in trainierten Armen auffing.

»Okay, ziehen wir sie aus!«, war alles, was ich durch meine

fast tauben Ohren hörte. Und schon fiel meine Bluse und auch mein Rock war nur noch ein grauer Stofffleck am Boden.

»Komm! Lutsch meinen Schwanz«, sagte der Dicke und hob mir seinen Unterleib entgegen, während er gleichzeitig seinen Gürtel öffnete und seine Hose herunterschob.

Der Japaner drückte mich auf die Knie und zog meine Arme nach hinten. So kippte ich ein wenig nach vorn, praktisch direkt mit dem Gesicht über die Erektion des Dicken.

Ich öffnete meine Lippen soweit ich konnte und nahm den mächtigen Prügel in mich auf. Der Sitzende warf den Kopf zurück und stöhnte auf. »Nein ... nein ... das halte ich nicht aus! Ich muss sie ficken«, jaulte er, stieß mich unsanft von sich und bedeutete mir, was ich tun sollte.

Sofort verstand ich und stieg über ihn. Während ich von hinten von meinen beiden anderen Liebhabern gestützt wurde, konnte ich meine Möse über seinen Ständer stülpen.

Mit weit auseinandergenommenen Knien und in der Hocke kauernd, bewege ich meinen Unterleib auf und ab. Der Dicke stöhnte und keuchte, während von hinten endlich wieder jemand meine Titten ergriff und zu walken begann. Jetzt kam der Junge zum Zug. Er kniete sich hinter mich auf den Boden, zog meine Arschbacken auseinander und begann meine Rosette heftig zu lecken. Mühsam versuchte ich, sie nicht zu verkrampfen, wo doch die Hübe des Dicken immer heftiger wurden und ich dagegenhalten wollte, um seine Lust noch mehr zu steigern.

»Jetzt ... jetzt ...«, gellte es plötzlich und dann erstarrte mein sitzender Liebhaber.

Meine Beine waren steif und verkrampft, während ich die sanft meinen Hals küssenden Lippen des Japaners genoss, der mich nach wie vor hielt und mir auch dabei half, von der Bank herunterzusteigen. Der Samen des Dicken floss an meinen Schenkeln herab.

»Bist du bereit?«, fragte der Asiate ruhig und ich nickte, wenn meine Knie auch noch immer heftig zitterten. »Setz dich.«

Der Japaner öffnete seine Hose und ließ sie herabgleiten. Er trug eng sitzende, graumelierte Boxershorts, die seine goldene Haut betonten und auch die Muskeln, die sich unter dieser Haut bewegten. Er raffte sein weißes Hemd vor dem Bauch zusammen, sodass der Stoff nicht über seinem Ständer herabhing. Dann schob er seinen Unterleib so weit nach vorn, dass ich seinen Steifen ganz dicht vor mir hatte.

Nach der recht anstrengenden Nummer in der Hocke, war ich nicht undankbar, dass ich mich jetzt einfach auf die Bank setzen konnte und so wackelte ich mit meinen Beinen auf und ab, um die angespannten Muskeln wieder zu lockern. Der Japaner bemerkte dies und unterdrückte nur mühsam ein Schmunzeln.

Sein Ständer war nicht überwältigend groß, aber auch nicht so klein, wie ich schon gehört hatte. Eigentlich hatte er gerade die richtige Größe. An der Basis erhob er sich aus einem dichten, schwarzen Lockengekräusel und zur Eichel hin wurde er schmaler. Sanft massierte ich seine Eier, die glatt und kühl in meiner Hand lagen. Dass es ihm gefiel, merkte ich an der Art, wie er meinen Rhythmus mit seinem Unterleib aufnahm. Jetzt beugte ich mich vor. Die Lust auf seinen Harten wurde beinahe übergroß und ich musste mich bremsen, dass ich ihm erst zärtlich den Schaft entlangleckte und ihn nicht sofort komplett in meinem Rachen verschwinden ließ.

So schob ich meine Zungenspitze langsam unter seine eng zulaufende Vorhaut und schmeckte das Duschgel, das er offensichtlich benutzt hatte und das seinen ganzen Körper umgab.

Er zuckte leicht zusammen, als ich seine Eichel unterwanderte und dann bis in das kleine »Mäulchen« vorstieß, das seine Kuppel zierte. Seine Bewegungen wurden intensiver. Fordernder. Also öffnete ich meinen Mund und nahm ihn so tief in mich auf, wie ich nur irgend konnte.

Dabei betrachtete ich seine Schamhaare, die in einer dichter werdenden Bahn bis zu seinem Nabel verliefen. Es prickelte in mir und ich war versucht, meine Rolle der benutzten Unschuld zu verlassen, ihm sein Hemd auszuziehen und ihn nach Leibeskräften zu reiten. Nein, ich hatte noch nicht genug! Noch lange nicht!

Da griff der Dicke wieder ein und drückte meinen Hintern hoch. Er gab mir so zu verstehen, dass ich ihm meine Möse zum Lecken darbieten sollte, was ich auch tat. So vornübergebeugt, die Beine weit auseinandergestellt, blies ich den Japaner, während mir der Dicke mit größtem Geschick die Pussy schleckte. Er ging sogar so weit, meinen Kitzler anzusaugen, dass das Blut in ihn hineinschoss. Ich stöhnte laut auf, was meinen asiatischen Liebhaber noch mehr auf Touren brachte. Doch anstatt immer schneller in meinen Mund zu stoßen, beugte er sich zu mir herab, legte seine Hand unter mein Kinn und hob meine Lippen zu den seinen empor. Und während ich so seinen Schwanz auf- und abrieb, was er mit seinen Hüben unterstützte, küssten mich seine Lippen hingebungsvoll. Er hielt die Augen geschlossen und legte alles Gefühl in die Intensität dieser Berührung.

Doch auch der schönste Kuss endet mal, und dieser tat es, indem der Japaner sich aufrichtete und auf einer der Bänke Platz nahm. Der Dicke entließ mich sofort, als er erkannte, dass nun ein erneuter Stellungswechsel angesagt war.

»Lasst sie uns zu zweit ficken«, schlug der Asiate vor.

Doch der Dicke winkte ab. »Mein Kleiner ist noch nicht wieder so weit. Der Junge soll mitmachen, und mich kann sie in der Zeit blasen«, schlug er pragmatisch vor.

Jetzt war wieder meine Rolle gefragt. »Bedeutet das, Sie wollen mich gleichzeitig in den Hintern und in die Möse ficken?«, piepste ich mit ziemlich übertriebener Verzweiflung.

Doch ich bekam keine Antwort. Stattdessen wurde ich unsanft zu der Bank gestoßen, wo mein Liebhaber seinen Harten mit der Hand hielt, damit ich mich besser auf ihm niederlassen konnte. Da meine Möse klitschnass war, gestaltete sich der Versuch als ziemlich schwierig. Es galt, ruhig zu bleiben und den Hintern zurückzustrecken, wo ich auch schon einen deftigen Klecks Gel über meine Spalte gespritzt bekam. Der Junge stand hinter mir und verrieb das Gleitmittel ebenso unsanft, wie er mich an meinen Platz bugsiert hatte. Entweder fehlte ihm jegliche Erfahrung oder er erfüllte ebenfalls bloß seine Rolle.

Was jetzt kam, hatte weniger mit sexueller Lust zu tun, als mit der akrobatischen Erfüllung der Fantasien meiner Liebhaber.

Musste ich doch mit meinen Knien so weit auseinandergehen, dass meine Pussy tief über dem Ständer des Japaners lag, während der Junge in die Knie ging, damit er seinen Schwanz in meinen Hintern schieben konnte.

Und bei allem musste ich aufpassen, dass ich weder den einen noch den anderen aus meinem Loch verlor.

Als ich dann aber die richtige Position ausgemacht hatte, begann ich die Übung sehr zu genießen. Der Japaner kam mit seinem ungewöhnlich geformten Schwanz bis zu den unglaublichsten Stellen meines Unterleibs. Er stieß Punkte in meinem Inneren an, die noch nicht einmal ich selbst gekannt hatte. Und diese Erregung, gepaart mit dem Gefühl absoluten Ausgefülltseins in meinem Arsch, war umwerfend.

Es fiel mir unendlich schwer, ruhig zu bleiben und nicht der Gier nachzugeben, wie wild zu rammeln.

Der Japaner nutzte die Gelegenheit und saugte meine Nippel ein, die verführerisch vor seinem Gesicht hin- und herbaumelten. Mit großer Kunstfertigkeit saugte und leckte er mich so, dass mein ganzer Körper, der eigentlich doch nur der Spielball der männlichen Lust war, zu einem Kokon aus Erregung wurde. Von meinen Zehenspitzen, bis zu meiner Kopfhaut prickelte und glühte mein Körper. Das Brennen in meinem Unterleib, von dem ich nicht mehr wusste, ob es aus Schmerz oder aus Lust geboren war, breitete sich über mich aus wie eine lebendige Decke, ja – wie eine zweite Haut.

Sie fickten mich ohne Unterlass und schlussendlich stieß mir auch der Dicke noch seinen Riemen in den Mund. Es war der Junge, der als erster aufgab und den anderen signalisierte, dass er kurz davor war, abzuspritzen. Daraufhin zogen sich die drei aus meinen Öffnungen zurück. Ich aber legte mich so gut es ging flach auf die Bank und bot meinen geschundenen Körper ihren erigierten Läufen dar. Der Junge spritzte erwartungsgemäß als erster ab, während die beiden anderen noch genüsslich über mir wichsten.

Doch auch sie brauchten nicht mehr lange und so wand ich mich bald in Strömen warmen Spermas, das auf mein Gesicht, meinen Bauch, meine Vulva und meine Titten abgeschossen worden war.

Und nun gestattete ich mir auch, aus meiner Rolle zu fallen, und rieb genüsslich den dicklichen Saft in meine Haut, leckte wieder und wieder meine Finger ab und spielte sogar noch ein wenig mit meiner Möse, die an diesem Abend scheinbar nicht satt zu bekommen war.

Meine drei Liebhaber ordneten geschäftsmäßig ruhig ihre

Kleidung, zogen ihre Hosen hoch und schlossen ihre Krawatten, bis die Straßenbahn wieder anhielt. Dann stiegen der Junge und der Dicke aus. Der Japaner blieb an der Tür stehen, hielt sich an der Griffschlaufe fest und verließ erst bei der nächsten Haltestelle die Bahn.

Nun quälte auch ich mich auf meine Beine, die keinerlei Kraft mehr hatten. Wie dringend sehnte ich mich da nach einer schönen heißen Dusche, wenn nicht gar einem duftenden Vollbad.

Etwas dümmlich wartete ich mit durchweichten Schulmädchenkleidern an der Tür, bis die Bahn ruckte und die Türen sich öffneten. Ein letztes »Mind the gap ... Stand clear of the doors« und ich stand im Halbdunkel des Gebäudes, in dem die Tube untergebracht war. Ein Quietschen vom Band, dann die Geräusche der sich entfernenden U-Bahn. Vorsichtig tastete ich nach der Ausgangstür und befand mich im Handumdrehen im Park der Villa meines Auftraggebers.

Es war mittlerweile stockfinster und ich orientierte mich an dem matten Schein der Lichter hinter den Fenstern des Gebäudes mir gegenüber. Der Garten erschien mir jetzt noch viel erfüllter vom Duft des lauen Herbstabends als bei meiner Ankunft. Zu gern hätte ich eine Bank gesucht, doch es gab keine. Also folgte ich einer Eingebung des Augenblicks und setzte mich kurzerhand auf den Rasen. Die Ellenbogen hinter mich geschoben, ließ ich den Kopf nach hinten gleiten und betrachtete das Spiel des Mondscheins in den lichtwerdenden Baumkronen über mir. Es umgab mich ein leicht modriger Duft, jene Mischung aus zergehendem Laub und durchfeuchteter Erde, die so nur der Herbst kennt.

Ich dachte an meinen japanischen Liebhaber und bedauerte ein wenig, dass ich ihn nicht mehr wiedersehen würde. Weiß der Himmel, an welcher »Haltestelle« er ausgestiegen war ...

»Willst du eine Zigarette?«, ertönte es plötzlich irgendwo in der Dunkelheit über mir, und ich erschrak, glaubte ich mich doch allein in dem nächtlichen Garten.

Noch ehe ich antworten konnte, hielt mir jemand eine Zigarette hin. Ich schob sie zwischen meine Lippen und versuchte gleichzeitig, die Stimme einzuordnen. Bevor ich zu einem Ergebnis gelangt war, tauchte aus dem Dunkel das Gesicht meines Japaners auf. Eine kleine Woge aus Freude schwappte über mich hinweg.

»Du warst wirklich gut. George hat nicht übertrieben, als er sagte, du wärst seine Beste.«

Überrascht sah ich ihm dabei zu, wie er sich neben mir auf dem Boden niederließ.

»Wie heißt du?«

»Emma.«

»Wie Emma Peel ...«, schmunzelte er, und ich sah, dass das Lächeln über sein ganzes Gesicht wanderte, wobei es eine tiefe Kerbe zwischen Nasenflügel und Oberlippe hinterließ.

»Genau so. Nur nicht so kampferprobt. Und du?«

»Nenn mich einfach Yasu. Mein Vorname ist zu lang. Außerdem musst du ihn dir sowieso nicht merken, nicht wahr?«

Es befremdete mich ein wenig, dass er jetzt jeglichen Körperkontakt zu meiden schien. Er saß zwar neben mir, doch achtete er offensichtlich darauf, dass wir uns nicht berührten.

Ich machte den Test, indem ich mich leicht zur Seite lehnte, woraufhin er förmlich zurückwich. Das musste ich akzeptieren. Also keine Folgenummer hier draußen unter dem vollen Mond. *Schade eigentlich*, dachte ich und nahm es dennoch hin.

»Mit dir hat McLeod eine gute Wahl getroffen. Du hast mir bereits in dem Moment gefallen, als ich dich das erste Mal gesehen habe.«

»Lass mich raten«, unterbrach ich ihn, denn er hatte bereits Luft geholt. »... du mochtest meine Augen so.«

Er lächelte und schüttelte den Kopf, wobei die Zigarette in seinem Mundwinkel hängenblieb. Das Mondlicht funkelte in seinem dichten ebenholzfarbenen Haar und faszinierte mich.

»Nein, deine Titten. Sie waren so groß und voll. Anders als die Brüste japanischer Frauen. Und ...« Er schwieg und seine Fußspitzen scharrten im Kies wie bei einem Pennäler, was ihn noch anziehender machte, denn offensichtlich war er verlegen.

»Und was?«, half ich ihm auf die Sprünge.

»Deine Bewegungen. Ich habe dich beobachtet. Sie waren so ... irgendwie elegant. Nur deine Hand zu sehen, wie sie auf dieser Sitzlehne lag, da dachte ich nur noch daran, was diese Hand alles mit mir tun könnte ...«

Yasu hielt die Zigarette mit beiden Händen zwischen seinen Knien, sein Gesicht war zum Boden gerichtet. Jetzt machte ich einen Zug. Wie merkwürdig, einen Mann zu erleben, der mich so gevögelt hatte wie Yasu, und so empfindsam war und von meinen verführerischen Bewegungen sprach. So etwas hatte ich noch nicht erlebt. Aber es war schön. Ich empfand plötzlich eine gewisse Melancholie bei dem Gedanken, ihn wahrscheinlich nicht mehr wiederzusehen.

»Kann ich dir noch was anbieten ... außer einer Zigarette?«

Ich schüttelte den Kopf und stand auf.

»Eine Dusche?«

»Nein danke. Sehr nett. Aber mein Fahrer wartet draußen.«

»Tja, dann ...« Er hatte sich ebenfalls erhoben. »Vielleicht sehen wir uns ja mal wieder ...«

Jetzt, da ich gehen wollte, klang seine Stimme, als wollte er mich doch noch halten. Sogar die Art, wie er plötzlich eine Hand zum Boden streckte, interpretierte ich so, als wollte er sich erneut auf den Rasen setzen.

Obwohl ich eigentlich nichts mehr hatte sagen wollen, hielt ich inne und hauchte verhalten: »Ja. Das wäre schön.«

Was für ein seltsamer Mann, dachte ich. *Er scheint immer das Gegenteil von mir zu tun.*

»Wärst du so lieb und würdest mir den Ausgang zeigen?«

»Natürlich«, sagte Yasu und führte mich sicheren Schrittes in die Villa, wo uns schon der Butler entgegenkam.

»Verzeihen Sie, Sir ... Madam ... ich hatte nicht gehört ...«

»Schon gut, Hutchence«, beschwichtige Yasu. »Wir schaffen das schon allein.« Damit schob er seine Hand seltsam vertraulich in meine Armbeuge und führte mich quer durch die Halle zur Haustür, wo er stehenblieb und mir nachsah, die Zigarette leger in der abgewinkelten Hand, bis ich im Wagen saß.

Aus irgendeinem Grund unterließ ich das Winken, zu dem mich ein erster Impuls beinahe gebracht hätte.

***

Ich dümpelte in meiner Badewanne. Wie immer hatte ich das Wasser mit duftendem Rosenbadezusatz angereichert, dessen Duft nun das Badezimmer erfüllte. Mit einer gewissen Wehmut dachte ich in diesem Moment an mein altes Apartment zurück, an das winzige Zimmer mit den Probetütchen, die ich bei »Boot's« geschenkt bekommen hatte und die ich benutzte, weil ich mir keinen Badeschaum hatte leisten können.

Aus dieser kleinen Bruchbude, umgeben von unbezahlten Rechnungen und mit einem Räumungsbescheid auf dem durchgesessenen Sofa, hatte George mich förmlich gerettet und dafür gesorgt, dass ich in dieses luxuriöse Apartment einziehen konnte, das er mir sogar schenkte.

Ich war zufrieden mit meinem Leben. Sehr zufrieden sogar. Der einzige Schmerz, den ich in dieser hinter mir liegenden

Zeit gekannt hatte, war jener, erkennen zu müssen, dass ich George niemals würde haben können. Denn nur, weil ich mich in ihn verliebt hatte, war ich überhaupt in der Lage gewesen, diesen Job von ihm anzunehmen: Mit Männern gegen üppige Bezahlung ins Bett zu gehen, um sie so für die Gespräche und Verhandlungen mit ihm zu entspannen.

George war verheiratet und würde es bleiben, und er schlief mit jeder, die ihm gefiel. Auch das würde so bleiben.

Gerade in dem Moment, da ich an ihn dachte, klingelte das Telefon und gleich darauf sprang meine automatische Bandansage an. Nach dem Pfeifton herrschte einen Moment Stille, dann tönte Georges Stimme durch die Wohnung. »Na, eigentlich solltest du ja zu Hause sein, meine Süße. Aber wahrscheinlich amüsierst du dich gerade. Ich will da nur insoweit stören, als dass ich dir ankündigen wollte, dass wir beide morgen eine kleine Landpartie machen. Wir sind zu Lord Chesterbourgh eingeladen. Nach Darrenby Hall. Ich hole dich gegen zehn Uhr ab. Vielleicht wird ein Job draus. Ich denke, er ist scharf auf dich. Aber ... lassen wir uns überraschen.« Wieder der Pfeifton, dann herrschte Stille.

Chesterbourgh ... ich kannte ihn. Ein alter Schwerenöter. Anfang siebzig, Typ Bilderbuch-Landedelmann, dabei hinter jedem Rock her. Ein Bonvivant wie George und wunderbar im Bett.

Ich tauchte unter und prustete dann das Wasser mit dem Duft handgepflückter provenzalischer Rosen in die Luft. Ein wunderbarer Tag lag vor mir.

Blowjob

Die Nacht lag schwer wie Blei auf der Stadt. Der Himmel war bedeckt, sodass keine Sterne auszumachen waren.

Dass neben mir ein Wagen langsam meinen Schritten folgte, bemerkte ich erst, nachdem er kurz Gas gegeben und dann gehalten hatte. Eine Tür ging auf und ich fragte mich, ob ich nach Straßenstrich aussah.

»Miss Hunter? Miss Emma Hunter?«, fragte ein Mann mit schwerem schottischen Akzent aus der Tiefe des Wagens.

Ein ungutes Gefühl machte sich in meinem Magen breit und ich hielt so gut es ging Abstand. Gerade so, dass ich ihn noch verstehen konnte. Aber woher zur Hölle kannte der Typ meinen Namen?

»Ja«, antwortete ich knapp, solange ich nicht wusste, um was es ging.

»Mr McLeod sagte mir, dass ich Sie hier antreffen würde.«

»Und?«, erwiderte ich noch nicht sehr viel gesprächiger.

»Ich würde gern Ihre Dienste in Anspruch nehmen«, sagte er höflich.

»Aha. Ich bin aber müde und es ist spät. Außerdem komme ich gerade von einem sehr heftigen Fick.«

Nein, ich war nicht um freundliche Kundenorientierung bemüht. Dass ich Danny weggeschickt hatte, um die letzten Straßen zu Fuß zu gehen, ärgerte mich mittlerweile, und das bekam der Typ nun ab.

»Das macht nichts, Miss Hunter. Es ist nichts Aufwendiges. Nur ein kleiner Blow Job.«

Der Mann war geduldiger und besser erzogen, als ich erwartet hatte. Er sah gut aus und ich besaß eine Schwäche für Luxuslimousinen. Zumal, wenn es sich um einen solchen Maybach handelte, in dem selbst ich relativ selten durch die Gegend fuhr. George war konservativ. Er bevorzugte seinen Rolls Royce. Das Gewagteste, was er bereit zu akzeptieren war, war eine moderne Variante des Rolls Royce »Ghost«.

»Also gut«, sagte ich gelangweilt und stieg ein.

Die Tür war noch nicht richtig zu, als sich der schwere Maybach in Bewegung setzte. So leise, so bewegungslos, dass man praktisch nicht einmal merkte, dass man fuhr. Mein Gast – oder war er doch eher Gastgeber – verlor keine Zeit. Ich hatte mich noch nicht angeschnallt, da schob sich seine Hand bereits unter meinen Rock. Das Kribbeln in meinem Unterleib zeigte mir, dass die hinter mir liegende Nummer mich noch nicht komplett gesättigt hatte. Offensichtlich war das, was George meinen »Sexdrive« nannte, doch ziemlich stark. Ich öffnete meine Schenkel und legte gleichzeitig meine Hand auf die Beule in seiner Hose. Er war mir ganz offensichtlich nicht abgeneigt.

»Kann ich Ihnen einen Drink anbieten?«, unterbrach er die beginnenden Zärtlichkeiten.

»Whisky«, sagte ich.

Jetzt lächelte er, drückte einen kleinen Knopf, und zwischen uns öffnete sich geräuschlos eine Minibar.

Mit einem tiefen Blick in meine Augen reichte er mir mein Glas und im gleichen Moment hielt er seines in die Höhe und sagte etwas, das klang wie »Sländsch«. Mein fragender Blick erwischte ihn und mit überraschtem Ton erklärte er mir: »Das heißt Gesundheit. Schlicht und ergreifend.« Auf einmal mochte ich diesen schweren schottischen Akzent, der so merkwürdig archaisch in dieser Limousine wirkte.

Es war ein hervorragender Whisky.

Während ich den ersten Schluck auf meiner Zunge zerfließen ließ, hielt ich den Mann mit Blicken fest. Er hatte einen anziehenden Mund und sein Gesicht war nicht weniger attraktiv, wenn er auch keine außergewöhnliche Schönheit war. Um ihm zu zeigen, dass ich umarmt werden wollte, beugte ich mich zu ihm hinüber. Sofort reagierte er, indem er den Kopf schräg legte und seine Lippen auf meine presste. Meine Brüste spannten in meinem knappen Mieder und meine Finger umklammerten seinen von Sekunde zu Sekunde härter werdenden Schaft. Oh, ich würde es genießen, ihn hier auf diesen cremefarbenen Ledersesseln kommen zu lassen. Ich stellte mir vor, wie seine helle Sahne aussehen würde, wenn sie von meinen Fingern und meinen Lippen auf das wertvolle Leder tropfte. Es gab keinen Zweifel, dass er wusste, wie man eine Frau anmachte, denn sein Zeigefinger rieb jetzt beständig meine Spalte, wenn sich auch mein Slip noch über diese empfindsamste Stelle zog.

»Hey, du bist ja schon feucht ...«, gurrte er in seinem kehligen, schottischen Tonfall.

Nun wanderte seine Hand aufwärts und begann, meine Brüste zu kneten. »Ich liebe es, wenn bei Frauen alles Natur ist. Und deine Titten sind so groß und ... Letztens hatte ich eine, die hatte Silikon-Brüste. Oh, verdammt. Das hat sich angefühlt, als würde man mit den Bällen seiner Kids fummeln.«

Lachend gingen wir abermals in den Infight und küssten uns heftig. Doch gerade, als ich meinen Rock hochgeschoben hatte und mich über seinen Schoß kniete, überrollte mich eine Woge aus Müdigkeit. Nie zuvor hatte ich so etwas erlebt. Schnell leerte ich meinen Whisky und stellte ihn in die Bordbar. Die Welle war verebbt. *Gott sei Dank*, dachte ich. Es hätte doch ziemlich viel ruiniert, wäre mein Kopf beim Blasen auf seinen Bauch gekracht und ich hätte zu schnarchen begonnen.

»Alles klar?«, wollte er wissen, denn offensichtlich war ihm meine Veränderung aufgefallen.

»Ja, ja. Perfekt«, sagte ich, doch meine Stimme klang nach heftigem Nuscheln. Und im gleichen Moment zog sich das Wageninnere zusammen. Es kam auf mich zu und ging dann wieder zurück. So verwandelte sich der Wagen in beinahe pulsende Materie. Dabei dachte ich, wie merkwürdig das doch sei, ein pumpendes Auto …

Mich auf meinen Job konzentrierend rieb ich meine Spalte über seinen Schritt, während er sein Gesicht zwischen meine Brüste drückte und dabei schnaufte.

Da verschwamm plötzlich die ganze Welt vor meinen Augen. Das Wageninnere blutete seine Farben aus. Die Helligkeit schien sich zu verwaschen und dann wurde alles dunkel.

Wie aus wolkenumwogter Ferne nahm ich eine Stimme mit schwerem schottischem Akzent wahr: »Schlafen Sie? Schlafen Sie schon, Miss Hunter?«

Erwachen

Von meinem Bett aus sah ich Felsen. Heidekraut. Ginsterbüsche. Dazwischen die schmutzig-weißen Wollkugeln der Schafe.

Schottland. Da ich selbst in Nordengland aufgewachsen war, hatte ich oft die Ferien mit meinen Eltern an den schottischen Lochs verbracht. Ich kannte und liebte diese ebenso karge wie archaische Landschaft.

Was war nur geschehen? Wie ich mich auch zu erinnern versuchte – ich hatte einen kompletten Filmriss seit dem Moment, als ich im Maybach eingeschlafen war. Meine Kehle wirkte wie zugeschnürt und mein Magen knurrte. Vorsichtig richtete ich mich auf und sah mich um. Das Zimmer war definitiv größer als mein Wohn- und Schlafzimmer zu Hause. Das Mobiliar bestand aus einem wuchtigen Himmelbett, in dem ich lag, einem riesigen Schrank, der wie der Eingang zu einem Mausoleum aussah, und einem Schreibtisch.

Auf dem Schreibtisch lag meine Tasche. Sie hatten mich also nicht beklaut? Gegenfrage: Seit wann klauten Leute, die Maybach fahren, einer Nutte den Geldbeutel? Das war so absurd, dass ich beinahe darüber gelacht hätte.

Ein Hotel war das nicht. Es gab keine Bibel im Nachttisch. Apartment? Kein Apartment der Welt war so eingerichtet und besaß statt Tapeten Stoffbespannungen an den Wänden. Meine Knie waren noch weich, doch eher vom leeren Magen, als von dem Betäubungsmittel, das man mir mit Sicherheit in den Drink gemischt hatte.

So stand ich also auf und inspizierte zuerst mal meine Handtasche. Abgesehen von meinem Handy, befand sich noch alles darin. Ich sah mich um. Es gab drei Türen. Die erste führte in ein üppiges Badezimmer mit einer riesigen, altmodischen Wanne, die zweite war abgeschlossen und die dritte ging zu einem langgezogenen Flur, von dessen stark abgelaufenem Teppich ein leicht muffiger Geruch aufstieg. Den Flur hinunterzugehen, wagte ich noch nicht. Also zog ich mich wieder in das Zimmer zurück und stellte mich ans Fenster.

Die herrlichste Landschaft, die man sich nur denken konnte, breitete sich vor meinen Augen aus. Eine nicht mehr sehr kräftige Wintersonne leuchtete über grauen Felsbrocken, die sich durch die grüne Landschaft hindurch nach oben gedrückt hatten. Lila Farbflecken, wo die Heide sich strahlend an die Steine schmiegte.

Für mich gab es keinen Zweifel mehr: Ich war in Schottland, wo man Schlösser noch Schlösser nannte, und nicht in dieser merkwürdig übertrieben untertreibenden englischen Art »Houses«.

Mit bebenden Händen testete ich, ob das Fenster zu öffnen war und Augenblicke später drang frische, kühle Luft zu mir herein und überströmte dabei mein Gesicht und meinen Körper. So weit als möglich lehnte ich mich hinaus und erkannte, dass ich tatsächlich in einem Schloss war. Es bestand aus dem gleichen grauen Stein, der sich überall in der Landschaft zeigte und wirkte dadurch sicherlich aus der Ferne, als handele es sich bei dem Bauwerk nur um eine weitere, beeindruckende Felsformation.

Wie ich aber so dastand und auf eine Hügelkette hinausblickte, deren Spitzen bereits mit Schnee überpudert waren, empfand ich eine Mischung aus Besorgnis und Zorn. Man hatte mich betäubt und hierher gebracht. Wieso aber hatte man das getan? Verliefen Entführungen so? Aber welche Entführer setzten ihr Opfer in ein wunderschönes Zimmer in einem echten Schloss?

Es konnte nicht anders sein: Es musste sich um eine Verwechslung handeln. Doch dies schied aus, denn wenn ich genauer nachdachte, hatte der Fremde im Maybach ja meinen Namen gekannt und gewusst, welchen Job ich machte. Er hatte es also durchaus auf mich abgesehen gehabt. Das war kein Zufall gewesen. Vielleicht ein perverser Sex-Gangster, der durch George von mir gehört hatte und nun seine kranken Spielchen mit mir treiben wollte.

Wie ich das Erlebte auch hin- und herdrehte – es gab keine logische Erklärung für die Vorgänge. Lösegeld konnte niemand ernsthaft für mich fordern. Meine Mutter war seit vielen Jahren tot und mein Vater besaß wahrlich keins. Ginge heute sein Kühlschrank kaputt, hätte er kein Geld für einen neuen. Er müsste es sich bei mir holen. Ich hatte zwar ein großartiges Apartment, aber das hatte George mir geschenkt. Und ja, ich verdiente als Gespielin seiner betuchten Kundschaft nicht gerade schlecht, aber mein Lebensstil war auch – vorsichtig gesagt – aufwendig.

Also: Lösegeld? – Fehlanzeige!

Ich hatte nur zwei Dinge, auf die ich mich verlassen konnte: Meine Tatkraft und meinen »Sexdrive«. Und mit eben dieser Tatkraft im Gepäck trat ich vor den großen Spiegel an der Wand, warf mein Haar nach hinten und marschierte dann auf den Gang hinaus. Diese merkwürdigen Entführer wollte ich kennenlernen.

Im Rückblick kann ich sagen, dass mein Verhalten natürlich ein anderes gewesen wäre, hätte ich mich in irgendeinem Loch wiedergefunden. Vielleicht an Händen und Füßen gefesselt und misshandelt. So aber fühlte ich mich gestärkt von dem Wissen um die gute Behandlung und, so absurd es auch klingen mochte, die Tatsache, dass der Typ aus dem Maybach durch George auf mich gekommen war. Mittlerweile rechnete ich im Übrigen eher mit einer neuen Sex-Spiel-Variante, als mit einer wirklichen Bedrohung.

Der Flur war düster. Nur in großen Abständen hingen kleine Lampen an den Wänden, denen der Staub auf den Schirmen auch den letzten Rest an Helligkeit raubte. Zwischen den Lampen hing immer ein sorgfältig gerahmter Druck, meist mit Jagdszenen. Nach der Wanddeko zu urteilen, befand ich mich also in einem jener Zimmer, die in Filmen immer den weniger wichtigen Gästen zugeteilt wurden. Je näher man in diesen Schlössern den Haupträumen kam, desto üppiger und kostbarer wurde auch die Wanddekoration. Ich ging also den Flur mit vorsichtigen Schritten hinunter, wobei ich angestrengt bei jeder meiner Bewegungen auf etwaige Geräusche von sich nähernden Personen lauschte.

Doch alles blieb still.

So ließ ich denn den Gang hinter mir und orientierte mich bei meinem Weg an dem Ausblick, der sich bot, wenn ich durch die Fenster schaute.

Wie es schien, musste ich mich dem Hauptteil nähern, denn beim Blick nach unten fiel mir auf, dass jetzt mit Kies bestreute Wege auftauchten. In der Ferne sah ich eine breite Straße, die sich wie ein anthrazitfarbenes Band über die Hügel hinzog und auf das Schloss zuzulaufen schien. Tannen und Rhododendron-Büsche wiesen auf die gestaltende Hand eines Gärtners hin. In meinem Innersten drängte es mich, schneller zu gehen, doch meine Vernunft bestand auf Vorsicht. Inzwischen waren aus den Drucken an den Wänden kleinere Gemälde geworden. Und in einer merkwürdigen, aber vielleicht auch gewollten Parallelität zu der wertiger werdenden Dekoration im Innern, wandelte sich auch die Außenanlage. Rabatten zogen sich nun unter den Fenstern hin, zunächst noch zurückhaltend bepflanzt, bald aber bunter werdend und schließlich in einer Art floralem Crescendo vor dem Haupteingang jene Gäste umfließend, die hier mit ihren Limousinen vorfuhren.

Und wie meine Blicke auf dieses Portal fielen, das von einem auf Säulen ruhenden Vordach überragt wurde, befand ich mich auf einer Empore, die rund um die gewaltige Eingangshalle führte. Über meinem Kopf spannte sich eine gewaltige, mit riesigen Gemälden verzierte Decke. Die Seitenwände zierten überlebensgroße Porträts irgendwelcher historischer Ahnen. Die Damen in üppig wallenden Röcken, die Herren mit den elegantesten Uniformen. Und zwischen diesen Gemälden standen Ritterrüstungen, als gelte es, die archaischen Ursprünge des Geschlechts in Erinnerung zu halten.

Meine Finger umklammerten den Handlauf der Ballustrade, während ich auf den steinernen Boden hinabblickte. Hallende Schritte ließen mich zurückschnellen. Ich wollte bereits in Deckung gehen, als ich eine tiefe, beinahe grollende Stimme meinen Namen rufen hörte. »Miss Hunter?«

Es gab keinen Zweifel. Der Entführer aus dem Maybach! Ertappt beugte ich mich wieder ein wenig nach vorn und sah, dass der Mann mittlerweile in die Mitte der Halle getreten war und mit weit aufgerissenen Augen zu mir nach oben schaute. »Miss Hunter! Könnten Sie bitte runterkommen? Mr MacNeill würde gern mit Ihnen sprechen.«

Seine Stimme schien noch immer nachzuhallen, während ich leicht schwankend die mächtige Treppe hinunterging. Eine Treppe, wie gemacht für Scarlett O'Hara. Nur, dass die sich sicherlich nicht so hätte festklammern müssen, wie ich, da ich offensichtlich eine gewisse Höhenangst entwickelte.

Am Fuß der Treppe nahm mein Entführer mich in Empfang. Doch anstatt meine Hände zu fesseln, streckte er mir die seine entgegen und verkündete herzlich: »Thomas O'Leary, Miss Hunter. Oder darf ich Emma sagen?«

Für einen Mann, dessen Schwanz ich schon so gut wie im Mund gehabt hatte, war er auffallend zurückhaltend ...

Was für eine Entführung war das denn?

»Mister O'Leary ...«, erwiderte ich perplex.

»Ich darf Sie ins Kaminzimmer begleiten? Mr MacNeill hat einen leichten Luncheon für Sie herrichten lassen. Sie sind sicher hungrig.«

Er war so eifrig wie ein neu eingestellter Diener. Seinen vornehmen Anzug vom Vortag hatte er gegen eine legere Jeanshose und ein Polohemd getauscht. Noch immer sah er distinguiert aus und attraktiv. Dabei war er eher der Typ, den man sah, wahrnahm und gleich wieder vergaß.

Wir durchquerten die Halle, wobei mein Kopf von all den Fragen sirrte, die ich stellen wollte. Doch da er offensichtlich vorhatte, mich dem Boss vorzuführen, schenkte ich mir das.

Thomas hielt mir die Tür auf und ich blickte in einen herrlichen Raum, der seinem Namen wirklich alle Ehre machte. In einem wunderschönen rustikalen Kamin prasselte ein behagliches Feuer, vor dem man einen wuchtigen, ledernen Ohrensessel aufgestellt hatte. An der Seite gab es eine passende Club-Couch, über die ein Foulard geworfen worden war. In dem Sessel saß ein Mann, der meinen Atem stocken ließ. Seine langen Beine waren lässig übereinander geschlagen, während seine Hände gefaltet auf seinem Bauch ruhten. Sein dunkelblondes Haar glitt in leichten Wellen bis weit über seine Schultern und lenkte den Blick fast von seinem ruhigen, ovalen Gesicht ab. Die gesamte Erscheinung mir gegenüber schien einem anderen Jahrhundert entsprungen. Lediglich die enge blaue Jeans und das um einen Knopf zu weit geöffnete schwarze Hemd erinnerten daran, dass MacNeill sehr wohl in unser Jahrhundert gehörte. Er mochte Anfang, Mitte dreißig sein, hatte aber die Aura eines älteren Mannes.

Als er mein Näherkommen bemerkte, erhob er sich und begrüßte mich mit Handschlag. »Miss Emma Hunter ... Ich habe schon viel von Ihnen gehört. Es freut mich, Sie kennenzulernen.«

Meine Zunge drückte sich durch meine zusammengepressten Zahnreihen. So viel konnte es nicht sein, denn er hatte noch keinen Ständer, dachte ich und musste beinahe lächeln. »Ich wollte, ich könnte das Gleiche von Ihnen sagen, Mr MacNeill.«

Der hochgewachsene Mann deutete mit einer eleganten Handbewegung auf einen kleinen Tisch, wo sich ein Tablett mit Essen befand. Mein Blick fiel auf appetitlich präsentierten kalten Braten, französisches Weißbrot, Salat und auch auf Wein. Mein Magen knurrte so laut, dass es selbst Scotland Yard hätte hören müssen, und doch lehnte ich das Essen ab. Stattdessen starrte ich MacNeill so feindselig wie nur irgend möglich an, was mir fast ebenso schwer fiel, wie die Ablehnung des Essens.

»Sie sollten etwas zu sich nehmen ...«, beharrte er.

»Danke. Aber wie Sie sehen, bin ich keine geübte Geisel. Ich werde nicht jeden Tag betäubt und entführt. Deswegen falle ich auch gleich mal mit der Tür ins Haus und frage, was das alles hier soll. Hätten Sie mich einfach eingeladen ...«

»... wären Sie wohl kaum gekommen«, vervollständigte er meinen Satz.

Ich wollte etwas ungemein schnippisch Geistreiches zu ihm sagen, doch es fiel mir nichts ein. Nur, dass ich mich nicht bedroht fühlte, stellte ich beruhigt fest.

»Ich bin Ihnen eine Erklärung schuldig«, sagte er ruhig.

Und ich antwortete: »Das ist ein unkonventioneller Schritt für einen Entführer. Daher gehe ich mal davon aus, dass Sie auch noch nicht so geübt sind. Erfahrene Entführer pflegen ihren Geiseln wohl keine Erklärungen abzugeben.«

Mit gesenktem Kopf trat er an einen kleinen Servierwagen, auf dem sich diverse Flaschen befanden, zusammen mit Soda, Eis und Gläsern. Er goss sich Brandy ein und trank langsam.

»Ich habe Sie hierher holen lassen, weil wir ihre Hilfe brauchen.«

»Ich kann nicht behaupten, dass diese Entführung gerade durchschnittlicher wird«, gab ich etwas zickig von mir. »Ach, und übrigens: Wer ist *wir*?«

Er hielt das Glas vor seinem Mund in der Schwebe und betrachtete mich über den Rand hinweg.

Jetzt hatte ich genug. »Hören Sie zu, Mr MacNeill ... Ich bin nichts weiter, als eine kleine Nutte, die für George McLeod seine Klienten bei Laune hält. Wenn ich mich so umsehe, glaube ich kaum, dass Sie es auf ein Lösegeld abgesehen haben. Das im Übrigen von McLeod kommen müsste, da ich keine großen Reichtümer gehortet habe und auch niemanden sonst kenne, der für mich zahlen würde. Wenn Sie mich jetzt und hier die Zinnen dieses Schlosses hinunterstoßen, wird die einzige Folge sein, dass Mr McLeod per Annonce eine neue Mitarbeiterin suchen würde. Sie sagen, Sie brauchen meine Hilfe. Fein! Und wobei?«

Überraschend ergriff er meine Hand und schob mich zu dem Club-Sofa. »Setzen Sie sich. Es ist alles im grünen Bereich. Ich werde Ihnen keinen Schaden zufügen und Sie werden mir helfen, Miss Hunter.«

Seine Hand fühlte sich samtig und warm an, doch darunter lagen harte, intensiv drängende Muskeln. Wie eine Schülerin bei der Prüfung saß ich auf der Couch. Steif. Während MacNeill sich leicht seitlich gesetzt hatte und sein Bein so über das untere geschlagen, dass es praktisch wie ein Riegel vor meinen Knien ruhte. Im Bruchteil einer Sekunde konnte er die Hand ausstrecken und mich festhalten. Es war keine offene Bedrohung oder gar Einschüchterung, sondern eine einfache Demonstration des Willens.

»Wie Sie bereits selbst erwähnt haben, sind Sie Nutte bei McLeod ... Das heißt, Sie gehen tagtäglich mit Männern ins Bett, die reich und mächtig sind.«

Innerlich nickte ich zustimmend, äußerlich blieb ich ausdruckslos. »Rechte Hand« war ein guter Ausdruck, schoss es mir durch den Kopf und ich musste schmunzeln. »Ich will jetzt wissen, um was es geht.«

MacNeill saugte seine Unterlippe zwischen seine Zähne und nickte. »Kennen Sie eine Gruppe, die sich ›The Avengers‹ nennt?«

Natürlich kannte ich die. Schließlich waren die Zeitungen und Fernsehprogramme voll mit Berichten über diese Leute, die ganz offensichtlich in Robin-Hood-Manier Banker und

Manager hereinlegten und ihnen jede Menge Geld abluchsten. Nach den Zockereien der Banken, für die die Bürger geradestehen mussten, erhielten die »Avengers« alle möglichen positiven Reaktionen, von verhaltener Neugierde, bis zu offenem Beifall.

»Ach ja. Ich verstehe. Und da haben Sie noch eine Emma Hunter gebraucht ...«

Er lächelte nicht. Sein Gesicht nahm eine gewisse Härte an, seine Züge schienen sich zu verspannen und seine Bewegungen wurden steif. So sah ein Mann aus, dem es um etwas ging. Seine Lippen waren so schmal, dass man sie kaum wahrnahm. Dennoch war es ein Mund, der einen nicht mehr loszulassen schien. Ich betrachtete ihn genau und prägte mir sein Bild ein.

Wusste ich auch, dass ich gut daran getan hätte, ihm zuzuhören, verleiteten mich meine weiblichen Triebe dazu, seinen Körper zu betrachten. Von den beinahe stechenden grauen Augen, bis zu dem flachen Bauch und den langen Beinen. Meine Fantasie malte Bilder von ihm, wie er wohl nackt aussehen mochte ... Hier, vor dem prasselnden Kamin. Ich hatte ja weiß Gott schon genügend Liebhaber gehabt, sodass es ein Leichtes für mich war, mir einen Mann zunächst in Kleidern und dann nackt vorzustellen ...

Entschlossen begann ich, ein wenig zurückzurudern. »Das ist also eine Art Robin-Hood-Truppe«, sagte ich verbindlich, und er nickte. »Nur, dass die ›Avengers‹ das Geld wohl behalten.«

MacNeill sprang wie von der Tarantel gestochen auf. »Wir tun was?!«, stieß er empört hervor. Er wirkte wie jemand, der sich sofort abreagieren musste. »Wir behalten keinen Penny! Abgesehen vom Nötigsten.«

»Das ist aber schon sehr romantisch, Mr MacNeill«, sagte ich spitz. »Wir nehmen von den Reichen und geben es den ... ja, wem denn dann eigentlich?«

»Den Leuten, die um ihr Geld beschissen worden sind. Den kleinen Anlegern, die ihren Bankberatern vertraut haben. Sie kriegen ihr Geld zurück.«

Ab diesem Moment hielt ich seine Worte für Lüge. »Aha. Und wieso hört man dann nichts von all den glücklichen Entschädigten? Wieso schweigen die sich aus und lassen stattdessen den guten Robin als geldgeilen Betrüger dastehen?«

»Weil wir es Ihnen so sagen. Käme heraus, von wem sie das Geld bekommen haben, würde man es sofort zurückholen und den Hedge-Fonds-Managern, den Anlageberatern und sonstigen Betrügern zurückgeben.«

Ich musste gestehen, dass ich nun doch beeindruckt war. Allerdings tauchte gleichzeitig die Frage in mir auf, wo *ich* denn in das ganze sozialromantische Gemälde eintrat. »Und welche Aufgabe hat die gute Emma bei diesen Aktionen?«

MacNeill hatte sich wieder beruhigt und setzte sich. Er reichte mir einen Drink und ich nahm einen Schluck, was ich fahrlässig fand, denn ich hatte ja noch nichts gegessen. Und tatsächlich stieg mir der Brandy eindeutig zu Kopf, was nicht gut war in meiner Situation.

»Das wird Ihnen ... nennen wir ihn Robin ... erläutern.«

Dann bestanden »The Avengers« also aus mindestens drei Personen ...

»Wer ist dieser Robin?«

»Er ist der Gründer und Kopf unserer Gruppe. Er kann Ihnen alle offenen Fragen beantworten.«

Jetzt schlug ich einen Haken. »Nein. Ich will umgehend nach London zurück. Dann vergesse ich meinen kleinen Ausflug ins Hochland und basta.«

MacNeill beugte sich vor, nahm ein Feuerzeug von dem kleinen Couchtisch und zündete sich eine Zigarette an.

»Danke. Ich nehme auch eine«, sagte ich ruhig in seine Ignoranz hinein.

»Oh, verzeihen Sie.«

Nachdem wir kurz schweigend geraucht hatten, legte er seinen Zeigefinger an die Schläfe und sagte: »Es tut mir leid, aber ich kann Sie nicht gehen lassen. Sprechen Sie heute Abend mit Robin. Er empfängt ein paar Gäste. Es gibt ein schönes Dinner und dann – in entspannter Atmosphäre – lassen sich sicherlich alle Unklarheiten beseitigen.«

In entspannter Atmosphäre ... Den Ausdruck kannte ich allerdings sehr gut!

Closed Circle Dinner

Zurück in meinem Zimmer schien jede Faser meines Körpers zu vibrieren. O'Leary sah verdammt gut aus und auch MacNeill war nicht zu verachten. Wenn es also eine Orgie geben sollte, dann, so befand ich, wäre Emma Hunter dabei.

Während ich aus dem Fenster sah, war mein einziges Problem, was ich wohl anziehen sollte. Und wie gespannt ich auf diesen Robin war ... Allein die Assoziation mit Robin Hood war derart romantisch, dass ich es kaum noch abwarten konnte. Und wenn ich schon einem Helden der Neuzeit gegenübertreten sollte, so wollte ich dies doch wenigstens in einer ansprechenden Aufmachung tun ...

So in meinen Gedanken versunken, bemerkte ich nicht, wie angeklopft wurde. Erst, als es sich energischer wiederholte, zuckte ich zusammen und rief »Ja. Bitte ...«

Eine junge Frau, vielleicht Mitte, Ende zwanzig trat ein. Ihr blondes, langes Haar hatte sie hinten zu einem straffen Zopf zusammengebunden und trug ein dunkelblaues, hochgeknöpftes Kleid mit einem kleinen weißen Kragen.

»Miss Hunter, ich bin Emily. Ihre Zofe.«

Ich spürte, dass ich blinzelte. Um nicht zu sagen: wild blinzelte. Entführungsopfer mit Zofe ... Das hatte was!

»Mr MacNeill hat mich geschickt, damit ich Ihnen beim Ankleiden behilflich bin.«

Ankleiden? Ich hatte gerade mal meine Handtasche dabei. Außerdem konnte ich nicht duschen und meine Wäsche wechseln.

Doch die gute Emily konnte Abhilfe schaffen. Aus einer verdeckten Tasche ihres Kleides beförderte sie einen Schlüssel zutage und öffnete damit jene Tür in meinem Zimmer, die bislang verschlossen geblieben war. Nur begrenzt neugierig stellte ich mich hinter Emily und schaute über ihre Schulter in das, was man mit Fug und Recht ein Kleiderparadies nennen konnte.

»Mr MacNeill wünscht, dass Sie sich dem Anlass entsprechend kleiden«, teilte Emily freundlich mit und machte mir den Blick in jenen Raum frei, der einer Hollywood-Schauspielerin würdig gewesen wäre. Üppigste Massen an Farben und Stoffen quollen aus jedem Eck. Schuhe passend zu jedem möglichen Outfit. Es war das Wunderland eines jeden Mode-Freaks und ich hielt wieder und wieder Luft an, während ich immer neue Stücke am Bügel herausnahm und von allen Seiten begutachtete.

»Hält Ihr Chef immer so viele Kleider bereit, wenn er jemanden entführt?«, fragte ich über meine Schulter. Und vor allem: Alle waren in meiner Größe!

Emily schaute ein wenig perplex drein und schüttelte dann heftig den Kopf. »Die wurden nur für Sie angeschafft.«

Aha. Hatte ich es mir doch gedacht. Das war keine spontane

Eingebung. Diese »Avengers« hatten alles von langer Hand geplant. Und egal wie das Gespräch mit diesem Robin auch ausfallen mochte, es war offensichtlich, dass sie vorhatten, mich länger im Schloss festzuhalten. Bei diesem Gedanken geschah etwas ganz Merkwürdiges: Es schreckte mich nicht. Wie denn auch? Die Männer, die mich umgaben, sahen blendend aus. Ich wohnte in einem Schloss. Ich hatte eine Zofe und jede Menge Kleider. Was wollte ich mehr?

Und wenn mich jetzt eine Gruppe, deren Ziele ich nicht ablehnte, bat, Ihnen behilflich zu sein, so brauchte ich nicht lange zu grübeln. Es würde definitiv eine heiße Sache werden!

»Wissen Sie, was für Gäste heute Abend kommen?«, fragte ich Emily, die sich in meinem Schlafzimmer zu schaffen machte.

»Nun. Wir haben meistens sehr unterschiedliche Gäste. Künstler, Geschäftsleute. Nicht direkt exzentrisch, aber locker. Es wird jedenfalls keine spießige Veranstaltung.«

Keine spießige Veranstaltung – das war genau nach meinem Geschmack!

»Was würden Sie mir raten, dass ich anziehen soll, Emily?«

Diese Frage riss sie von ihrer Arbeit los und sie kam ins Ankleidezimmer zurück. Ohne auch nur eine Sekunde lang überlegen zu müssen, zog sie ein schwarzes Kostüm hervor und hielt es mir hin. Zunächst war ich etwas enttäuscht, im Angesicht all dieser herrlichen Kleider, doch dann sah ich mir den schmalen Bleistiftrock mit einem hohen Schlitz und die tief dekolletierte Jacke mit Schößchen genauer an.

»Und drunter?«, wollte ich wissen, doch die junge Frau schüttelte nur energisch ihren blonden Zopf, aus dem jetzt überall kleine Ringellöckchen hervorquollen.

»Nichts!«, goss ich ihre Bewegung in Worte.

»Höchstens einen String. Und die Maske!« Sie hielt eine

schwarze Samtmaske in die Höhe, die nur die obere Hälfte des Gesichts bedeckte.

»Alle Gäste werden heute Abend maskiert sein«, erläuterte Emily mit einer gewissen Routine, als verstünde sie nicht, wie es noch Menschen geben konnte, die keine Ahnung von den Gepflogenheiten bei den hiesigen Dinner-Einladungen hatten.

Mein Magen zog sich heftig zusammen und ein Prickeln rieselte über meinen ganzen Körper. Was auch immer die Herrschaften heute Abend zu tun beabsichtigten – es war genau meine Richtung!

Aufgeregt und neugierig stand ich unter der Dusche, während meine Zofe meine Wäsche und mein Kostüm zurechtlegte. So etwas wie gute Vorsätze gab es in meinem Leben kaum noch. Und wenn man als Geisel festgehalten wurde, machten sich Grundsätze selten gut!

Zufrieden drehte ich mich in meinem Kostüm vor dem großen Spiegel. Wie immer fand ich meinen Hintern zu ausladend und meine Brüste zu üppig, aber in diesem Kleid schien genau das von Vorteil zu sein. Und, wie ich bei meinen zahlreichen Kunden gelernt hatte, bevorzugten Männer im Normalfall sexy Kurven.

»Bist du bereit?«, fragte ich mich leise selbst und sah mir dabei fest in die Augen. Ich dachte kurz nach, dann nickte ich und machte mich auf den Weg nach unten.

Gegen neun Uhr abends waren die ersten Gäste eingetroffen. Vierzehn Personen waren geladen worden und ich war verblüfft, wie edel sie sich zurecht gemacht hatten. Ganz offensichtlich spielte im Umfeld der »Avengers« Geld ebenso wenig eine Rolle, wie in dem meiner Londoner Klienten. Dennoch fand ich es hier und in diesem Zusammenhang äußerst verwirrend.

Man kannte sich ganz offensichtlich, begrüßte sich mit

Küsschen links und Küsschen rechts. Nichts erinnerte an jenes kernige Schottentum, das die Reiseführer so eindringlich preisen. »Closed Circle Dinner« hatte Emily die Einladung genannt und ich verstand auch, warum!

Hier versammelte sich eine Gruppe betuchter Freunde, die nichts mit »Braveheart« oder Rob Roy zu schaffen hatten.

MacNeill war zwischenzeitlich aufgetaucht und lief begeistert umher, stellte mich jedem mit Enthusiasmus vor und plauderte währenddessen auf eine Art und Weise, die ich ihm nie und nimmer zugetraut hätte. Er erschien aufgedreht wie ein Junge vor der weihnachtlichen Bescherung. Seit ich die Treppe herunter gekommen war, hatte er seine Augen nicht mehr von mir gelassen. Und auch jetzt bemerkte ich hin und wieder, wie ein leichter Seitenblick mich streifte, während er eigentlich in ein Gespräch mit einem der Gäste versunken war. Kurz darauf traf auch O'Leary ein. Beide Männer erkannte ich sofort, hatte ich ihre Körper doch bereits ausführlich studiert und mir eingeprägt.

Jetzt aber, da all diese Leute sich in der Vorhalle versammelt hatten, war MacNeill wie ausgewechselt. Umgeben von einem herrlichen Duft eines sündteuren Aftershaves, schüttelte er Hände, machte Scherze und strahlte. Mit dem gefüllten Glas in der Hand hielt er überall die Unterhaltung in Gang und bewegte sich brillant – wie ein Fisch im Wasser.

Mich faszinierte die knisternde Atmosphäre, die über dem Raum lag, während die Gespräche ruhiger wurden und nur noch ab und an ein lauteres Lachen oder eine mit gespielter Empörung zur Schau gestellte Überraschung zu hören war.

Etwas abseits stehend verfolgte ich die vorgeblich zufälligen Berührungen. Jene langen Blicke, die eine Person einer anderen quer durch den Raum sandte. Aber nicht nur dies. Es wurden

Brüste eingehend betrachtet und gewölbte Hosen. Hände legten sich auf Schultern, wenn auch nur für einen Moment zu lange, verweilten auf Pobacken, die sich wie zufällig bewegten, an der Haut rieben und wieder Reibung empfingen.

Kein Außenstehender hätte je gewagt, die Vermutung offen zu äußern, dass sich hier eine Gruppe von Leuten gegenseitig abklopfte, heiß machte. Aber ich verstand jene kurzen Berührungen, hingeworfenen Blicke, die das geheime Signal für jene darstellten, die ebenfalls Eingeweihte waren.

Wir hatten alle an einer langen, exquisit gedeckten Tafel Platz genommen, umgeben von Gemälden und antikem Porzellan. Im offenen Kamin knisterte ein warmes Feuer und die Kronleuchter spendeten funkelndes Licht. Rund um den elegant gedeckten Tisch plauderten und lachten die Gäste, erregt von den Ereignissen, die sie zu erwarten schienen.

Am Kopf der Tafel war der Platz frei geblieben, und an dieser Stelle kletterte eine junge Frau auf den Tisch. Sie war vollkommen nackt. Ihre vollen, natürlichen Brüste schwangen leicht hin und her, als sie so vorankroch. Ihre Hände waren mit einer Kette an einem metallenen Halsband befestigt, was verhinderte, dass sie den Kopf zu hoch heben konnte.

Ihre Möse war glatt rasiert und ihr lockiges Haar sorgfältig aufgebunden. Der erste Gast ließ seine Hand klatschend auf ihren nackten Hintern sausen, woraufhin das Mädchen laut aufschrie. Er hatte nicht fest geschlagen, doch sie wurde wohl davon überrascht. Ebenso überraschend war der Umstand, dass ein weiterer männlicher Gast ihren Kopf zu sich herabzog, bis sie seinen Ständer in den Mund nehmen konnte.

»Lutsch mich, Schlampe!«, knurrte er sie an, woraufhin die Sklavin etwas Unverständliches murmelte. Kurz darauf hörten wir nur noch einen gurgelnden Laut und ich hatte ihre gespreizte Spalte vor mir, während sie mit den Beinen paddelnd versuchte, nicht vom Tisch zu rutschen.

»Du darfst jetzt trinken!«, verkündete eine Wasserstoffblondine mit hoch aufgetürmten Lockenbergen, packte das Mädchen am Zopf und zog sie vom Schwanz des Mannes weg, zurück auf den Tisch.

»Meine Knie«, jammerte die Sklavin, woraufhin ein Gast im Smoking ausholte und sie schlug.

»Hör auf zu jammern, Nutte! Du bist hier, um zu gehorchen!«

Ich sah, dass ihre Knie wirklich dunkelrot gefärbt waren.

Die Lockendame hielt dem Mädchen ein Glas Wein vor die Lippen, als wollte sie ihr beim Trinken helfen, doch als diese den Mund öffnete, goss sie ihr den gesamten Inhalt ins Gesicht, was die Sklavin mit lautem Ächzen quittierte.

»Ich will sie ficken!«, verkündete einer der Männer, der aufstand und seine Hose öffnete.

»Doch nicht mit deinem Schwanz?« – » Eine Sklavin?« – »Noch dazu eine Novizin!«, klang es aus zahlreichen Mündern.

»Hier! Nimm das ... was Besseres verdient sie nicht!« Damit wurde ihm ein langer Holzstock in die Hand gedrückt, an dessen Ende sich ein Dildo vom Umfang meines Unterarms befand.

»Jaaa ... steck ihn ihr in die Möse!«, rief jemand.

Ich beugte mich ein wenig zur Seite, um besser sehen zu können, wobei sich die Blicke der Sklavin und meine trafen. Sie hatte ein schalkhaftes Funkeln in den Augen und schenkte mir ein winziges Lächeln, das aber sofort verschwand. Sie rief laut: »Aaah ...«, wobei in diesem Moment gar nichts mit ihr angestellt wurde. Offensichtlich hatte sie ein wenig den Faden verloren.

Der Mann mit dem Dildo beugte sich vor und ließ Speichel

in ihre Spalte tröpfeln, dann kamen hilfreiche Hände von beiden Seiten und zogen die Schamlippen des Mädchens brutal auseinander. Ihre Löcher dehnten sich in alle Richtungen. Wobei sie noch immer heftig ächzte und stöhnte. Die raue Behandlung wurde auch ihren Pobacken zuteil, die geschoben, gezerrt und geknetet wurden, zum allgemeinen Lustgewinn der Gäste.

Fast alle hatten mittlerweile begonnen, sich selbst zu bearbeiten, während die Sklavin mit einem Ruck den Dildo im Hintern versenkt bekam. Sie schrie wild auf, doch es nutzte ihr nichts. Der Gast rammte den Stock mit ungeheurer Geschwindigkeit erbarmungslos in ihren Arsch. Nun verzerrte sich ihr Gesicht zu einer Schmerzensmaske. Sie winselte und jammerte, flehte um Gnade und bat, man möge doch ihren armen Hintern, der bis eben noch jungfräulich gewesen war, schonen.

Der Gast aber stieß den Stock so tief rein, als gelte es, zum Mund des Mädchens wieder herauszukommen. Gleichzeitig trafen sie zahllose Schläge auf ihre wild baumelnden Brüste. Und wer erwartet hatte, sie sei bereits auf dem Höhepunkt der sexuellen Qualen angekommen, sah sich getäuscht, als ein Gast einen elektrischen Vibrator hervorholte, dessen Ende mit einer Steckdose verbunden war. Ein Unbedarfter hätte dieses Gerät durchaus für ein üppiges Mikrofon halten können, doch als sich nun der kugelförmige Kopf zu drehen begann, war jedem die wirkliche Aufgabe des Gerätes klar.

Und während ihr Hintern noch missbraucht wurde, setzte der Gast diesen Vibrator bereits an ihrer Klit an, die bei weit gespreizten Schamlippen jeder Berührung schutzlos ausgeliefert war.

Das Mädchen stöhnte und schrie, während eine Frau mit

der Seite eines Messers auf ihre Fußsohlen schlug. Auch ich legte nun Hand an ihre weichen Titten, deren Nippel hart erigiert waren. Jemand schob ihr den Griff einer Fleischgabel zwischen die Lippen wie dem Hund den Knochen.

»Kühl dich ab, kleine Nutte!«, sagte ein Mann besänftigend und goss Wein über den schweißbedeckten Körper.

»Halt ihre Haare nach hinten. Ich will ihr meine Möse zu lecken geben!« Eine Frau stieg auf den Tisch, schob ihren Rock über die Hüften und drängte dann ihre nackte Spalte vor das Gesicht der Sklavin. Erbarmungslos wurde jetzt an der Sklavin geknetet, gewichst, geschlagen und gekniffen. Ihre Haut war überzogen mit roten Flecken und wenn sie wimmerte, so verstand ich sehr wohl, weshalb.

Da ich diesen Genüssen noch immer nicht allzu viel abzugewinnen vermochte, hielt ich mich auch hier zurück, obwohl ich wusste, dass die Sklavin alles freiwillig mit sich geschen ließ und es ihr großes Vergnügen bereitete, so benutzt zu werden.

»Wir sollten ihren Titten mehr Aufmerksamkeit schenken!« Was mitfühlend klang, war eher eine Drohung, denn im nächsten Moment schoben sich hilfreiche Hände zwischen den Armen und den aufgestellten Oberschenkeln der Frau hindurch, die sich nun ausgiebig von der Sklavin lecken ließ. Und auch waren es diese hilfreichen Hände, die enge Klemmen auf die erigierten Nippel setzten und an den Ketten zu ziehen begannen, die von den Klemmen herabhingen.

Jetzt warf das Mädchen den Kopf nach hinten und jaulte wie ein Wolf. Ich betrachtete ihre geschwollene Spalte, aus der ihr Saft tropfte und so Zeugnis über die Erregung ablegte, die die Sklavin empfand. Vor allem auch deswegen, weil ihre eigenen Orgasmen, die sie ganz offensichtlich massiv mitnahmen, nicht abklangen. Im Gegenteil. Die Sklavin wurde zu immer neueren brutaleren Höhenflügen gezwungen, wobei ihre Möse, längst erschöpft und ausgelaugt, nach etwas Ruhe schrie.

Aber genau hierin lag der Genuss: Grenzen zwar erkennen, diese aber sofort zu überschreiten, weiter zu gehen, den eigenen Körper voranzutreiben, ohne jede Rücksicht gegen sich selbst oder andere.

»Jetzt müssen wir sie aber ficken, sonst zerreißt ihre Votze noch!« Ein muskulöser Gast packte den nackten, geschundenen Leib, als wiege sie rein gar nichts und trug die Sklavin hinaus aus dem Speisezimmer.

Wir anderen folgten.

Im angrenzenden Zimmer hingen massive Ketten von der Decke, an deren Enden sich Handschellen befanden. Die Sklavin wurde unter diese Ketten gestellt – mittlerweile konnte sie sich kaum noch auf den Füßen halten – und ihre Handgelenke gefesselt. Ein im Bondage geübter Gast verschnürte die Sklavin so geschickt, dass sie frei im Raum schwebend, die Beine gespreizt und hochgebunden, für jeden benutzbar war.

Eine Frau steckte einen Kugelknebel in den Mund der Sklavin und schloss ihn an ihrem Hinterkopf.

Dann war Schluss.

Niemand fasste das Mädchen an. Niemand sprach. Wir alle standen vor ihr, als warteten wir auf irgendein aufsehenerregendes Schauspiel. Als die Spannung am intensivsten war, öffnete sich plötzlich eine Tür, die sich uns gegenüber und damit hinter der schwebenden Sklavin befand.

Eine hochgewachsene, beinahe dünne Männergestalt trat ein. Über ihrem Kopf trug sie die Kapuze eines Henkers mit Mund- und Augenschlitzen, ansonsten eine fast bodenlange Kutte, die um die Taille mit einem ledernen Gürtel befestigt war. Hätte ich an jedem anderen Ort gesagt, dass der Aufzug dieses Mannes beinahe lächerlich wirke, so versetzte er mich hier in eine ungeheure Spannung.

Seine Bewegungen waren fast katzenhaft zu nennen und es erregte mich, zu wissen, dass er jetzt mit Sicherheit die Sklavin benutzen würde.

Und tatsächlich! Er trat von hinten an sie heran, raffte seine Kutte und stopfte sie hinter den Gürtel, sodass sein Unterleib und seine Beine entblößt waren. Der Maskierte besaß den Körper eines Balletttänzers. Schlank, fast mager und dabei doch muskulös-sehnig. Sein Schwanz war von beträchtlicher Größe, wenn auch nicht anormal gebaut.

Schweiß und Tränen mischten sich im Gesicht der Sklavin. Ihre Haare klebten über den Augen und hingen in ihren Mund. Sie keuchte und versuchte durch ein vorsichtiges Hin- und Herbewegen den Schmerz in ihren Gliedern auszugleichen, der sowohl durch die Fesselung als auch durch das freie Hängen entstand.

Ihr Gesicht sah wächsern aus und sie war ganz offensichtlich am Ende ihrer Kraft. So stöhnte sie auch nur matt auf, als der Maskierte ihre Hüfte packte, sie vor sich in Position brachte und dann mit einem Ruck in sie eindrang.

Ich konnte nicht sehen, ob er ihren Hintern pfählte oder ihre Muschi, doch da ihre Rosette mittlerweile über die Maßen gedehnt sein musste, spielte dies wohl auch keine größere Rolle mehr.

Der Maskenmann wurde beständig schneller. Seine Lenden rotierten und rammten mit der Präzision einer Maschine in das Mädchen hinein. Ich ertappte mich dabei, wie ich mich danach sehnte, ebenfalls so herzlos gefickt zu werden.

Die Sklavin ruckte und zuckte, ihr Haar löste sich vollkommen und das Gummi, das ihren Zopf gehalten hatte, fiel zu

Boden. Ihr Stöhnen vibrierte mit den maschinengewehrartigen Hüben seiner Lenden.

Müde versuchte sie sich mit den Händen an den Ketten zu halten. Die Muskeln ihrer Arme wölbten sich unter der sinnlosen Anstrengung, trotz der Tatsache, dass der Maskenmann etwas Druck von ihr nahm, indem er ihre Hüften gepackt hatte.

Plötzlich hielt er inne. Die Sklavin hob ihr verzerrtes Gesicht, und als sein lautes Aufstöhnen aus der Maske drang, sackte sie endgültig in sich zusammen. Der Maskierte zog seinen Schwanz aus ihr, löste seine Kutte aus dem Gürtel und zog sich wortlos zurück.

Im gleichen Moment aber, da sich die Tür wieder geschlossen hatte, traten mehrere Gäste zu der Sklavin hin, öffneten vorsichtig die Verschnürungen um ihren Körper und fingen sie sanft auf, als sie zu Boden glitt. Mühsam hielt sie sich an den kräftigen Armen fest und ließ sich dann hinausführen.

Gegen meinen Willen hatte mich die Szene ungeheuer erregt. Noch immer sah ich die Brüste der Sklavin hin- und herschwingen. Dennoch war es eine verwirrende Situation, denn ich war trotz aller Lust eine Gefangene. Als sich die Gäste der Dinnerparty jetzt zu lieben begannen, blieb ich für meine Verhältnisse seltsam unberührt.

Wo ich mich normalerweise den entblößten Körpern sofort angeschlossen hätte, hielt ich nun Abstand und wartete in der Nähe jener Tür, durch die der Maskierte verschwunden war.

Natürlich erwartete ich nicht ernsthaft, dass er wieder herauskäme und sich an dem GangBang beteiligen würde, aber ich dachte beständig daran, wie es wohl wäre, mich von ihm besteigen zu lassen. Gefesselt. Machtlos. Entweder hatte mich die Sklavin wirklich so heißt gemacht oder ich begann langsam meine Prinzipien und Vorlieben zu ändern. Ich spürte, wie ich bei dieser Vorstellung von erotischer Hilflosigkeit feucht wurde. Wie mich jenes Prickeln überkam, das ich so gut kannte und von dem ich wusste, dass es mich zu allem Möglichem bringen konnte.

»Na? Wie hat's dir gefallen?«

Ich zuckte heftig zusammen. MacNeill war zu mir getreten. Ich sah an ihm herunter und stellte fest, dass er einen wirklich gut trainierten Körper hatte, denn im Moment trug er nicht mehr, als einen ledernen Slip. Wenn auch sein Oberkörper verglichen mit seinen Beinen etwas zu lang geraten war.

Da ich keine Lust auf eine längere Unterhaltung mit ihm hatte, schwieg ich.

Jemand hatte im Hintergrund leise Musik angestellt, die sich mit dem Keuchen und Stöhnen der Vögelnden mischte. Vorgeblich schenkte ich der Orgie meine Aufmerksamkeit, was aber nur Schauspielerei war. Tatsächlich wanderten meine Gedanken immer wieder zurück zu Robin, dem Mann, der so gnadenlos fickte und so gnadenlos reinlegte.

»Wir führen hier oben ein Leben, das bis an die Grenzen geht. Sind wir in London, so fügen wir uns in die Rollen ein, die uns die Gesellschaft zugedacht hat. Doch das hat nichts damit zu tun, dass wir unseren Prinzipien nicht treu bleiben würden.«

Mit ihren Schlössern und Orgien bekam ich von den »Avengers« ein vollkommen anderes Bild ...

»Robin würde jetzt gern mit dir sprechen, Emma.«

Aha, er war also zum Vornamen übergegangen ... Okay. Da ich eine Gefangene war, konnte ich da wohl schlecht Einspruch erheben.

Meine Blicke schweiften durch den Raum, wo die nackten Körper mittlerweile große Ähnlichkeit mit Puppen hatten, die ein zorniges Kind in seinem Zimmer herumgeworfen hatte. Nur, dass diese Puppen sich mit Hingabe lutschten, leckten, bliesen und fickten.

»Wenn du willst, kannst du jetzt da reingehen. Robin wartet.« MacNeill öffnete mir die schwere Tür, hinter der der Maskenmann verschwunden war, und ließ mich in einen Raum eintreten, der so düster wie Draculas Gruft war. Meine Augen mussten sich zunächst an die veränderten Lichtverhältnisse gewöhnen und dann nach dem schwarzen Schatten suchen, hinter dem sich Robin verbergen mochte.

Nach einer gefühlten Ewigkeit erkannte ich, dass ich mich in einer Bibliothek befand. Die Regale reichten bis unter die Decke und waren damit so hoch, dass ich die obersten Reihen nicht mehr sehen konnte. Es gab hier nicht nur Leitern, die man an den Wänden entlangrollen konnte, sondern noch eine Art Gang, der es einem erlaubte, hoch über dem Boden die in der Dunkelheit befindlichen Bände ebenfalls durchzusehen. Die einzige für mich wahrnehmbare Lichtquelle war ein offener Kamin, in dem ein großes Feuer brannte und das in mir den Gedanken auslöste, dass so ein Feuer eigentlich nichts in einer Bibliothek verloren hatte.

Eine winzige Bewegung zu meiner Linken, unterhalb eines mächtigen, mit dunklen Vorhängen verhängten Fensters, zog meine Aufmerksamkeit auf jene Person, die nun einen knappen Schritt auf mich zumachte.

»Miss Hunter«, sagte eine männliche Stimme gedämpft.

Nun muss ich gestehen, dass ich nie eine bemerkenswerte Kennerin von Stimmen gewesen bin. Gesichter kann ich mir perfekt merken. Ich erkenne Männer selbst dann noch, wenn Jahre seit unserem letzten Treffen vergangen sind und sie sich mittlerweile einen Vollbart haben stehen lassen. Wie sehr ich aber auch versuchte, jenes Gesicht einzuordnen, zu dem diese Stimme gehören mochte – es misslang.

Noch immer maskiert, sah ich nur die äußere Form des

Mannes, die noch dazu von einem wallenden Gewand umflutet wurde. Wie besessen ging ich die Liste meiner Liebhaber durch. Auf wen passte dieses Aussehen? Wem war eine solche Entführung zuzutrauen?

»Was wollen Sie von mir?«, stieß ich hervor. Was auch immer mich in diesem Moment antrieb, seine Haltung, seine ganze arrogante Art sowie der überhebliche Auftritt, brachten mich auf die Palme. Ganz zu schweigen von der Tatsache, dass ich nichts weiter war in diesem Moment, als seine Gefangene, sein Entführungsopfer.

»Zunächst, Sie als Gast in meinem Haus begrüßen.«

»Fabelhaft. Ich erwidere den Gruß und würde mich dann auch gern gleich wieder verabschieden«, sagte ich zickig.

»Miss Hunter ...« Die Tonart, mit mir wie mit einem tumben Kind zu reden, besänftigte mich nicht gerade.

Er trat einen Schritt auf mich zu. Jetzt konnte ich sogar das sanfte Glänzen seines Gewandes wahrnehmen. Es ärgerte mich, dass ich keine Chance hatte, wenigstens seine Augen zu sehen oder seine Brauen. Nichts. Gar nichts konnte ich erkennen. Wie in einem Horrorfilm sah ich statt der Augäpfel nur dunkle Höhlen.

»Mr MacNeill hat Ihnen ja bereits erklärt, dass wir Ihre Hilfe benötigen ...«, setzte er an.

»Und wenn schon! Hören Sie mir mal gut zu, Sie Robin Hood für die Westentasche ... Jeder, der mich kennt, weiß, dass ich gern behilflich bin. Aber ich bin es nicht gewohnt, dass man mich zu diesem Zweck betäubt und mich dann quer durch das ganze Land entführt. Also ... Wenn Sie meine Hilfe wollen, dann sehen Sie zu, dass ich so schnell als irgend möglich wieder in London lande.«

Robin war jetzt so dicht vor mir, dass ich sein Aftershave

riechen konnte. Es roch teuer. Es war teuer. Unaufdringlich, dabei aber herb und männlich.

Erlebt eine Geisel es oft, dass der Entführer sie mit jedem Atemzug intensiver betört? Dass da nicht ein Hauch von Angst lauert? Voller Verwunderung stellte ich fest, dass genau das bei mir zutraf. Ich stand ihm gegenüber und beobachtete jede noch so winzige Bewegung, die er machte, und stellte mir dabei seinen Körper vor. Nackt. Wie es sich anfühlte, wenn der dünne schwarze Stoff über seine vom Sex erhitzte Haut glitt, wie die Berührung einer Frau mit ihren Fingerspitzen.

»Wir werden Ihnen nichts tun. Sie haben nichts von uns zu befürchten«, sagte er nachdrücklich.

»Aber?«

Er legte den Kopf leicht schräg und wahrscheinlich hätte man ohne die Maske einen fragenden Gesichtsausdruck gesehen.

»Das ist ein Aber-Satz ...«, ergänzte ich.

»Ja. Richtig. Aber ... wir werden Sie erst gehen lassen, wenn Ihre Aufgabe erfüllt ist. Es tut mir leid.«

Okay, für wie blöd hielt der Typ mich eigentlich?

»Wieso sagen Sie, dass es Ihnen leid tut? Außerdem: Was geht mich Ihre ganze idiotische Robin-Hood-Charade an? Ich werde es Ihnen verraten: Gar nichts! Und ich kann Ihnen noch etwas verraten: Wenn ich nicht bis morgen wieder in London bin, wird mein Freund die Polizei benachrichtigen!«

Okay, damit hatte ich ziemlich tief in die Kiste gegriffen. Welcher Freund sollte das denn sein? Außer George kam da ja wohl niemand in Frage.

»Und wer wäre das?« Der Hohn in seiner Stimme war nicht mal ansatzweise versteckt.

»George McLeod.«

Schweigen von seiner Seite. »Sie denken also, McLeod kümmere sich um diese Sache? Um Sie? Ja?«

Fieberhaft fragte ich mich, ob ich schon lange genug nicht mehr erreichbar war, um Georges Aufmerksamkeit auf meine Abwesenheit zu lenken ... Gut, wenn er einen Klienten für mich hatte, dann würde er es sicher bemerkt haben. Doch sonst ... Derek vielleicht! Aber nur, wenn er versucht hätte, mich zu erreichen und das dann George mitgeteilt hätte. Aber sicher war das auch nicht.

Hatte ich mich selbst in diese Fall geritten? Und vor allem: Warum reagierte ich so aggressiv auf diesen Maskenmann, wenn ich doch in Wirklichkeit mit den Zielen der »Avengers« sympathisierte?

»Natürlich kümmert er sich um mich.«

»Gut. Dann habe ich jetzt etwas für Sie, das Sie sicher interessieren wird ...« Er drückte auf eine kleine Fernbedienung in seiner Hand und auf einem zuvor im Dunklen befindlichen Fernsehbildschirm flackerte es auf. Die mangelnde Qualität des Films sprach dafür, dass es sich um ein privates Werk handelte. Eine junge Frau in Spitzen-BH und winzigem Tanga stellte offensichtlich die Kamera auf einen Schrank, der sich in direkter Nähe des Bettes befand.

»Soll ich sie so stehen lassen?«, fragte sie mit kaum verständlicher Stimme, da sie mit dem Rücken zur Kamera stand, während sie sprach.

George war noch angezogen. Wie ich ihn kannte, kam er gerade aus der Kanzlei. Er ging ein wenig in die Knie und begutachtete den Blickwinkel. »Ja, ich denke, da steht sie gut.«

Mir wurde ausgesprochen flau.

»Dir steht gleich etwas anderes gut«, schnurrte die Blondine mit den kleinen, harten Titten.

»Wann kommt Bella?«, wollte George wissen, während er

seine Krawatte löste und dann unter dem Kragen herauszog.

Sie planten also einen Dreier. Ich spürte, wie mein Herz langsam schneller zu schlagen begann. Doch nicht vor Erregung, es war vielmehr ein schmerzhafter Druck, der sich in meinem Brustraum ausbreitete.

Beide Protagonisten verharrten einen Moment. Offensichtlich hatte es geklingelt, was die Kamera aber nicht wiedergab.

»Du musst aufmachen. Ist ja dein Haus!«, schnurrte Blondchen und mein Herz setzte einen Schlag lang aus. Mit mir hatte er es noch nie bei sich privat getrieben. Von einer Weihnachtsfeier auf seinem Landsitz abgesehen. Aber das hier ... das war seine Privatwohnung. Und so wie das Zimmer aussah, war es sein Schlafzimmer, sein Ehebett, auf dem sich jetzt die Nutte räkelte. Mir wurde heiß vor Zorn. Es stieg wie glühende Lava in mir auf. So hatte ich mich noch nie gefühlt.

George kam wieder ins Bild. Er öffnete sein Hemd, während sich von hinten zwei Hände über seine Brust schoben. Wenn mich nicht alles täuschte, musste es sich dabei um die gute Bella handeln.

George legte genießerisch den Kopf nach hinten, während die beiden Hände sich an seinen Nippeln zu schaffen machten. Ich sah die silbergrauen Löckchen und wusste gleichzeitig, wie sie sich anfühlten. Wie es war, wenn man die Zungenspitze durch die kleinen Kringel schickte. Ich musste mich sehr gerade hinsetzen, um nicht die Fassung zu verlieren.

Der Duft seines Duschgels stieg mir in die Nase, ja ich wusste sogar, wie die Mischung roch, wenn er gerade zuvor geraucht hatte.

Jetzt drehte er sich noch weiter herum, bis er Bella umarmen konnte. Ich sah seinen Hinterkopf und wie er sich hin- und herbewegte, sah Bellas Stirn, ihren Kopf, der sich mit Georges

Mund mitzubewegen schien und seine Schultern, unter denen die Muskeln arbeiteten, während seine Arme die Geliebte immer neu zu berühren und zu umfassen schienen.

Während nun die beiden noch heftig am Knutschen waren, hatte die Blondine auf dem Bett ihre Knie auseinandergenommen und begonnen, ihre Spalte mit einer Hand zu reiben. Sie ließ sich gemächlich dahintreiben, während sie den beiden zusah.

»Sag Hallo zu Trish!«, forderte George Bella auf, die sofort um das Bett herumging, sich über die Liegende beugte und ihr offensichtlich einen heftigen Zungenkuss gab. Währenddessen stieg George aus seiner Hose. Meine Brüste zogen sich schmerzhaft zusammen, als ich seinen Ständer sah, der beinahe senkrecht vor seinem Bauch in die Höhe stand.

Bella rieb Trishs Klit, die sich unter der vollbusigen Schönen wand. Stöhnend hob und senkte sie ihr Becken, wobei sie wohl versuchte, die eigene Lust zu steigern, indem sie heftig gegen die Finger der Geliebten stieß.

»Sie ist ein wirklich geiles Luder«, stellte George zufrieden fest und verdrängte die junge Frau, indem er sich zwischen Trishs Knien niederließ, sich nach vorn reckte und mit seiner weit herausgestreckten Zunge in deren Loch stieß.

Jetzt ging Trish zum offenen Schreien über. Sie zappelte derart, dass Bella ihre Knie niederdrücken musste, damit sie nicht den Liebhaber trafen.

Ich lauschte Georges genüsslichem Knurren, beobachtete die Bewegungen seines Kopfes und auch wie Bella jetzt hinter ihm kauerte, seinen Schwanz nach hinten bog und dann diesen tief in ihren Schlund nahm. Trish hingegen klammerte sich am Kopfteil des Bettes fest und verkrampfte sich unter dem Ansturm der Lust, die George ihr ganz offensichtlich bereitete, denn was man von ihrer Klit sehen konnte, war mittlerweile dick geschwollen und dunkelrot von Blut durchpulst.

Bella aber hatte nicht genug an Georges Schwanz und leckte nun auch genüsslich seine Rosette, wovon ich nur allzu gut wusste, wie er dies genoss. Lüstern bewegte er seinen Unterleib vor und zurück und stöhnte dabei laut.

»Nun? Erregt dich das?« Eine Hand legte sich auf meine Schulter und ich zuckte zusammen. »Oder regt es dich eher auf?«

Fassungslos starrte ich diesen maskierten Robin Hood an.

»Emma, ich bin kein netter Mann«, sagte er mahnend.

»Lass mich die Nutte ficken!«, erklang es vom Bildschirm, und ich riss mich von diesen unergründlichen Blicken meines Gegenübers los.

Mittlerweile hatten die drei ihre Positionen gewechselt und George befand sich in einer halb sitzenden, halb liegenden Stellung, wo zuvor noch Trish gelegen hatte. Bella ging gerade über seiner Erektion in die Hocke und ließ ihre großen Titten über ihm baumeln.

Von Trish wiederum sah man nur mal einen wedelnden Ellenbogen oder ein Stück ihrer Hüfte, da sie aus dem Sichtfeld der Kamera hinausgetreten war.

Als sie jetzt zurückkam, öffneten sich meine Augen ein gutes Stück, denn sie hatte sich einen Dildo umgeschnallt, der an Größe und Umfang seinesgleichen in der Wirklichkeit suchen musste.

Bella, die Georges Blick an sich vorbei nach hinten folgte, riss die Augen auf. »Oh, mein Gooott! Was hast du damit vor?«, stieß sie heiser hervor und ich amüsierte mich, weil sie so eine miese Schauspielerin war.

»Damit wird sie dich gleich in den Arsch ficken, meine

Süße!«, gurrte George und grinste wie ein Junge unter dem Weihnachtsbaum.

»Neiiiin!«, quietschte Bella und ihre Titten hüpften erregt auf und ab. »Dafür ist mein Hintern doch viel zu klein!«

Diese Feststellung hätte ich sofort unterschrieben, doch da die beiden Mädels hochprofessionelle Nutten waren, war ich gespannt, zu welcher Sex-Akrobatik sie so in der Lage waren.

Trish ging jetzt hinter Bella in Position. Wie ein Profi-Sportler wackelte sie etwas hin und her, bis sie sicher kniete, denn für das, was sie vorhatte, brauchte sie einen sicheren Stand, würde sie doch gleich auf harten Widerstand stoßen.

»Hast du Gel, Georgie?«, fragte sie süßlich und ich schmunzelte innerlich, denn ich wusste, wie sehr George es hasste, wenn man seinen Namen verhunzte. Er deutete auf das Nachttischchen, und der armen Bella blieb nichts anderes übrig, als ihre Titten loszulassen und nach der Flasche zu kramen. Sie fand sie und reichte sie Trish mit einem entsetzten: »Oh, neiiin!«

Trish aber fackelte nicht lange. Sie bog ihren Kunststoffdildo zur Seite, damit sie näher an Bellas Hintern kam, und rieb dann einen ordentlichen Klecks Gleitgel auf deren Rosette und auch in ihr Loch. Diese Berührung schien Bella so zu erregen, dass sie ganz starr über Georges Ständer hocken blieb und mit weit geöffnetem Mund zur Decke starrte.

»Okay, hier kommt dein dicker, fetter Freund!«, triumphierte Trish, setzte die künstliche Eichel an Bellas Hintern an und drückte dann entschlossen gegen den Eingang. Bella kippte leicht nach vorn, was George dadurch bremste, dass er Bellas gewaltige Brüste umfasste und sie von sich stemmte.

»Bist du drin?«, wollte er wissen.

»Gleich«, ächzte Trish, die sich offensichtlich sehr mühen musste, den gewaltigen Penis in Bellas Arsch zu versenken. Ich betrachtete ihre Pobacken, deren Muskeln heftig arbeiteten, um endlich ans Ziel zu gelangen. Auch Bella wollte helfen und griff hinter sich, packte ihre Pohälften und zog sie so weit auseinander, wie sie nur irgend konnte.

Und dann verschwand die Eichel in Bellas dunkel gefärbter Rosette. Ich hielt die Luft an, als sie heftig aufschrie. Trish träufelte noch etwas Gel auf den prallen Schaft und begann dann mit vorsichtig-fickenden Bewegungen.

Bella sah aus, als würde sie jeden Moment ersticken. Sie begann, auf Georges Ständer zu toben. Wackelte, grunzte und schrie, während das gewaltige Gerät in ihr wie wild ein- und ausfuhr. Trish kam jetzt offensichtlich so richtig in Fahrt. Ihre kleinen, harten Titten streckten die erigierten Nippel senkrecht in die Höhe und George genoss offensichtlich die Anstrengung, seine eigenen Hübe mit denen des Dildos im Einklang zu halten. Keuchend hatte er sich aufgerichtet und fickte Bella wie ein Irrsinniger.

»Genug!«, erklärte ich und wandte mich ab. Mit energischen Schritten bewegte ich mich wieder auf jene Tür zu, durch die ich kurz zuvor die Bibliothek betreten hatte.

»Halt, halt. Nicht so schnell!«, stieß der Maskierte hervor und war mit ein paar Schritten bei mir. Er packte meinen Oberarm so fest, dass ich aufschrie und abrupt stehen blieb. Sein Duft umgab mich wie ein Kokon. Er presste meinen Unterarm gegen seine Brust und sein Atem strich intensiv über mein Gesicht.

»Ich wollte dir damit nur demonstrieren, dass er sich einen Scheiß um dich kümmert. Keiner von diesen Leuten kümmert sich darum, wie es anderen geht, sofern es sie nicht selbst betrifft. Das kannst du alles vergessen. Und deswegen musste diese Brut endlich mal die Quittung kriegen.«

»Ah ja?«, spie ich ihm entgegen. »Wem erzählst du das? Wer kriegt hier eine Quittung? Und vor allem: Wer stellt sie aus? Du etwa? Ein Typ, der in einem Schloss wohnt und dessen Freunde Entführungen mit dem Maybach machen? Wenn sie nicht gerade bei irgendwelchen Orgien alles vögeln, was nicht rechtzeitig in Sicherheit gebracht werden kann?«

Noch immer in seinem eisernen Griff, zerrte Robin mich zurück, quer durch die Bibliothek bis zu einem Ohrensessel vor dem knisternden Feuer. Zu Tode erschrocken dachte ich auf einmal, er könnte mich möglicherweise in das Feuer stoßen wollen. Oder meine Hand oder meinen Fuß in die Flammen halten, als Warnung, dass ich mir jede weitere Zurückweisung gut überlegen sollte.

So wehrte ich mich mit Händen und Füßen gegen ihn. Trat um mich und schlug keuchend mit der freien Hand gegen seinen Kopf, während der Maskierte krampfhaft versuchte, diese Hand zu packen und unter Kontrolle zu bekommen.

Meine Füße traten in die Luft, gegen Knochen, gegen Mobiliar. Ein kleiner Tisch fiel krachend um und die Bücher, die darauf gelegen hatten, rutschten zu Boden. Das Feuer kam immer näher. Seine Hitze ergriff mich bereits. Jetzt begann ich zu schreien. Robin schlang seinen Arm um mich und presste meinen Oberkörper zusammen. Doch so schrie ich noch lauter. Als ich spürte, dass mein Widerstand langsam gebrochen wurde, sprang ich nur noch auf und ab, während ich gleichzeitig versuchte, mit dem Oberkörper gegen ihn zu rammen. Doch wer immer dieser Robin auch sein mochte, er war mir kräftemäßig haushoch überlegen. Ich hatte keinerlei Chancen. Und schlussendlich überwältigte er mich und stieß mich brutal in den Sessel. Noch immer vermag ich nicht zu sagen, was mich veranlasste, weiterzukämpfen, wenn ich doch längst begriffen hatte, dass dieser Mann keineswegs vorhatte, mich ins Feuer zu stoßen.

Es kann nur der Zorn gewesen sein, der unfassbare Zorn auf jenen Mann, der mich aus meinem gewohnten Umfeld gerissen hatte und mich nun auch noch erniedrigte, indem er mir vorführte, wie mein Liebhaber sich mit anderen Nutten in seinem eigenen Haus vergnügte. Jetzt verlor ich die Kontrolle. Wie ein in die Enge getriebenes Tier schlug ich um mich. Natürlich würde keine Hilfe kommen, denn die Leute im Nachbarzimmer, wenn sie nicht gerade mit Bumsen beschäftigt waren, gehörten zu den »Avengers«. Keiner von ihnen würde auch nur einen Gedanken daran verschwenden, sich um mich zu kümmern.

Es war kalte, bittere Verzweiflung, die mich antrieb. Die Erkenntnis, dass all die Männer, die ich gevögelt hatte, und mit denen ich mich irgendwie verbunden fühlte, niemals an meiner Seite auftauchen würden.

Schreiend trat und schlug ich nach Robin, stellvertretend für all die Männer, mit denen ich gutes Geld verdient hatte und die mich allein zurückgelassen hatten. Allen voran George, der mir früh klar gemacht hatte, dass ich von ihm keine Liebe, noch nicht einmal Zuneigung, erwarten könnte und dem ich schlussendlich die Situation verdankte, in der ich mich nun befand.

Ich habe keine Ahnung, warum ich in diesem Moment, als der Maskierte sich zu mir herabbeugte, nach seiner Kapuze griff. Es geschah ohne Nachdenken. Vielleicht gab es tief in mir der Wunsch, meinem Schicksal wenigstens ins Gesicht zu sehen, zu wissen, wer es war, der mir all das antat.

Der Mann versuchte rückwärts von mir wegzukommen, drückte gleichzeitig gegen meinen Oberkörper und schaffte es doch nicht, sich aus meinen Griffen zu befreien. Auf geheimnisvolle Weise hatte sich das Blatt gewendet. Ich warf mich nach vorn und riss die Kapuze fest nach hinten. Dunkle Locken ergossen sich bis auf die Schultern des Mannes. Ohne sich zu mir umzudrehen, richtete er sich zu seiner vollen, beachtlichen Größe auf und kämpfte offensichtlich damit, seine Atmung einigermaßen unter Kontrolle zu bekommen.

Mein Körper war schlagartig eiskalt geworden. Nur mein Kopf glühte und brannte. Wie heftigster Schüttelfrost packte es nun meinen Körper. Als sich der Mann jetzt umdrehte, war ich fassungslos und fürchtete zum ersten Mal in meinem Leben, auf der Stelle ohnmächtig zu werden. Mein Gehirn drohte zu explodieren. Alle Gefühle, die sich in mir auftaten, waren so heftig, so gewaltig, dass sie meinen Verstand zu sprengen drohten.

Von allen Dingen, die mir dieser Mann je angetan hatte, war diese Entführung mit Sicherheit das Bösartigste, das Verschlagendste, was er sich nur hatte ausdenken können.

Wortlos erhob ich mich aus dem Sessel. Ausgerissene Haare, von denen ich nicht zu sagen vermochte, ob sie von mir oder von ihm stammten, rieselten von mir herab. Meine Beine spürte ich nicht mehr, doch ich merkte, dass ich stehen konnte.

Schweigend griff ich nach einem Schürhaken, der in einem schwarz verrußten Gestell neben dem Feuer stand und trat vor ihn. Ich holte so weit aus, wie ich nur irgend konnte und schlug zu. Jedoch nicht mit dem Schürhaken, sondern mit der Faust. Mitten hinein in seinen Magen. Und da er damit nicht gerechnet hatte, sackte er sofort ächzend zusammen.

»Du gottverdammter Scheißkerl!«, brüllte ich, während ich zu Boden sah, wo er niedergesackt war. Er umklammerte seinen Magen.

Ich trat zu, so fest ich konnte. Diesmal hatte aber ich nicht aufgepasst. Noch im Schwungholen packte er das Fußgelenk meines Standbeins und riss es unter mir weg, wodurch ich mit lautem Krach neben ihn zu Boden fiel. Gleich zwei knockout gegangenen Boxern lagen wir am Boden, mühsam aufrecht gehalten von unseren zerkratzten und verbeulten Armen.

Derek starrte mich an, und ich hielt seinem Blick eisern stand. Wir schnauften atemlos und mit jedem Moment wurde mir bewusster, wie meine Knochen schmerzten. Erleichtert spürte ich beim Zurücklehnen, dass ich den Sessel im Rücken hatte.

»Was ziehst du hier für einen Mist ab, Derek?«

Seine schlanke, aber auch drahtige Balletttänzer-Figur ließ ihn selbst in dieser niedergeschlagenen Haltung noch attraktiv aussehen.

Es musste dem mangelnden Licht zugeschrieben werden, dass ich seine herrlichen olivengrünen Augen nicht erkannt hatte, und meiner lädierten Seele, dass ich jetzt, kombiniert mit einem unsicheren Tritt in seine Richtung, in Tränen ausbrach.

Es hörte nicht mehr auf. Lautlose Tränen liefen, nur ab und an von einem leichten Schluchzer begleitet. Sie flossen und flossen. Alle Hilflosigkeit, aller Schmerz wurde von ihnen aus mir herausgespült. Geräuschvoll zog ich meine Nase hoch und litt dabei wie ein Hund.

Die Augen tränenverhangen, merkte ich nicht, dass Derek auf mich zugekrochen kam. Erst als sich seine Arme um meine Schultern legten, realisierte ich seine Nähe. Mein Kopf ruckte hoch und ich funkelte ihn hasserfüllt an. »Nimm deine Finger von mir.«

»Du bist genauso arrogant wie eh und je. Gibt es eigentlich irgendetwas, das dich dazu bringen könnte, deinen Kopf zu beugen?«, zischte Derek mich an. Das tiefe Grün mit den gelblichen Sprenkeln war ganz dicht vor mir. Seine vollen, elegant geschwungenen Lippen, die leider viel zu viele zum Küssen anregte, und das lockige Haar, das ich wieder und wieder streicheln wollte und mir doch selbst nicht gestattete. Zu viel lag zwischen uns. Und die Erkenntnis, dass er dieser Robin und damit der Kopf der »Avengers« war, machte die Dinge auch nicht gerade leichter.

Außerdem war ich viel zu verwirrt, um klar denken zu können. Wie sehr sehnte ich mich danach, mich in seine Arme zu schmiegen und gleichzeitig versetzte mich eben diese Vorstellung in tiefste Panik. Wie tief war ich gesunken, dass ich mein Wohlergehen an einen hirnlosen Parasiten wie ihn koppelte? Und George? Ja, der war ein Macher. Selbstverliebt und arrogant, aber doch stark. Ein Mann, der jederzeit weiß, was er will und es mit einer unglaublichen Energie durchsetzt.

Das einzige, was dagegen an Derek stark war, war das Saufen, das Geld seines Vaters Ausgeben und Mädelsaufreißen.

Derek setze sich auf den Boden, zog sich die Kutte über den Kopf und warf sie in die Dunkelheit. Ich wischte mein Gesicht an meinem Kostümärmel ab und drückte mich an dem Sessel nach oben. »Sag einem deiner Handlanger, er soll mich nach London zurückfahren. Ich ziehe mich um, will nichts anhaben, was ihr mit euren Gaunereien bezahlt habt.«

Es war ein bösartiger kleiner Versuch, ihn aus dem Konzept zu bringen, als ich jetzt mein Jäckchen aufknöpfte, abstreifte und zu Boden fallen ließ. Derek starrte meine entblößten Brüste an und war offensichtlich fassungslos.

Dann riss er sich zusammen. »Aber ergaunertes Geld stört dich nicht, wenn du es für's Ficken bekommst, oder?!«, erwiderte er mit fester Stimme.

»Von diesem Geld lebst du ja auch ganz gut, wenn ich das richtig sehe ...« Demonstrativ ließ ich meine Blicke durch den Raum schweifen.

»Es ist jahrhundertealtes Geld«, sagte er lässig.

»Ja. Jahrhundertealtes, ergaunertes Geld. Es macht für mich keinen Unterschied, ob du die Kohle jemandem klaust oder ob du heute noch von dem lebst, was man anderen vor hunderten von Jahren weggenommen hat.«

Derek stellte seine Hände hinter seinem Rücken auf und schlug die Beine übereinander. Er wusste ganz genau, welche Wirkung dieser – bis auf eine hautenge Jeans – nackte Körper auf mich hatte. Ich sah es an seinen Augen. Augen, die die reine Herausforderung waren. Deren Funkeln auf mich überzuspringen drohte.

Er schüttelte kurz seinen Kopf, um so ein paar lockige Strähnen aus seinem Gesicht zu befördern. »Du kannst nicht immer alle Veränderungen dadurch verhindern, dass du auf Dinge verweist, die nicht in Ordnung sind. Ich weiß selbst, dass meine Vorfahren viel zu oft die Bauern ausgebeutet haben und mit deren bisschen Ertrag nicht nur dieses Schloss erbaut haben. Aber daran kann ich nichts ändern. Dass aber heute, ohne jeglichen Schutz durch die Politik, die Bürger wieder ausgesaugt werden und dann am Schluss die Betrüger und Zocker noch alimentieren müssen, dagegen will ich etwas tun.«

Verblüfft betrachtete ich den veränderten Ausdruck in Dereks Gesicht. Auf einmal war da ein ungeheuer kämpferischer Zug, den ich vorher nie wahrgenommen hatte. Da war nichts mehr von dem Säufer und Weiberhelden, den ich so verabscheut hatte. Andererseits war an seine Stelle ein Entführer getreten. Und was von beiden jetzt besser war, vermochte ich nicht zu sagen.

»Und was soll ich dabei?«

Derek zog seine Beine in den Schneidersitz und sah mich nachdenklich an. »Ich glaube nicht, dass du schon so weit bist, dass ich dir das sagen könnte. Von daher schlage ich vor, dass du noch ein, zwei Tage in diesen gastlichen Mauern bleibst, dich verwöhnen lässt und wir erst dann über das Geschäftliche reden.«

Aus jedem seiner Worte und seiner Formulierungen klang George, sogar der Tonfall stimmte. Hatte er sich das bei seinem Vater, dem berühmten Anwalt abgeschaut oder war es etwas, das von Generation zu Generation weitervererbt wurde?

»Vielleicht gehst du hinauf und nimmst ein schönes, langes Bad?«, schlug er galant vor, doch ich vermutete hinter der freundlichen Geste irgendeine Finte und war deswegen auf der Hut.

Das hier war ein Derek, den ich so nicht kannte. Der alte Derek hätte nach Whisky gerochen und versucht, mich zu vögeln. Aber dieser Derek ... der machte mich nervös, denn ich konnte ihn nicht einschätzen. Was ich bis jetzt gehört hatte, zeigte mir, dass es zwei Personen gegeben hatte. Oder zumindest eine Person, die sich in der anderen versteckt hatte. Und zwar perfekt.

Pläne

Ich war den halben Vormittag gewandert. Unter anderem hatte ich einen wunderhübschen Teich und einen kleinen Wasserfall entdeckt. Die Heide war wundervoll. Rau und sinnlich. Düfte strömten in mich ein und der Wind strich sanft über meine Haut.

Wie schnell die Wolken hier im Hochland dahinflogen,

getrieben von einem ungeheuren Wind, der weder am Tag noch in der Nacht ruhte. Schafe waren stehengeblieben und hatten die merkwürdige Frau beobachtet, die mit einem dicken Strauß lila Heidekraut laut vor sich hinsingend über die Felsen gestiegen kam. Es roch nach Schnee und ich betrachtete den Himmel, ob wohl damit zu rechnen sei. Wie ich es genoss, durch diese archaische, raue Natur zu wandern und laut zu singen!

So kehrte ich gegen Mittag ins Schloss zurück, von dem ich jetzt sagen konnte, dass es tatsächlich aus der Ferne wie ein Felsmassiv aussah. Grau und irgendwie mittelalterlich mit all den Zinnen und massiven Fenstern, bei denen selbst die Fensterkreuze aus Stein waren. Es machte einen so wehrhaften Eindruck, dass man glauben mochte, selbst ein Panzer könne nicht durch diese Mauern brechen.

Als ich durch die vergleichsweise kleine Eingangstür trat, hörte ich bereits mehrere Stimmen aus einem der angrenzenden Zimmer. Da ich erstens neugierig war, und zweitens in die Pläne der »Avengers« mehr oder weniger involviert war, beschloss ich mich der Plauderrunde anzuschließen.

Der Tisch, an dem am Vortag noch die Sklavin benutzt worden war, hatte sich mittlerweile zu einer Art Kommandozentrale verwandelt. Er war so mit Papieren, Aktenordnern, Schreibutensilien und Laptops belagert, dass man keinen Fingerbreit Holz mehr erkennen konnte.

Als ich eintrat, schossen alle Köpfe in die Höhe.

Alle, außer einem ... Derek blieb über einem aufgeschlagen daliegenden Aktendeckel gebeugt und tat so, als habe er nichts gemerkt. Die Blicke, die mich trafen, reichten von überrascht bis feindselig.

Um den Tisch standen sechs Personen. Außer Derek noch

MacNeill, O'Leary, ein weiterer Mann, den ich nicht kannte, und zwei Frauen. Die eine war mittelgroß mit kurzen brünetten Haaren. Aufgrund ihrer Frisur und der knabenhaften Figur wirkte sie ungeheuer jung und die Ähnlichkeit mit einem Lausbub war nicht von der Hand zu weisen. Die andere hatte mittelblondes Haar und war ein ganzes Stück größer als ich. Emotionslos schaute sie mich an, wie jemand, der noch dabei ist, sich ein Bild von seinem Gegenüber zu machen. Die Brünette jedoch starrte mich offen feindselig an. Augenblicklich verkreuzte sie die Arme vor Brust und lehnte ihren Oberkörper leicht zurück. Es war eine ebenso überhebliche, wie herausfordernde Geste. Mit der würde ich noch Ärger kriegen, dessen war ich mir sicher. Während die Natur-Blondine mich jetzt eher neugierig betrachtete. Sie stand ein wenig nach vorn gebeugt, als habe sich noch gar nicht gemerkt, dass man so wunderbar in ihren tiefen Shirt-Ausschnitt schauen konnte, der zwei perfekt gewölbte Halbkugeln offenbarte.

»Hallo, Emma!«, begrüßte mich MacNeill, der scheinbar der ewige Sonnenschein der Truppe war und mich anlächelte.

Jetzt schaute auch Derek mit gerunzelter Stirn hoch. Ganz offensichtlich fühlte er sich durch mein Eintreten gestört.

»Bleibt die hier?«, knurrte die Brünette, ohne mich aus den Augen zu lassen.

Derek atmete tief durch. Seine olivenfarbenen Augen fixierten mich und indem er sich wieder hinunterbeugte, stieß er ein Ja hervor.

Könnten Blicke Dolche sein, hätte die Brünette mich in diesem Moment niedergestreckt. Entweder vögelte Derek sie bereits oder sie war zum Platzen scharf auf ihn. Natürlich konnte es auch möglich sein, dass mir lediglich mein schlechter Ruf vorauseilte, und bei der jungen Dame handelte es sich um ein moralisch empfindendes Wesen, das sich durch die Anwesenheit einer Hure brüskiert fühlte.

Dennoch empfand ich mich bestätigt. Derek hatte bestimmt angeordnet, dass ich dableiben sollte und offensichtlich wagte niemand in dieser Runde, seine Entscheidung zu dementieren.

Ich schwieg wohlweislich, denn ich hatte nicht vor, meine hart erkämpfte Position zu gefährden, beziehungsweise mein zickiges Gegenüber durch eine unbedachte Äußerung dazu zu bewegen, mich hinauswerfen zu lassen.

»Okay ... ich habe jetzt Nachricht wegen Bradford bekommen.« Mit diesem magischen Satz hatte Derek alle Aufmerksamkeit auf sich gezogen, sogar das brünette Kampf-Wiesel hatte sich von mir abgewendet und sah zu ihm hin.

»Weiß er schon was Neues?«, erkundigte MacNeill sich so lebhaft, als plane er, sofort loszustürmen.

Derek richtete sich zu seiner vollen Größe auf, mit der er die anderen weit überragte. Ja, da war sie – seine wundervolle Figur, sehnig, trainiert. Der Körper eines Balletttänzers. Jede Frau, und wäre sie blind und lahm, würde ihm allein schon wegen seiner Stimme verfallen.

»Bradford wird gegen Ende der Woche in Suffield sein. Er hat zu einer Hausparty geladen.«

In diesem Moment hätten sie auch Kanton-Chinesisch sprechen können – ich verstand kein Wort. Allerdings war mir Suffield Place bereits ein Begriff. Es gehört zu den berühmtesten Landsitzen aus der edwardianischen Ära in den Highlands.

»Wer von euch geht hin?«, wollte Derek wissen.

Fragende Blicke schweiften durch den Raum.

»Ich schlage vor, wir schicken Emma!«, erhob O'Leary das Wort.

»Geht nicht«, konstatierte Derek kühl und sachlich. »Sie käme nur als Georges Nutte rein und dann ist sie verbrannte Erde.«

Mich traf ein kleiner Stich.

»Hat denn niemand außer mir eine Einladung dort hin?«, fragte Derek ungeduldig und die anderen sahen ihn an, als müssten sie sich dafür bei ihm entschuldigen.

»Meine Eltern gehen bei Bradford ein und aus. Aber ich ...«, wehrte einer der Anwesenden ab.

O'Leary blickte hoch. »Und wann willst du Emma sonst ins Spiel bringen, wenn nicht dort?«

Das Kampf-Wiesel sprühte Flammen in O'Learys Richtung. Es brauchte keinen Hellseher, um zu erkennen, dass hier Dinge hinter den Sätzen abliefen, von denen ich keinen Schimmer hatte. Und genau das gefiel mir nicht, denn es war nicht von Vorteil, wenn man zwischen die Fronten geriet.

Der Namenlose bekam ein leuchtendes Gesicht. »Mensch, Leute ... ich hab's! Emma geht zusammen mit Derek hin!«

Armer, armer Tor! Da sprudelte er seine tolle Idee hervor und sah den Speer nicht, der sich genau auf sein Herz richtete ...

Voller Begeisterung redete er sich bei den Damen um Kopf und Kragen. »Bradford ist doch ein Frauen-Sammler ... vor allem vergebene Frauen interessieren ihn. Das wissen wir ja aus den Unterlagen.« Seine Blicke wanderten durch die Runde und blieben bei Derek hängen. Er machte den Eindruck eines Schülers, der einen schwierigen Beweis in Mathematik zum Besten gibt. »Was spricht also dagegen, Derek mit seiner Einladung hinmarschieren zu lassen und mit Emma als seiner Freundin im Schlepptau? ... Wenn unsere Einschätzung stimmt, dann wird er versuchen, Emma zu verführen.« Er riss sich von Derek los und sah mich an. Ich zuckte innerlich zusammen.

»Du musst nach unserer Einschätzung genau sein Typ sein. Nicht zu groß, kurvig, mit dicken Titten.«

Jetzt stand er auch auf meiner Liste …

»Außerdem bist du gescheit und hast Humor und Witz. Aber! Du musst dich von ihm jagen lassen. Du darfst dich nicht gleich vögeln lassen.«

Jetzt schien er auch auf MacNeills Liste gelandet zu sein …

Der Einzige, der vollkommen unbewegt seinen Ausführungen lauschte, war Derek. Auch das Kampf-Wiesel schien besänftigt. Die Blondine hingegen musterte mich aus den Augenwinkeln, offensichtlich interessiert an meinen Reaktionen auf diese ziemlich unverfrorene Analyse meiner Eigenschaften.

»Bradford liebt die Jagd. Das Spiel mit der Gefahr sozusagen. Und genau da setzen wir den Hebel an.«

Derek nickte, und seine Zustimmung irritierte mich, denn ich wollte doch gern wissen, welchem Teil der Ausführungen er so zustimmte.

»Das ist doch idiotisch. Emma als sanfte Falle …«, stieß MacNeill hervor und O'Leary sah ihn verwundert an.

»Ja – was denn sonst? Deswegen haben wir sie doch hier hoch gebracht!«

MacNeill schüttelte energisch den Kopf. »Das Ganze war eine Schnapsidee«, knurrte er.

Der Namenlose sah zu Derek hin, dem es offensichtlich oblag, die Auseinandersetzung zu beenden.

»O'Leary hat recht. Wir haben Emma geholt, weil sie eine exzellente Hure ist …« Sein Atem reichte noch für mehr Worte, doch verschluckte Derek sich fast, als das Kampf-Wiesel verhalten sagte: »Daran gibt es wohl keinen Zweifel.«

Zu O'Leary blickend sagte ich: »Hast du ein Problem mit mir?« Dass ich dabei klang, wie ein lauernder Wolf, war beabsichtigt.

»Wer? Ich?«, stieß O'Leary erschrocken hervor.

»Nein. Der junge Herr hier neben mir«, zischte ich.

Das Kampf-Wiesel saugte hörbar die Luft ein und wollte gerade weiterreden, als der Namenlose sagte: »Schluss mit dem Unsinn. Wenn ihr rumzicken wollt, macht das woanders.«

Damit war klar, dass wir eine Rechnung miteinander offen hatten. Wobei ich noch immer schwankte, ob Derek sie schon gebumst hatte oder ob sie sich nach ihm die Finger leckte. Mein Magen zog sich bei jedem Blick zusammen, den er dem Kampf-Wiesel schenkte.

»Also, ich finde deine Idee gut. Sehr gut sogar«, sagte der Namenlose.

»Und was meint Emma?«, fragte die Blondine und überraschte mich mit dieser Frage außerordentlich.

Also straffte ich meinen Rücken, richtete mich auf und zeigte mich des in mich gesetzten Vertrauens würdig! »Wie ganz richtig festgestellt wurde, bin ich eine Nutte. Also habe ich kein Problem damit, mit einem mir unbekannten Mann ins Bett zu gehen. Mich stört dabei nur, dass ich keine Ahnung habe, warum ich diesen Zauber veranstalten soll.«

Sie schauten sich fragend an. Offensichtlich wollte niemand Derek zuvorkommen.

Und dieser reagierte pflichtschuldig. »Also ... die Idee ist gut und im Prinzip ja auch das, was wir die ganze Zeit vorhatten. So machen wir es jetzt. Du und ich – wir gehen gemeinsam zu Bradford und nehmen als Pärchen an der Hausparty teil. Du siehst zu, dass du ihn rumkriegst. Die Idee dabei ist, dass Bradford der größte Karpfen im Teich ist. Wenn du es schaffst, seine feste Geliebte zu werden, weiht er dich vielleicht in seine Interna ein ...«

»Davon gehe ich aus«, flüsterte das Kampf-Wiesel.

»... oder du kannst uns Zugang zu seinen Unterlagen verschaffen«, fuhr Derek unbeeindruckt fort.

»Tut mir leid. Aber ich glaube nicht an solche Tricks«, bemühte ich mich, alle wieder von ihrem Enthusiasmus zu befreien. »Ich bin jetzt seit geraumer Zeit Hure und ich habe es nie erlebt, dass ein Klient, wie lange ich auch mit ihm ins Bett gegangen bin, mir irgendetwas von seinem Job erzählt hat. Diese Männer nehmen sich doch Frauen wie mich, um *nicht* an ihren Beruf denken zu müssen und ein paar Stunden Ruhe davon zu haben. Außerdem hat das mit dem Geheimnisverrat nicht mal bei Christine Keeler, dem ehemaligen britischen Model und Callgirl, geklappt.«

»Und die hatte mehr zu bieten«, fügte das Wiesel an.

Jetzt war ich kurz davor, ihr eine zu scheuern.

»Bess? Könntest du vielleicht mal deine Kommentare einstellen?«, blaffte MacNeill sie an.

»Wieso?« Sie stemmte die Fäuste in die Hüften und beugte sich kampflustig nach vorn. »Willst *du* sie etwa ficken?«

»Na, das kann ja heiter werden«, brummte der Namenlose.

Derek sah die beiden scharf an und sie schwiegen. »Emma, mag sein, dass du recht hast, aber wir müssen es versuchen. Eine andere Chance ergibt sich im Moment nicht. Von daher werden du und ich als Paar am Freitag in Suffield einlaufen.«

Es tat ehrlich gesagt weh, ihm zuzuhören. Denn er klang so unbeteiligt, wie ein Regisseur, der seiner Darstellerin Anweisungen gibt. Damit beugte er sich wieder über seine Unterlagen und machte dort Notizen. Nach einem kurzen Moment sah er zu mir hoch. »Ist noch was?«, fragte er distanziert. Es war klar, dass ich entlassen war.

Wie so oft hatte ich es mir in der Bibliothek gemütlich gemacht. Sie barg wahre Schätze und ich genoss es, die endlosen Reihen entlangzugehen und immer wieder einen Titel herauszuziehen, in dem ich dann las.

Nachdem das Kampf-Wiesel klar gemacht hatte, dass ich nicht zu ihrer Geburtstagsfeier eingeladen werden würde, hatte eine Art Solidarisierungsprozess mit ihr stattgefunden. Selbst MacNeill hielt sich nun von mir fern.

Derek sah ich so gut wie nie, denn er tauchte nicht mal bei den Mahlzeiten auf, die ich bald fern von den »Avengers« einzunehmen begann. Solange er nicht dabei war, machte das für mich keinen Sinn. Und so spaßig war es nicht, sich von der Gruppe anstarren zu lassen, die schweigend das Essen verzehrte, wobei sich einige sicherlich dabei vorstellten, meine Einzelteile auf den großen Fleischplatten liegen zu sehen, die auf dem Tisch standen.

Wie der Zufall es wollte, stand ich gerade in der Nähe der Bibliothekstür, die lediglich angelehnt war, als ich Stimmen vom Flur näherkommen hörte. Offensichtlich stritten die beiden. Schneller jedoch, als ihre Stimmen, war der Zigarettengeruch, der sie begleitete. Und so wusste ich sofort, dass Derek einer der beiden war. So dicht ich konnte, drückte ich mich gegen den Türspalt und verfluchte mein unzureichendes Gehör, das mich absolut nicht verstehen ließ, was die beiden zueinander sagten. Erst, als sie nur noch Schritte vom Bibliothekszugang entfernt waren, hörte ich Derek sagen: »Kümmer dich gefälligst nicht um so einen Mist.«

»Mist nennst du das? Diese Nutte mischt doch alle auf. Wieso hast du sie überhaupt hierher geschleppt?«

»Ich habe sie nicht hergeschleppt. Die Idee kam von Francis. Wir haben abgestimmt.«

»Jaaa ... so wie alle deine Abstimmungen verlaufen. Du bist hinter der Schlampe her, das ist es!«

Jetzt hielt ich den Atem an.

»Ich? ... Unsinn!«

»Du hast sie doch gefickt?«

»Jeder hat sie schon gefickt.«

Mir wurde schlecht. Warum, wusste ich nicht. Vielleicht hatte ich zu wenig gefrühstückt.

»Jeder Mann hat mal Druck und kein Ventil. Du weißt genau, dass ich schon immer zu Nutten gegangen bin, wenn ich es gebraucht habe. Ohne Gequatsche von Zweisamkeit und Liebe und so. Aber ich brauche mich vor dir nicht zu rechtfertigen.«

»Nicht vor mir ... aber vor Laura!«

Es war mir, als bewegte ich mich durch ein Minenfeld und mit jedem Schritt explodierte so ein Ding unter mir. Die Splitter trafen mich. Mitten ins Herz.

Wie auch immer er sich in dieser Umgebung, inmitten der »Avengers« geben mochte – für mich blieb Derek ein hirnloser Parasit. Ich wollte weder ihn noch seine Zuneigung. Gar nicht zu reden von so etwas wie Liebe. Und dennoch hätte es jede Frau verletzt, hätte sie anhören müssen, was ich anhören musste.

An die Wand gepresst stand ich da und hoffte so sehr, ich würde taub. Und nicht nur, dass ich für ihn nichts weiter war, als eine Nutte, bei der man abspritzen konnte, es gab offensichtlich eine Frau in seinem Leben! Eine, von der seine Freunde wussten, und die von solcher Wichtigkeit war, dass sie von Derek Rechenschaft über sein Verhalten verlangen konnte.

Es tat weh. Ein dumpfer, betäubender Schmerz. Die Stimme

des Schmerzes kämpfte in mir der Stimme der Vernunft, die mir sagte, dass zwischen mir und ihm nichts sei. Gar nichts! Und dass er es nicht wert sei, dass ich mich seinetwegen quälte. Aber dennoch ...

»Hör zu, Bess ... deine Zuneigung zu Laura in allen Ehren, aber ich bitte dich, dich nicht mehr in unsere Angelegenheiten einzumischen.«

»Ja. Okay.«

Er brummte etwas und dann hörte ich kurze, schnelle Schritte, die sich durch den Flur entfernten.

Der Zigarettenqualm erfüllte langsam die Bibliothek. Noch immer stand ich benommen da, als plötzlich die Tür aufgerissen wurde und Derek in das Halbdunkel trat. So schnell ich konnte, zog ich ein Buch aus dem Regal und sah ihn überrascht an.

»Seit wann interessierst du dich für Bücher?«, ging ich in die Offensive. So sehr ich ihn auch erschreckt haben mochte, so schnell hatte er sich wieder in der Gewalt.

Er hob seinen linken Arm und legte ihn gegen den Türrahmen, während er sich ganz dicht an mich heranschob. Natürlich wusste er, dass es meine Selbstachtung gebot, keinen Schritt vor ihm zurückzuweichen. Arrogant grinste er auf mich herab – ganz der alte Derek – und sagte dann mit einer ebenso tiefen wie rauen Stimme: »Du solltest dich doch eigentlich sehr gut an mein Interesse für Bücher erinnern ...«

Alles in mir zog sich zusammen, wusste ich doch genau, worauf er anspielte. Damals, kurz nachdem ich seinen Vater George kennengelernt hatte, war Derek in die Buchhandlung gekommen, in der ich damals gejobbt hatte. Keine Frau der Welt würde wohl je vergessen, wenn sie von einem wildfremden Mann zwischen den Regalreihen einer Buchhandlung im Stehen gevögelt worden wäre. Allein die Erinnerung ließ mich erröten.

»Aha … du hast es also wirklich nicht vergessen«, summte es an meiner Haut. Wie zum Teufel konnte er das bei diesem Licht sehen, fragte ich mich.

»Genauso wenig, wie ich deinen Gesichtsausdruck vergessen habe, als Jay dir seinen Schwanz reingeschoben hat!«, presste ich wütend hervor, stieß ihn beiseite und stürmte mit brennenden Augen den Flur hinunter. Dieser Mistkerl! Hätte bloß noch gefehlt, dass er mich befummelte. Aber ich war ja bloß zum Abladen gut. Ein bezahlter Fick für zwischendurch. Süßholzraspeln tat er ja nur, wenn er mal wieder Druck hatte und eine schnelle, willige Tussi brauchte.

Voller Empörung riss ich die Vordertür auf und stürzte hinaus in die frische, würzige Luft der Highlands. Ich kam kaum zu Atem. Alles ging durcheinander in meinem Körper. Ich wollte fluchen, schreien und weinen, treten, um mich schlagen und festgehalten werden. Alles zusammen. Gleichzeitig. Und vor allem wollte ich einen Menschen haben, dem ich sagen konnte, wie weh es tat. Wie unendlich schmerzhaft es war, erniedrigt zu werden und sich nicht wehren zu können.

Doch statt Hilfe nahte bereits meine Nemesis …

Ich hatte einen kleinen Obstgarten betreten, in dem bunt gemischt die unterschiedlichsten Früchte wuchsen. An knorrigen alten Bäumen hingen Äpfel und Birnen und an die hohe Trockenmauer drängten sich Johannisbeeren und Himbeeren. Es war ein wunderhübscher Garten mit den letzten in bunten Tupfern blühenden Astern, Anemonen und Tagetes. Ihr altmodischer Duft erfüllte die Luft und dämpfte ein wenig den Schmerz, mit dem ich den ummauerten Garten betreten hatte. Hier merkte man die wohltuende Wärme des Golfstroms, der in so manchem Park sogar Palmen wachsen und gedeihen ließ. Mir gegenüber entdeckte ich einen gemauerten Bogen, durch den man gehen konnte. Knöterich hing so tief, dass sogar ich meinen Kopf neigen musste, damit sich die Ranken nicht in meinem Haar verfingen.

In diesem Moment hatte ich eine Idee: Wenn ich schon nicht von diesem heimeligen Ort wegkam, so wollte ich es mir wenigstens gemütlich machen. Ich konnte mir aus dem Schloss einen Tee holen und mich dann in meinen geheimen Garten setzen, an den ich beim ersten Betreten bereits mein Herz verloren hatte. Die Sonne wärmte die großen Steinbrocken und auch jene bereits eingestürzten Teile der Mauer, wo ich mich hinsetzen konnte.

Also drehte ich mich um und ging, die Sonne wärmend im Rücken, durch den Gemüsegarten und dann quer durch den Obstgarten.

Plötzlich, ich war gerade dabei, den Bogen zu passieren, trat mir Bess, das Kampf-Wiesel, in den Weg. Mein Herz setzte einen Schlag lang aus und der Schrecken ergoss sich heiß über mein Gesicht. Hätte ich mich nun umgedreht, wäre das einer Flucht gleichgekommen. Also musste ich sie beiseiteschieben.

Gerade hatte ich den Arm ausstrecken wollen, um mir den Weg freizumachen, als sie mich anzischte: »Du gottverdammtes Stück ...«

Ich hatte keine Lust, mir eine Schimpftirade anzuhören und so schenkte ich ihr lediglich einen eiskalten Blick und drückte ihren Oberarm zur Seite. Doch sie riss sich los, schüttelte sich wie ein nass gewordener Hund und sah mich kampflustig an. »Du versuchst, ihn rumzukriegen, ja?«

»Wen?«, versetzte ich unwirsch.

»Wen wohl? Derek!«

»Weißt du was, lass mich einfach vorbei, dann geschieht dir auch nichts.«

Demonstrativ fest setzte sie ihre Füße nochmals auf. »Pass mal gut auf ... wir wissen alle, dass du Georges beschissene Nutte bist. Allerdings fickt der ja alles, was nicht bei drei auf dem Baum sitzt. Aber Derek – mit dem ist es was anderes. Der gehört meiner besten Freundin. Und ich werde nicht zusehen, wie eine beschissene Schlampe wie du ihre Krallen nach ihm ausfährt. Eher breche ich dir dein beschissenes Genick!«

Das Kampf-Wiesel gehörte zu den wenigen Leuten, die der Kinderstube entwachsen waren, und zu denen ich dennoch hinunterschauen konnte.

»Das wichtige Wort scheint beschissen zu sein, ja?«, sagte ich vollkommen ruhig und stieß sie mit meiner rechten Seite aus dem Weg.

Da der Angriff für sie überraschend kam, bot sie mir praktisch keinen Widerstand und musste sich sogar an dem Bogen festhalten. Was die gute Bess allerdings nicht davon abhielt, hinter mir herzurufen: »Wem, denkst du denn, ist es zu verdanken, dass aus dem versoffenen Söhnchen der Kopf der ›Avengers‹ geworden ist? Wer hat ihn denn sensibel gemacht für die Not derer, die von Seinesgleichen beschissen worden sind? Laura!«

Und wenn ich auch weiterging, so war ich doch sozusagen innerlich stehengeblieben und dachte über ihre Worte nach. Das wäre natürlich eine Erklärung für seinen Wandel. Eine Frau!

Der Stich, der mich traf, war bemerkenswert. Diese Laura war zu etwas in der Lage, das mir nicht möglich gewesen war. Sie hatte offensichtlich eine Bedeutung für ihn, die ich nie erreicht hatte. Egal, was ich mir auch tief in meinem Innern einbildete ...

Okay. Gut. Sollte Derek mit seiner Laura glücklich werden

und dieses Glück vom Kampf-Wiesel bewachen lassen. Es ging mich sowieso nichts an. Ich vögelte alle Männer, die ich wollte und kümmerte mich sowieso nicht um ihn. Außerdem, wer konnte denn schon sagen, wie lange der wohltuende Einfluss der Dame noch halten würde.

Mit leicht zitternden Knien durchschritt ich die Eingangstür und blieb abrupt stehen. Ich hatte gemerkt, dass dieses Miststück mir die Freude am Garten besudelt hatte. Plötzlich schwand meine Lust, mit einer Tasse Tee die Ruhe zu genießen. Allein die Vorstellung, dieser Westentaschen-Nemesis wieder zu begegnen erfüllte mich mit Abscheu.

»Emma?«

MacNeill, mein stiller Bewunderer, tauchte auf der breiten Freitreppe auf und kam mit zügigen Schritten zu mir herunter. »Alles klar?« Mit besorgtem Blick legte er seine Hände an meine Oberarme.

»Ja. Alles bestens«, sagte ich mit zugegebenermaßen bemühtem Ausdruck.

»Du siehst so merkwürdig aus.« Und während eine Hand an meinem Arm blieb, wanderte die andere zu meiner Wange. »Wenn du irgendwas brauchst – ich bin für dich da, okay!«, sagte er eindringlich. »Ich möchte, dass du das weißt.«

Bei jedem anderen Mann, in jeder anderen Situation hätte ich nach diesen Worten damit gerechnet, dass er den Kopf ein wenig schräg legt und mich dann sachte küsst. Doch dazu kam es nicht.

Eine Tür flog hinter uns krachend ins Schloss, woraufhin MacNeill wie von der Tarantel gestochen zurückfuhr.

»Oh, Verzeihung«, bekannte Derek. »Ich wollte nicht stören. Aber ich hatte ja keine Ahnung, dass ihr gerade in ›Medias Res‹ geht …«

»Ach, und ich dachte wirklich, deine ganzen Lateinkenntnisse beschränkten sich auf so schöne Begriffe wie Fellatio oder Cunnilingus ... Da sieht man mal, wie man sich irren kann!«, zischte ich.

Mit seinem raubtierhaften Gang kam er auf uns zu. »Tja, man soll seine Feinde eben nie unterschätzen«, erwiderte Derek und nahm einen langen Zug aus seiner Zigarette.

Ich fixierte seine Blicke.

»Bist du mein Feind?«, fragte ich lauernd.

Aber die einzige Antwort, die ich bekam, war ein breites Grinsen. Da war er wieder, der Derek, den ich viel zu gut kannte. Der Mann, der sich wieder und wieder in Wortgefechte mit mir verstrickte, der das Messer in mich hineintrieb und dann in der Wunde drehte.

»Eigentlich trifft es sich ganz gut, dass ich dich sehe. Ich wollte mit dir das Wochenende in Suffield besprechen.« Er hatte damit nicht nur ohne Vorwarnung das Thema gewechselt, sondern auch die Rolle, die er spielte. Jetzt war er wieder der coole, überlegte, emotionslose »Avenger«.

»Tja, dann gehe ich jetzt fernsehen«, erklärte MacNeill und zog sich zurück wie ein Rüde, der erkannt hat, dass das Alpha-Männchen aufgetaucht ist.

Ich aber drehte mich ebenfalls weg.

»Wohin gehst du?«

»In die Bibliothek«, erwiderte ich leichthin.

»Ich will mit dir reden!«

»Ach, so«, sagte ich, »und ich dachte, dir wäre es nur darum gegangen, MacNeill und mich zu trennen ...«

»Hör auf, so verdammt spitzfindig zu sein«, knurrte er und versenkte seinen abgerauchten Filter in einem antiken Blumentopf.

»Ich will ja gar nicht spitzfindig sein. Ich bin nur verblüfft, dass du so ein langes Gespräch mit mir führst, wo du doch seit ich hier oben bin, nicht mehr als zwei Dutzend Sätze für mich hattest ...«

»Können wir jetzt über Suffield sprechen?«

»Aber natürlich doch. Ich habe im Moment nichts anderes vor.« Innerlich kochend folgte ich ihm in einen kleinen, in Gelbtönen gehaltenen Salon, in dem, wie in jedem Zimmer, ein gemütliches Feuer brannte.

»Setz dich doch!« Er deutete elegant zu einem der etwas abgenutzt aussehenden Sessel.

»Einen Drink?« Ohne meine Antwort abzuwarten, schenkte er mir ein und reichte mir dann das Glas. »Du bist wütend auf mich«, stellte Derek gelassen fest und zündete sich eine neue Zigarette an.

»Ich hätte erwartet, dass du sofort zu mir kommst, nachdem sie mich hergebracht haben.« Meine Stimme schwankte.

Sein Blick wurde unstet und schien Halt an verschiedenen Punkten im Zimmer zu suchen. »Ja. Das hätte ich wohl müssen. Aber ich bin erst zu dem Dinner eingetroffen. Also konnte ich vorher gar nicht ...« Er trank, um den Satz nicht vollenden zu müssen.

»Derek, lass mich gehen! George wird mich suchen. Und dieser Bradford wird mir kein Wort glauben. Seine Geliebte werden ... Was bekommt er denn von mir, das er nicht von jedem anderen Escort-Girl bekommen könnte?«

»Prestige!«, versetzte er kalt.

»Prestige? Das ist nicht dein Ernst!«

Er hielt das Glas noch immer vor seinen wundervollen Lippen, nach denen ich mich plötzlich zu verzehren begann, dass es mir beinahe den Verstand raubte. *Vergiss es! Vergiss alles!*, wollte ich ihn anschreien. *Lass uns hier vor dem Feuer vögeln.*

Nicht an all das denken, was hinter uns liegt oder vor uns. Nur du. Und ich. Jetzt!

Aber ich schwieg.

»Das Prestige, dich George ausgespannt zu haben. In der Gesellschaft geht man allgemein davon aus, dass du Georges ... ja, wie nenne ich es? ... Dass du seine Maîtresse En Tître bist.«

Die Zigarette zwischen Mittel- und Zeigefinger, dabei das Glas balancierend, durchmaß er mit seinen langen Beinen den Salon. »Du musst ihm zu verstehen geben, dass du bereit wärst, George für ihn zu verlassen. Stell ruhig Forderungen. Das wird ihn reizen. Je höher die Forderungen sind, umso besser.«

»Geld?«, erwiderte ich schlau.

»Geld spielt bei Bradford keine Rolle. Außerdem ist er, wie gesagt, ein Jäger. Lass ihn nicht in dein Bett. Na ja, irgendwann natürlich schon, aber warte damit so lange, bis er sich bei der Jagd ausgepowert hat. Je erschöpfter er ist, desto länger dauert es, bis er deiner überdrüssig wird.«

Als er so sprach, ruhig, überlegt, Menschen wie Schachfiguren hin- und herbewegend – da erinnerte ich mich an einen Film über die Tudors. Thomas Seymour, dessen Schwester Heinrich den VIII geheiratet hatte, ähnelte ihm in diesem Moment bestürzend.

»Oh, man kann meiner also überdrüssig werden ...«, sagte ich spitz und nun hatte ich für einen Moment seine Aufmerksamkeit.

Mit einem frechen Buben-Grinsen sah er mich über den Rand seines Glases hinweg an. »Bradford kann ...«

Herrgott, ich wollte mich in seine Arme werfen. Ihn küssen. Meine Brüste an ihm reiben und meine Hand in seine Hose schieben. Mich von ihm um den Verstand vögeln lassen, wie er es so wunderbar konnte. Doch ich blieb ruhig sitzen.

»Wie viel Zeit habe ich?«

»Mmm ... du musst auf jeden Fall an diesem Wochenende den Grundstein legen. Suffield ist nur ein paar Meilen entfernt. Du kannst ihm ja erzählen, dass George dir Warham zur Erholung überlassen hat. Er hat zwar seine Büros in Manchester, aber er wird sicherlich mit seinem Flieger herkommen, wenn er dich ...« Ich sah seinen Kehlkopf hart auf und ab wandern. »... also wenn er mit dir ins Bett will.«

Laura, dachte ich. *Sie heißt Laura. Und du schwitzt, wenn du daran denkst, dass du mich gerade einem anderen ins Bett legst ...*

»Und wenn ich ihn soweit habe? Ich meine, ich veranstalte all die kleinen Kunststückchen, die die Herrenwelt so an mir liebt ... und dann, gesetzt den Fall, verfällt er mir, erklärt mich triumphierend zu seiner neuen Gespielin ... Und dann? Durchwühle ich seinen Schreibtisch? Bringe ich ihn dazu, seine Passwörter beim Orgasmus zu stöhnen? Nach dem Motto: Erst dringt er in mich ein und dann ich in seinen Computer?«

»Ja. Ich hab es kapiert, verdammt nochmal!«, schnauzte er mich urplötzlich an und ich zuckte zusammen. »Wenn du ihn rumgekriegt hast, dann kriegst du von uns weitere Anweisungen, wie du vorgehen sollst. Wir haben dann die notwendigen Informationen, beziehungsweise, werden sie bis dahin beschafft haben.«

»Fein. Dann wäre ja alles geklärt.« Ich stand gespielt heiter gestimmt auf und bewegte mich in Richtung Tür.

»Du gehst?«, erklang seine irritierte Stimme.

Sein Blick verwirrte mich. Leise fragte ich: »Ist denn noch was?« Ich erhaschte seinen durchdringenden Blick.

»Nein. Nein, es ist nichts mehr. Freitag um drei nachmittags machen wir uns auf den Weg. Mary soll dir packen helfen.«

SchneeSpiele

Das Wochenende in Suffield schien von Anfang an unter keinem gutem Stern zu stehen.

Am Donnerstagabend hatte das Wetter urplötzlich umgeschlagen, es war eiskalt geworden, und als ich am folgenden Morgen aufwachte, hatte sich eine elegante weiße Schneedecke über die Highlands ausgebreitet.

Der Wetterdienst in meinem Nachttischradio verkündete, dass es sich um den frühesten Wintereinbruch in Schottland seit zehn Jahren handelte, was mich nicht wirklich interessierte. Und ich fragte mich, für wen eine solche Erkenntnis überhaupt Nutzen bringen würde. Weiter im Norden wurde mit heftigem Schneefall gerechnet und man riet der dortigen Bevölkerung, sich auf diese Verhältnisse rechtzeitig vorzubereiten.

Was mich allerdings interessierte, war der herrliche Blick aus meinem Fenster, der mich augenblicklich weihnachtlich stimmte.

Ich suchte aus meinem Ankleidezimmer einen wunderbar kuscheligen Norweger-Pullover in Beige- und Brauntönen raus und dazu eine passende Bootcut-Jeans, die das Beste aus meinen kräftigen Oberschenkeln machte. So wanderte ich, heiter »We wish you a merry Christmas« vor mich hinträllernd, die große Treppe hinab. An diesem Morgen würde ich das Frühstück mit meinen Geiselnehmern einnehmen. Der Schnee hatte mich gnädig gestimmt.

Doch als ich die Tür zum Speisezimmer öffnete, musste ich feststellen, dass bereits alles vorbei war. Auf dem Tisch stand benutztes Geschirr, die Schüsseln und Platten auf der Anrichte sahen aus, als wäre eine Bombe eingeschlagen und das einzige, was es noch ausreichend gab, war Kaffee.

Gerade hatte ich mich mit meinem schwarzen Kaffee ans Fenster gestellt, um die herrliche Landschaft zu betrachten, auf die jetzt mit wunderbarer Lautlosigkeit der Schnee fiel, als die Tür aufging und jemand hinter mir sagte: »Oh, Verzeihung, Miss. Aber wir dachten, Sie würden wieder in ihrem Zimmer das Frühstück einnehmen.«

Im nächsten Moment strömten Diener in das Speisezimmer und im Handumdrehen waren sowohl Tisch als auch Anrichte abgeräumt. Stattdessen fand sich jetzt ein perfekt gebügeltes, weißes Damasttischtuch auf der Tafel, und man hatte auch schon für mich eingedeckt.

Der einzelne Teller auf dem riesigen Tisch, war ein trauriger Anblick. In aller Eile richtete man mir ein frisches Frühstück, wenn ich auch gar keinen richtigen Hunger mehr hatte.

Die schnelle Bewegung einer dunklen Gestalt lenkte meine Aufmerksamkeit auf die weiße Fläche hinter dem Schloss. Ich trat ans Fenster und beobachtete, was sich dort draußen im frisch gefallenen Schnee abspielte.

Ein riesengroßer Hund war auf die schneebedeckte Wiese gestürmt und raste jetzt wie irre hin und her. Nach einer Weile sah ich auch, warum er so wild rannte: Jemand warf ihm Schneebälle zu, die er zu fangen versuchte, und die doch bestenfalls auf seiner Nase zerschellten. Und wie ich so an meinem Kaffee nippte und dem Hund zusah, trat auch derjenige in mein Blickfeld, der die Schneebälle warf: Derek!

Ausgelassen lieferte er sich eine Verfolgungsjagd mit dem Riesenhund, die dieser natürlich gewann. Derek blieb plötzlich stehen, riss die Arme seitlich hoch, die Zigarette lässig zwischen den Lippen und erwartete seinen vierbeinigen Spielgefährten. Dieser erstarrte für einen Moment, dachte offensichtlich darüber nach, was er machen sollte und gab dann Gas.

Der Schnee stob in die Höhe, als der Hund mit gewaltigen Sätzen auf Derek lossprang und den großgewachsenen Mann mit den Vorderpfoten nach hinten stieß. Die Überraschung in seinem Gesicht ob des unerwartet heftigen Stoßes wandelte sich binnen Augenblicken in wildes Lachen. Den Hund hechelnd und schwanzwedelnd über sich, lachte Derek offensichtlich aus vollem Herzen, während die Zigarette irgendwo im Schnee verlöschte.

Jetzt hatte Derek alle Mühe, unter dem glückseligen Hund hervorzukriechen, denn der sah offensichtlich keinerlei Veranlassung, sich von allein von seiner Beute zu erheben.

Dereks dunkle Jacke hatte überall weiße Flecken und nachdem er den Hund vom Rückzug überzeugen konnte, saß er, die Knie gegen die Brust gezogen, im Schnee und schüttelte lachend den Kopf.

So hatte ich ihn noch nie erlebt! Die Sonne schien zwischen den Wolken hindurch, aus denen kontinuierlich der Schnee fiel. Derek saß auf einer funkelnden Decke aus Diamantenstaub, während der Hund ihn wild wedelnd beobachtete.

Leider konnte ich nicht verstehen, was Derek zu ihm sagte, doch plötzlich formte er einen Schneeball und warf ihn in die Luft. Augenblicklich war der Hund auf den Pfoten und versuchte, den Ball zu erhaschen. Eine neue Kugel musste her. Derek drückte sie zwischen seinen Händen fest zusammen und warf sie in Richtung des Schlosses. Die Zeit aber, die der Hund brauchte, um dem Ball nachzuhechten, nutzte Derek zum Aufstehen. Er formte einen weiteren Ball und lenkte ihn abermals direkt auf das Schloss. Offensichtlich hatte er nicht über das Ziel seines Angriffs nachgedacht, denn als der Ball an eben jenem Fenster zerschellte, hinter dem ich stand, starrte er entgeistert zu mir hoch.

Ohne Zweifel konnte er mich sehen und auch ich sah direkt in seine Augen, wollte fliehen, mich in den Schatten der Vorhänge zurückziehen, aber es war sinnlos. Er hatte mich ja bereits entdeckt. Der Kaffee wurde in meinen Händen kalt. Ich hielt seinen Blick fest. Oder er den meinen. Ich hatte keine Ahnung, wie lange. Ich wusste nur, dass wir dastanden und uns ansahen, wie zwei Magier, die versuchen, gegenseitig die Gedanken zu lesen.

Das Frösteln, das eine Gänsehaut hinterließ, bemerkte ich erst, als eine Stimme hinter mir erklang. »Dir ist kalt.« Und noch während er dies feststellte, spürte ich seine Hände auf meinen Schultern, die mir eine Jacke umgelegt hatten und diese an mir festzudrücken schienen.

MacNeill war still wie ein Geist eingetreten. Und nun stand er so dicht bei mir, dass sein Atem an meinem Hals entlangstreifte und dadurch die Gänsehaut noch intensivierte.

»Er spielt da draußen mit Bo.«

Ohne etwas zu erwidern, nahm ich mir eine Scheibe Toast und ein paar Stücke kross gebratenen Frühstücksspeck. Es kostete mich nicht viel, mich aus seinem Griff zu lösen und an den Tisch zu setzen. Meine Gedanken waren bei Derek und – Bo. Etwas lange verschüttet Geglaubtes hatte sich bei ihrem Anblick in mir hochgewühlt und lag nun direkt vor meinen Augen. Und ich dachte an Laura. Jene Laura, die so viel mehr für Derek zu sein schien, als nur eines seiner gewohnten »Matratzen-Wunder«. Zumindest, wenn ich den Worten des Kampf-Wiesels Glauben schenken konnte …

Es war ein dumpfer, wenn auch nicht weniger tief sitzender Schmerz, den ich in meinem Inneren ausmachte, und dessen ich mir erst beim Anblick des mit dem Hund spielenden Mannes so richtig bewusst geworden war.

Nicht bei Tiffany, der Süßen, die er partout in meinem Apartment hatte vögeln wollen oder der hochhackigen Kellnerin von Georges weihnachtlicher Orgie. Natürlich hatte mir sein Interesse an diesen Frauen einen gewissen Stich versetzt, doch es war kein Vergleich zu dem, was ich jetzt empfand. Jetzt ... Aber warum? Weil Derek hier in Schottland ein so ganz anderer zu sein schien, als in London? Oder weil mir einfach bewusst geworden war, dass es einen Teil seines Lebens gab, den ich nie mit ihm teilen würde? Denn wenn ich das grelle Licht der Werkstatt-Lampen über der Szenerie und über meinen Gefühlen anschaltete, musste ich erkennen, dass mein Beruf mich zu etwas machte, das ein Derek McLeod nie und nimmer als Partnerin ernsthaft auch nur in Erwägung ziehen würde.

Ich schlief mit seinem Vater und zahllosen anderen Männern und Frauen. Der Einzige, der je die Stärke besessen hatte, keinen Pfifferling darauf zu geben, dass wir meinen Kunden praktisch auf Schritt und Tritt begegneten, war Sergeji gewesen. Der leidenschaftliche, russische Geschäftsmann, mit dem ich mich sogar gewissermaßen verlobt hatte. Eine Beziehung, die George mit allen Mitteln hintertrieben und schlussendlich zum Einsturz gebracht hatte. Wobei ich zu meiner Schande gestehen muss, dass nicht Sergeji eingeknickt war, sondern ich.

Der Gedanke, dass es mir jemals möglich sein würde, an der Seite irgendeines arrivierten Mannes in der Mitte dieser Klasse zu existieren, war vollkommen unmöglich.

Und es war diese Unmöglichkeit, die mir in diesem Moment so schmerzhaft vor Augen geführt worden war. Es konnte für mich keine Normalität in diesen Kreisen geben. Ich würde immer bleiben, was ich jetzt war: Eine unterhaltsame Melodie im Background, die aber jederzeit ausgetauscht werden konnte, wenn sie langweilen sollte.

»Was denkst du?«

»Dass der Schnee so plötzlich gekommen ist. Normalerweise kann ich ihn riechen.«

MacNeill nahm einen Schluck Tee und legte den Kopf in den Nacken. »Kein Mensch kann den Schnee riechen«, schmunzelte er.

Doch ich beharrte schweigend auf meiner Behauptung, die im Übrigen stimmte. »Ich habe Bo noch nie im Schloss gesehen.«

Er grübelte über der Entscheidung zwischen Himbeer- und Aprikosen-Marmelade.

»Ach ... er ist meistens draußen bei den Ställen oder unten im Souterrain. Da bekommt er des Öfteren was zu naschen von den Leuten, die in der Küche arbeiten.«

»Was ist dieser Bradford eigentlich für ein Typ?«, fragte ich.

»Finanzhai. Und einer der Schlimmsten. Er hat ein Vermögen mit hochspekulativen Anlage-Optionen gemacht. Einer der reichsten Männer Europas.«

»Kennt man ihn in der Forbes-Liste?«, wollte ich wissen, denn diese war immer mein erster Hinweis, wie ich jemanden finanziell zu kategorisieren hatte.

MacNeill lachte bitter. »Nein«, sagte er gedehnt. »Vor Jahren hätte er da drinnen on top auftauchen sollen. Es hatte ihn nur einen Anruf bei den Machern der Liste gekostet und sie vergaßen, dass er überhaupt existiert.«

Das konnte ich gut verstehen. Immerhin wollen die meisten wirklich reichen Leute nicht, dass man das auch noch in die Welt posaunt. Vom Sicherheitsaspekt her gesehen, ist ihr Leben schon schwierig genug. »Ja, ja, die Sicherheit ...«, sagte ich etwas großspurig.

MacNeill schüttelte amüsiert den Kopf. »Nein, nicht wegen

der Sicherheit. Er hat so viel Dreck am Stecken ... Er will ja nicht, dass all jene Leute, die er angeblich so selbstlos beraten hat, sehen, wo ihre Kohle in Wahrheit hingeraten ist.«

»Betrug?«, setzte ich nach.

»Nein. Bradford ist zu clever für Betrügereien. Er hat es immer so zu drehen gewusst, dass seine Opfer – oder Geldgeber, wie er sie nennt – ihm am Ende sogar noch dankbar waren, dass er sie vor Schlimmerem bewahrt hat.«

»Ja ... aber wie funktioniert seine Masche?«

»Keine Masche. Es ist etwas kompliziert. Pass auf! Er verkauft keine Aktienpakete oder so, sondern Optionspakete auf das Steigen oder Sinken von im Prinzip nicht gedeckten Schecks. Er zockt, wenn du so willst, um die Frage, wann eine Spekulationsblase platzt.«

»Und darauf, wie laut der Knall ist, mit dem sie dieses tut.«

MacNeill hob anerkennend die Brauen. »So in etwa! Du bist ja ein wirklich cleveres Mädchen. Derek hatte recht.«

Mein Herz setzte einen Schlag lang aus. »Was?«

»Ach, nichts«, sagte er schnell.

Derek hatte mich also gelobt. Da ich ihn nicht bedrängen wollte, änderte ich schnell die Richtung. »Wenn ich bloß wüsste, wo ich da ins Spiel komme ...«

»Ich weiß nicht, ob ich Derek reinpfusche ...«

»Es bleibt unter uns«, versicherte ich vernünftig und beugte mich dabei ein wenig über den Tisch.

»Du sollst ihn verführen.«

Wow! Das war nun eine überraschende Ankündigung. Damit hätte ich ja nie und nimmer gerechnet. Theatralisch riss ich die Augen auf. Schock! Dann lehnte ich mich zurück und sah ihn kopfschüttelnd an. »Ach, komm. Sag mir etwas, was ich noch nicht weiß! Warum schickt ihr da nicht einfach einen Strohmann hin, der sich als potentieller Anleger ausgibt und fertig?«

»Weil uns das nicht reicht! Wir brauchen den Zugang zu seinen Konten. Zu seinen Quellen. Wir müssen seine Planung kennen. Seine Strategien. Und seine Opfer!«

Ich zuckte so heftig zusammen, dass MacNeill mich anstarrte, als Dereks Stimme von der Tür her erklang. Wie geistesabwesend ich war, wenn ich ihn nicht mal hatte hereinkommen hören. Ebenso wenig wie MacNeill zuvor.

»Lungerst du immer hinter den Türen herum?«, giftete ich ihn an, denn ich schämte mich für meine heftige Reaktion.

»Ja. Aber nur, wenn ich lausche«, gab er säuerlich von sich. Er zündete sich eine Zigarette an und nahm sich dann eine Tasse Kaffee. Seine vom Schnee feuchte Jacke hatte er auf einen der Stühle geworfen. Er setzte sich neben MacNeill und damit mir gegenüber hin, wodurch ich wirkte, wie die Verbrecherin vor ihren beiden Anklägern.

Seine Blicke waren offen auf mich gerichtet, als warte er auf die alles klärende Aussage, wobei eine gewisse Herausforderung in seinen Zügen lag. Aus irgendeinem Grund schien er die Konfrontation mit mir zu suchen. Ebenso wie das Kampf-Wiesel. Hinter alledem musste – zumindest für meine Begriffe – diese Laura stehen. Gewiss wusste sie, dass ich im Schloss war und sie wusste sicherlich auch, was die Pläne der »Avengers« mit mir waren.

»Also ... was soll ich tun?«, gab ich genervt von mir.

Derek machte einen tiefen Zug und kniff dabei die Augen zu schmalen Schlitzen zusammen. Dann tupfte er die Glut in den Unterteller seiner Tasse. »Du sollst an diesem Wochenende Bradford verführen, ihn um den Verstand bringen. Das kannst du ja ...«

Er starrte mich schweigend an und ich fragte mich, wie weit er noch gehen würde, in seinem Versuch, mich zu beleidigen.

»Ich habe es bei dem Besten gelernt«, sagte ich laut.

Abrupt stand Derek auf und ging zur Tür. »Ich habe dir schon erzählt, wie du dich zu verhalten hast. Wir fahren in einer Stunde. Der Schnee wird immer höher.«

Damit flog die Tür hinter ihm ins Schloss.

»Er hat mir sein Herz geschenkt«, sagte ich schnippisch in MacNeills Richtung.

Der aber betrachtete intensiv seine Fingerspitzen, die die Krümel auf der Tischdecke zuerst zu einem winzigen Häufchen zusammenschoben und dann ein Mäuerchen aus ihnen formte, nur, um sie gleich darauf wieder anzuhäufeln. Dann holte er tief Luft und verließ stumm den Raum.

Was auch immer hinter den Kulissen vor sich ging – es verhieß nichts Gutes.

Kühle Ankunft

Das wichtigste Utensil bei dieser Fahrt schien eine kleine Schaufel zu sein. Sie lag auf dem Rücksitz von Dereks Wagen und leistete gute Dienste, wenn wir mal wieder tief im Schnee eingesunken waren und Derek uns freischaufeln musste.

Der Himmel hatte eine schwefelgelbe Farbe angenommen und der Schnee fiel kontinuierlich in dicken Flocken. Man musste nur nach oben sehen, um zu wissen, dass dieses Wochenende als eines der schneereichsten in die Annalen eingehen würde. Die Kälte und, wie ich leider sagen muss, auch meine Anwesenheit führten nicht dazu, dass sich Dereks Laune besserte. Seit Stunden kämpften wir uns in Richtung Norden durch. Der Schnee fiel mal dichter, mal dünner – aber er fiel.

Ununterbrochen. Zeitweise so heftig, dass man sich fühlte, als bewege man sich durch einen weißen Tunnel. Wieder und wieder mussten wir anhalten, aussteigen und versuchen, eine Rinne freizuschaufeln.

Neben Derek im Schnee bibbernd, beobachtete ich ihn dabei, wie er sich schwitzend mühte, die Reifen freizukriegen, wobei ich die Situation dadurch würzte, dass ich ihm riet, das nächste Mal doch an Schneeketten zu denken. Woraufhin er ächzend zu mir aufschaute, sich auf seine Knie stützte und mir die Schaufel vor die Füße warf.

Es wurde bereits dunkel, als wir endlich in Suffield Place ankamen, dem Wintersitz Bradfords.

Suffield lag in einem Tal und wurde zu beiden Seiten von schroffen Hügeln geleitet. Der Schnee lag hier bereits so hoch, dass man sowohl Park als auch umgebende Landschaft bestenfalls erahnen konnte.

Das Haus selbst war aus grauem Stein erbaut und im historisierenden Stil des ausgehenden neunzehnten Jahrhunderts.

Den bräunlichen Spitzen, die aus dem Schnee aufragten, entnahm ich, dass wir an einer Hecke entlangfuhren, auf deren anderer Seite wohl normalerweise Gras zu sehen war. Mächtige alte Bäume streckten ihre knorrigen schwarzen Äste über uns hinweg wie gewaltige Waldgeister, die nach uns greifen wollten.

Von außen gesehen war es ein Schloss, das so tat, als sei es eine Burg. Besonders beeindruckend fand ich allerdings das vierteilige Fenster, das sich über die ganze Breite dieses Vorbaus erstreckte und sicherlich zu einem üppigen Saal gehörte, von dem aus man über die herbe Landschaft der schottischen Highlands blicken konnte.

Derek parkte an diesem Vorbau, wobei die wuchtige Eichentür bereits geöffnet wurde, als der Motor noch nicht verstummt war. Mehrere Dienstboten strömten hinaus in die Kälte, um uns unser Gepäck abzunehmen.

Die von bernsteinfarbenem Licht erfüllten Fenster lockten einen geradezu aus der schneidenden Kälte nach drinnen, wo wir – einmal durch den düsteren Vorbau hindurch – von einer riesigen Halle in Empfang genommen wurden. Hier war nun alles versammelt, was unter dem Titel »Scottish Living« Rang und Namen hatte. Von den gekreuzten Schwertern und Ritterrüstungen an der Wand, über die mit Karo-Stoff bespannten Sitzmöbel, bis hin zu den Gemälden und Stichen, die einen mit allerlei Ansichten der Highlands verwöhnten.

Es war definitiv kein historisches, schottisches Heim – es war vielmehr das, was sich ein reicher Mensch im vorletzten Jahrhundert unter einem solchen vorgestellt hatte. Und dies insbesondere, nachdem er in Balmoral gewesen war und den Dekorationsgeschmack der Königin Victoria kennen und schätzen gelernt hatte.

Ja, selbst das männliche Personal trug Kilt mit Sporran und ein kleines Messer – stilecht – in den Socken geschoben. Die Mädchen hatten bodenlange Kilt-Röcke an und über den Blusen eine Schärpe in den Clan-Farben.

»Derek!«, rief es plötzlich über unseren Köpfen und ich blickte von den Deko-Schotten hinauf zu der breiten Freitreppe, die jener in Suffield bemerkenswert ähnelte. Doch mit dem einen Unterschied, dass auf dieser ein Mann stand, schlank, mit dichtem, dunkelbraunem Haar und auf uns herabsah.

Von der Größe her reichte er nicht an Derek heran, aber sein Gesicht war von einer makellosen Schönheit. Er hatte klassische Züge mit einer langen, geraden Nase. Doch dominiert wurde das Gesicht von beinahe nachtschwarzen Augen unter dichten, dunklen Brauen. Er hatte eine herbe, männliche Haut, die Zeugnis davon ablegte, dass er sich viel an der frischen Luft aufhielt.

Etwas steif kam er die Treppe herunter. Schweigend mit beherrschtem Gesichtsausdruck, als müsse er noch darüber nachdenken, welche Strafe für Eindringlinge wie uns angemessen wäre. Und gerade so, als gelte es, seine Überlegenheit auch weiter zu demonstrieren, blieb er auf der vorletzten Stufe stehen.

»Derek ...«, wiederholte er und nickte dabei knapp. Seine Stimme – oder zumindest das, was ich davon zu hören bekam – schien rau und nicht all zu tief zu sein. Ja, man konnte ihm vielleicht viel vorwerfen, aber sicher nicht, dass er geschwätzig wäre. Er musterte uns aus kühlen Augen, was bei diesem herrlichen Braun schwer fallen musste.

»Tim«, erwiderte Derek ebenso knapp.

Hier waren offensichtlich zwei verbale Wasserfälle aufeinandergetroffen und ich fragte mich, wie viele Seiten von Derek ich noch kennenlernen würde. Derart verschlossen kannte ich ihn eigentlich gar nicht. Fast fürchtete ich, er würde sich und seine Ressentiments unserem Gastgeber gegenüber verraten.

»Und Sie?«

Jetzt kam ich Derek zuvor, der gerade Luft holen wollte und dessen Finger fahrig an seiner Jacke auf- und abstreiften, als suche er dringend seine Zigaretten.

»Emma Hunter.«

Bradford machte ein Gesicht, als habe er eine Schoko-Praline in den Mund gesteckt, darauf gebissen und sei dabei auf Heringsstücke gestoßen.

Ich mochte schon immer diesen Moment, wenn ein Klient versucht, mich einzuordnen. Wenn er mich nicht aus seinen Kreisen kennt und sich fragt, was er mit mir anfangen soll.

»Muss ich Sie kennen?«, fragte er plötzlich wenig schmeichelhaft.

Offensiv sah ich ihm in die Augen und sagte: »Nein.«

Er nickte abermals knapp. »Wenn du jagen willst, musst du warten, bis der schlimmste Schneefall aufgehört hat«, sagte er an Dereks Adresse gerichtet, wobei er aber noch immer mich ansah. Es war eine merkwürdige Form der Kommunikation, die mich ein wenig irritierte.

Andererseits sah auch Derek ihn nicht an, sondern antwortete einem der überlebensgroßen Ahnenporträts an der Wand. »Das war mir klar, bevor ich hergekommen bin.«

Mir blieb – im Sinne unseres Zieles – nur zu hoffen, dass die beiden immer so miteinander umgingen ...

Unser Gastgeber sagte nichts mehr, stattdessen marschierte er auf die gegenüberliegende Tür zu und führte uns durch diverse Räume und Flure, bis in den Vorraum eines Wintergartens, wie ich ihn größer und schöner nur in Kew Gardens gesehen hatte.

Bäume, Palmen, Schlingpflanzen, die sich in bizarren Formen um Äste schmiegten. Blätter, so groß wie ich, beugten sich über uns herab. In einer Ecke räkelte sich eine kolossale Frauengestalt aus weißem Marmor auf einem Stuckbett. An ihren üppigen Rundungen schoben sich Efeuranken entlang und schienen ihr die größte Lust zu bereiten. Fassungslos bestaunte ich Blumen, deren Blüten groß wie Kinderköpfe waren und deren betörender Duft sich mit der feuchten Hitze mischte und nicht nur unsere Kleidung, sogar auch unsere Haut zu durchdringen schien.

Durch die mächtigen Glaselemente sah ich den schottischen Schnee, der still um uns herum niederschwebte. Wir setzten uns unter die gewaltigen Blattfächer und ein Diener schenkte

Drinks ein. Mein Mitleid galt ganz diesem Mann, dem der Schweiß in dicken Perlen über die Stirn rollte.

Das Schweigen des Hausherrn lastete auf unserer kleinen Gruppe und grenzte mit seinem Stoizismus an Beleidigung. Bradford fixierte mich mit harten Seitenblicken aus zusammengekniffenen Augen.

Noch nie hatte ich mich einem potentiellen Liebhaber gegenüber derart unwohl gefühlt. Seine Wirkung auf mich war verheerend. Ich sprach kein Wort mehr, trank stumm meinen Whisky und schoss eisige Blick-Blitze in Richtung meines Betrachters ab. Derek hatte sich dazu entschlossen, seine Fingerspitzen an seinen Mund zu legen und kleine unregelmäßige Rhythmen gegen seine Lippen zu trommeln, während seine Aufmerksamkeit jenem Gefecht galt, das sich zwischen Bradford und mir abspielte.

»Man kann hier nicht viel machen ... wenn man nicht Jagen geht.« Beim Klang von Bradfords Stimme zuckte ich beinahe zusammen.

»Ich weiß«, knurrte Derek.

Tief durchatmend stellte ich fest, dass damit die Unterhaltung auch schon wieder beendet zu sein schien. Hätte ich es nicht besser gewusst – ich hätte geschworen, da sitzen sich Vater und Sohn gegenüber.

»Wir essen um acht. Aber das weißt du ja.«

Wer hatte hier gerade mit wem ein Problem, fragte ich mich. Jedes Wort, das Bradford sich abrang, schien für ihn Schwerstarbeit zu sein. Ein für mich vollkommen unverständlicher Umstand, wenn man bedachte, dass gerade solche Anlageberater eine unglaubliche Eloquenz an den Tag legen mussten, um die potentiellen Kunden von ihren Produkten zu überzeugen.

Möglicherweise war es aber auch gerade sein Erfolgsgeheimnis, dass er die Leute nicht niederquasselte, sondern ruhig, ja beinahe verklemmt wirkte.

Plötzlich sprang Bradford auf und verschwand mit langen Schritten in der grünen Blattwand, die uns umgab. Derek und ich blieben zurück, umgeben von exotischen Pflanzen und verführerisch-schweren Düften.

Annäherungen

»Was, bitteschön, war denn das?«, fragte ich.

»Ich habe dir doch gesagt, dass er ein Arschloch ist«, knurrte Derek mich an, als gelte es, die Fehde nun mit mir weiterzuführen.

»Hattest du mal was mit ihm?« Die Frage erschien mir legitim, denn das Verhalten Bradfords erinnerte schon sehr an das einer abgelegten Geliebten, wenn der einstige Lover mit seiner neuen Herzdame auftaucht.

Der Blick, den Derek mir zuwarf, hätte mich ohne Weiteres töten können. »Ich ficke nur Weiber.«

Gut, ich hätte dieses Thema vertiefen können, denn ich hatte da ja so meine eigenen Erfahrungen mit Derek, aber aufgrund der angespannten Stimmung, zog ich es vor, zu schweigen.

Als ich aber merkte, dass mein Gegenüber das stumme Brüten einer normalen Unterhaltung vorzog, schlug ich mit beiden Handflächen auf meine Oberschenkel und stand auf. »Dann sehe ich jetzt mal, wo mein Zimmer ist.« Da ich sowieso mit keiner Reaktion rechnete, suchte ich nach dem Weg, den ich hergekommen war und ... verlief mich gründlich. Noch nie hatte mich an einem solchen Platz mein Ortssinn derart nachhaltig verlassen.

Bald irrte ich hilflos durch viele Gänge, ließ mich dazu

verführen, Treppen zu nehmen, wo ich doch genau wusste, dass ich mich bis jetzt nur im Erdgeschoss aufgehalten hatte.

Irgendwann taten meine Füße weh und ich fürchtete, in einem grauenhaften Labyrinth gelandet zu sein. Die Türen, an deren Klinken ich rüttelte, waren verschlossen, und jene, die offen waren, verbargen lediglich leere Zimmer. Und dann spürte ich, wie meine Panik wuchs. Selbst wenn ich an Fenster kam, so konnte ich bei dem herrschenden Schneetreiben und der Dunkelheit beim besten Willen nicht sagen, an welcher Seite des Schlosses ich mich überhaupt befand.

Es endete damit, dass ich, in Tränen aufgelöst, die Schuhe in den Händen, an einer Wand lehnte und laut um Hilfe schrie.

Mittlerweile war mir alles egal. Mochte ich mich zum Gespött der Hausgäste und des Personals machen, mochten sie über mich im ganzen vereinten Königreich reden ... Es war mir gleichgültig. Meine Füße brannten, als sei ich durch Salzsäure gelaufen. Mein Magen rebellierte und ich war verzweifelt.

»Hilfeeeee!«, rief ich abermals. Meine Ohren schienen taub geworden zu sein, denn ich hatte keine Schritte sich nähern hören, sah nur die schwarzen Herrenschuhe, die plötzlich vor mir standen.

»Miss Hunter ...«, sagte er mehr strafend, als mitleidig. Ich schluckte hart und sah zu Bradford auf. Verdammt! Von all den Männern und Frauen in diesem Haus hatte ausgerechnet *er* meinen Ruf hören müssen.

Verflixt! Genau so reißt man einen Typen auf: barfüßig und mit verquollenem Gesicht am Boden kauernd. Aber was würde jetzt passieren? Mit einem unüberlegten Schritt hatte ich alles kaputtgemacht.

Die »Avengers« hatten ihren dicksten Fisch durch meine Schuld verloren. Mein vorrangiger Gedanke war, wie Derek auf meinen Misserfolg reagieren würde. Würde er wütend werden oder enttäuscht sein?

Um diese Fragen kreisten meine Gedanken, während ich die auf Hochglanz polierten Herrenschuhe anstarrte, ohne auch nur für eine Sekunde meinen Kopf zu heben. »Sagen Sie mir einfach, wie ich in mein Zimmer komme. Ich sehe Sie nicht an, sondern warte, bis Sie wieder weg sind. Dann gehe ich dort hin und da Sie ein Gentleman sind, verlieren Sie kein Wort über diesen Zwischenfall.«

»Eine peinliche Situation«, ergänzte er unnötigerweise.

»Sehr fein bemerkt.«

»Sie müssen den Gang entlanggehen ...« Ich hörte ein Schmunzeln zwischen seinen Worten durch. »... Dann die Treppe hinunter. Sie kommen in einen lila tapezierten Gang. Den gehen Sie bis zum Ende durch. Dann die kleine Treppe drei Stufen hinab und schon sind Sie – erste Türe rechts – vor Ihrem Zimmer.«

Den Blick gesenkt haltend, wartete ich, bis sein Schatten verschwunden war. Dann drückte ich mich langsam an der Wand empor, hielt meine Schuhe weiterhin in Händen und hoffte, ich würde mich nicht ein weiteres Mal verlaufen, denn die Beschreibung hatte sich denkbar kompliziert angehört.

Aber – Wunder über Wunder – ich fand den lilafarbenen Gang und ich fand auch die kleine Treppe. Und ... Bradford! Der stand mitten im Flur, nur einen Schritt von meiner Tür entfernt.

»Was machen Sie hier?«, stieß ich hervor.

»Nachsehen, dass Sie sich nicht wieder verlaufen und um Hilfe schreien müssen.«

»Danke«, sagte ich wenig dankbar. Ich trat ein, schloss die Tür hinter mir und schaltete dann erst das Licht ein. Ich wollte so schnell wie möglich etwas zwischen ihn und mich bringen, denn ich wusste, wann sich jemand auf meine Kosten amüsierte!

Das Zimmer war allerdings umwerfend. Das eigentliche Schlafzimmer wurde durch einen kleinen Vorraum betreten, der mittels einer gläsernen Tür mit Rundbogen die Intimität des Gastes wahrte. Ursprünglich weit gemauerte Rundbögen bargen nun wesentlich kleinere Fenster, die mit Sicherheit bei Tag einen herrlichen Blick auf die umgebende Landschaft gewährten. Dem üppigen Bett gegenüber, lag ein kleinerer Raum, den man zu einer Plauderei nutzen konnte.

Wohingegen auf der anderen Seite eine hölzerne Tür den Zugang zum Badezimmer darstellte. Wie die anderen Räume, so war auch dieses Badezimmer exquisit. Es hatte eine in einem Alkoven versteckte Badewanne, die groß genug für zwei Leute war und diesen auch noch Platz für ausgefallene Sex-Spiele bot.

Ein Blick auf die Uhr sagte mir, dass ich noch eine gute Stunde Zeit hatte, um mich auf dem Weg zum Dinner zu verlaufen, und so beschloss ich, diese Stunde zu nutzen, um mich mittels eines angenehmen Vollbades wieder auf Vordermann zu bringen.

Mein Koffer war bereits ausgeräumt und der Inhalt in diversen Schränken und Kommoden verstaut.

Ohne ein Dienstmädchen zu rufen, ließ ich selbst Wasser in die Wanne und zog mich aus. Allerdings war mir der bodentiefe Spiegel im Badezimmer gleich unsympathisch, da er mir einen merkwürdig fülligen Po zauberte. Aber vielleicht mochte das nicht nur an dem Spiegel liegen ...

So beschloss ich schnell, mich von meinem Spiegelbild loszureißen und in die duftende Wanne zu steigen. Ich hatte gerade einen Zeh probeweise ins Wasser gestreckt, als ein vorsichtiges Klopfen zu hören war. Ärger stieg in mir auf. Ich wollte baden und die zurückliegenden unangenehmen Stunden vergessen.

»Wenn ich ein Dienstmädchen gewollt hätte ...«, zischte ich, während ich die Zimmertür aufzog.

»... dann hätten Sie eines bestellt. Sicher, das ist mir klar.«

Erschrocken zog ich meinen Bademantel über meinen Brüsten zusammen. »Sie stören!«, sagte ich wenig umgänglich, denn insgeheim hatte ich bereits mit Bradford abgeschlossen. Für mich gab es keinen Zweifel mehr daran, dass ich jede Chance bei ihm gegen die Wand gefahren hatte.

»Auch das ist mir klar«, gab er ungerührt zurück. »Bitten Sie mich trotzdem auf einen Drink herein?«

Schweigend presste ich die Lippen zusammen und machte einen Schritt zurück. Vielleicht gab es ja doch noch einen winzigen Funken Hoffnung.

Ohne Weiteres ging er zu der kleinen Zimmerbar im angrenzenden Empfangsraum und schenkte zwei Drinks ein. Auch dies, ohne mich zu fragen.

»Sie wollten gerade ein Bad nehmen?«

»Ich dachte, ich hätte gesagt, dass Sie stören, Mr Bradford.« Dass ich seinen Namen so offiziell anfügte, hatte seinen guten Grund.

»Nennen Sie mich Tim. Bei dem, was ich mit Ihnen besprechen muss, ist eine solche Formalität ebenso dumm wie sinnlos.« Seine Stimme klang harsch und ich hatte keine Ahnung, was da auf mich zukommen mochte. Sein Blick, der meinen Bademantel zu öffnen versuchte, verhieß allerdings das Übliche.

»Und das wäre?« Meine Worte klangen so schroff wie seine und ich bemühte mich nicht einmal, geduldiger zu klingen.

»Schlafen Sie mit Derek?«

Eine direkte Frage verdiente eine direkte Antwort. »Ab und zu.«

»Würden Sie sagen, dass Sie ihm tiefere Gefühle entgegen bringen?«

Diese Direktheit verdiente allerdings keinerlei Antwort. So blickte ich ihn nur starr und kalt an.

Er kratzte sich kurz am Kopf, erinnerte sich dann aber, wie ungezogen diese Geste war und legte seine Hand schnell wieder auf den Schoß.

Aha, so kriegt man dich also, sagte ich mir.

»Du bist eine attraktive Frau und ich will mit dir schlafen.«

Das brachte nun sogar einen alten Hasen wie mich aus dem Konzept. »Bitte?«, erwiderte ich perplex.

In gewisser Weise erinnerte er mich in diesem Moment an einen Landedelmann, der ein Pferd studiert, das er zu kaufen beabsichtigt. »Ich ziehe es vor, keine Zeit zu verschwenden und keine großen Worte zu machen. Wenn sich das mit deinen Interessen deckt ...«

Er stellte sein Glas beiseite und sah mich ruhig an. »Oder gefalle ich dir nicht, Emma?«

»Ich denke nicht, dass es darum geht«, sagte ich spitz. »Was du mir hier anträgst, ist einfach beleidigend.«

»Das finde ich nicht. Wenn ich dich zum Essen einladen würde, empfändest du das ja auch nicht als Beleidigung. Oder schläfst du nur mit Männern, mit denen du zumindest verlobt bist?«

Wie viel wusste er? Hatte er eine Ahnung davon, dass er eine Nutte vor sich hatte? Natürlich wollte ich ihn vögeln. Ich hatte es vom ersten Moment an gewollt, als ich ihn auf der Treppe gesehen hatte. Doch es stellte sich die Frage, ob ich noch an die gewünschten Informationen käme, wenn er mich als leicht zu erlegendes Wild betrachtete ...

Ich war noch ganz in Gedanken, als er auf mich zutrat und

nur mit den Fingerspitzen meinen Bademantel so weit aufzog, dass meine Brüste hervorblitzten.

»Du bist unglaublich sexy. Alles Natur. Deine Titten … deine Hüften … dein Gesicht. Diese hohe, klare Stirn … die großen Augen mit den dichten Wimpern …« Seine Augen glitten über mich hinweg und schienen daran zu arbeiten, mich in sein Gedächtnis einzuprägen.

Wie bei allen Bademänteln hielt auch dieser dem leichten Zug der männlichen Hände nicht Stand und rutschte auseinander, bis er nicht nur meine Brüste, sondern auch meinen Bauch, meinen Venushügel und meine Schenkel seinen Blicken ungeschützt darbot.

Ein Kribbeln rollte über meine Haut, als ich die Erregung spürte, die von Tim ausging. Die Anspannung, unter der er stand, und die er nur noch mühsam kontrollieren konnte. Und diese Anspannung wuchs beinahe ins Unendliche, weil er mich nicht berührte. Seine Finger hielten meinen Mantel auseinander und nur seine Augen kosten meine Haut.

Meine Gier wuchs mit jedem Atemzug durch seine unverfrorene Art, seine Rücksichtslosigkeit und seine ungeheure physische Präsenz, die den Raum so zu erfüllen schien, dass man kaum noch Atmen konnte. Allein seine Blicke auf meiner Blöße ließen die Luft vibrieren und meine Spalte langsam, aber sicher feucht werden.

»Oder gehörst du Derek?«, raunte er. »Bist du seine treue Geliebte?«

Ich schwieg. Unfähig etwas anderes zu tun, als meine Lust zu kontrollieren.

»Nein. Du bist nicht seine treue Geliebte. Du könntest niemals treu sein. Wozu auch? Wenn du einen Mann willst, nimmst du ihn dir.«

Er war sich sicher. Oh, ja. Er war sich absolut sicher, dass er mich in den nächsten Sekunden rumkriegen würde. Doch so schnell ging es nicht. Wenn er mich erst mal gevögelt hätte, wäre das Feuer erloschen. Aber ich wollte die Infos haben. Wollte auch irgendwie den Leuten helfen, die er reingelegt hatte.

Und so machte ich einen entschiedenen Schritt rückwärts, schlug die Mantelseiten übereinander und schloss den Gurt stramm um meine Taille.

Tim sah mich bestürzt an. »Was ist denn jetzt los?« Seine Stimme sackte in sich zusammen. Der knurrende Ton war verschwunden und er klang wie ein ganz normaler, enttäuschter Mann.

»Hör mir mal gut zu ... Wenn du ohne großes Federlesen eine Frau bumsen willst, dann nimm dir eine Nutte!« Ich grinste innerlich. »Aber ich bin auf diese plumpe Tour sicher nicht zu bekommen.«

Sein Blick war furios. Wie Kohle brannten seine Augen. Sein Gesicht war bleich geworden und ich erkannte winzige Schweißtröpfchen, die sich auf seiner Oberlippe bildeten. Ohne ein weiteres Wort zu verlieren, stürmte er an mir vorbei.

Mein Herz raste und ich fühlte mich, als tappte ich bei dichtem Nebel durch vermintes Gelände. Das Gefühl war überwältigend. Entweder hatte ich jetzt das einzig Richtige getan oder ich hatte alles mit Wucht in den Sand gesetzt.

JENNIFER

Das Dinner begann um Punkt acht Uhr. Eine gewaltige Standuhr kündete mit tiefen, hallenden Schlägen an, dass es Zeit war sich zu versammeln.

Allerdings fanden sich außer Tim, Derek und mit nur noch

ein weiblicher und ein männlicher Gast. Die beiden stellten sich als Jack und Jen vor. Der Name Jen kam wohl von Jennifer. Sie war etwa mittelgroß, hatte eine sportliche Figur und lange, blonde Haare, die ihr hübsches, ovales Gesicht umflossen. Wäre sie Amerikanerin gewesen, so hätte ich sofort auf eine Cheerleaderin getippt. Frisch geschrubbt mit roten Wangen und glänzenden Augen. Der Typ, der immer weiße Höschen trägt und auch im Januar sonnengebräunt ist, weil sie täglich mehrere Meilen joggen geht. Eine Frau, die stets Diät hält, sich darüber aber niemals beklagt. Eine Streberin, der aber nie jemand böse ist, weil sie sich in ihrer Freizeit um jene Mitschüler kümmert, die nicht ganz so helle sind, wie Jennifer.

Jack dagegen sah eher durchschnittlich aus. Weder aus dem, was er sagte noch seinem Verhalten konnte ich irgendwelche Rückschlüsse darüber ziehen, in welchem Verhältnis er zu Miss Perfect stand. Wie sie miteinander sprachen oder sich ansahen – nichts deutete darauf hin, dass sie ein Paar waren.

Jack trug sein aschblondes Haar kurz geschnitten und achtete augenscheinlich ebenfalls auf seine Figur. Wohl die einzige offensichtliche Parallele zu Jennifer.

Wie ich erwartet hatte, rührte Jen weder den Yorkshire Pudding noch die Röstkartoffeln an. Alles, was sie anknabberte, war der Kohl und das Beef. Ihre Art zu essen, konnte bei mir eine von zwei Reaktionen auslösen: Entweder, ich begann zu essen, als bräche morgen eine Hungersnot aus oder ich bekam keinen Bissen mehr herunter. An diesem Abend war Letzteres der Fall. In einer Art Widerhall ihres Essverhaltens, begann auch ich, auf meinem Teller herumzustochern, sah selbst die Petersilie mit einer gewissen Verzweiflung an, als wolle ich fragen: »Und mit wie viel Pfund wirst *du* dich auf meine Hüften legen?« Schlussendlich hielt ich mich an den gekühlten Weißwein. Der war scheinbar erlaubt.

Kurz gesagt, das Essen war kein Vergnügen und meine Laune sank von Moment zu Moment. Auch die Gespräche entwickelten sich dank unseres mürrischen Gastgebers nur sehr zäh. Wobei sich die gute Jen als wahre Stimmungskanone entpuppte. Unermüdlich beförderte sie neue Themen zutage. Mal aus dem Gebiet der Herren, wie Jagd oder Sport, dann wieder mehr aus dem Bereich Kultur und Klatsch, was wohl mir geschuldet war.

Ich dankte es ihr, indem ich so heiter mitplauderte, als seien mir die Blicke noch überhaupt nicht aufgefallen, die zwischen Tim und Derek hin- und herflogen. Wobei es Tim wohl die Stimmung verhagelte, weil er davon ausging, dass ich Derek eine – wie er es nannte – treue Geliebte sei. Und Derek dagegen sicher war, dass ich ohne jede Rücksichtnahme augenblicklich meine Schenkel für unseren Gastgeber geöffnet hatte. Wobei das wohl ziemlich unfair war, wenn man bedachte, dass er derjenige war, der mich als Köder in die süße Falle gesetzt hatte.

Aber es sah Männern durchaus ähnlich, so widersprüchlich zu sein. Wie immer galt es offensichtlich, die Torte zu verspeisen und sie gleichzeitig zu behalten.

War die Stimmung zu Beginn des Hauptgangs noch recht angespannt gewesen, so lockerte sie sich nun mehr und mehr. Wenn auch nicht zwischen Derek und Tim, so doch zwischen Jen und mir. Ihre Augen strahlten und eine lebhafte Röte hatte sich ihres Gesichts angenommen. Was ich nicht zuletzt auf die Tatsache zurückführte, dass die gute Jen den Wein praktisch in den leeren Magen fließen ließ.

Bald lachten und plauderten wir, als kannten wir uns seit Schulzeiten. Und als das Essen beendet war und sich die Männer in den Rauchersalon zurückzogen, blieben wir beide am

Tisch sitzen und tauschten Anekdoten aus.

Es dauerte nicht lange, da stand Jen auf, ging zu der etwas versteckt stehenden Stereo-Anlage und wählte eine CD aus. Amüsiert beobachtete ich sie, wie sie sich bald zu den Melodien zu bewegen begann. Mit einer Weiblichkeit und Grazie, die ich ihr gar nicht zugetraut hätte, schwenkte sie ihre schmalen Hüften und schloss dann träumerisch, den Klängen hingegeben, ihre Augen. Wie in Trance glitten bald ihre Hände über ihre Arme, strichen über die Spitzen ihrer Brüste, die sich unter der dünnen Strickjacke zu heben begannen und schon summte sie mit gekräuselten Lippen die Melodie mit. Es war ein unglaublicher Anblick: Eine junge Frau, die sich vollständig an die Melodie verlor. Sich in der Musik bewegte, wie in Wasser.

Plötzlich öffnete sie die Augen und sah mich direkt an. Sie streckte die Hände nach vorn und forderte mich auf, zu ihr zu kommen und ebenfalls zu tanzen.

Dachte ich im ersten Augenblick, dazu wäre ich nun wirklich noch nicht betrunken genug, so fand ich mich im nächsten bereits förmlich an sie gedrückt wieder.

Jen hielt ihre Arme seitlich ausgestreckt und wand ihren Körper an meinem auf und ab. Dabei hatte sie noch immer die Augen geschlossen. Ihre Brüste, klein und fest, brauchten keinen BH. Nur die flauschige Wolle spannte sich über ihnen und ich konnte meine Augen nicht von Jen lassen. Ihre geschmeidigen Bewegungen, ihr zierlicher Körper – sie bot eine verführerische Mischung aus weiblicher Laszivität und mädchenhafter Unschuld. Und so überraschte es mich auch nicht, als sie das Band aus ihrem Haar zog und ihre blonden Locken über ihr Schultern fallen ließ.

Selbst die Art, wie sie ihren Kopf bewegte und somit auch

das Haar, hatten etwas hurenhaft Unschuldiges. Gleich einer indischen Tempeltänzerin schienen sich ihre Arme in Schlangen zu verwandeln und ihr Unterleib an Beweglichkeit hinzuzugewinnen. Sie ging leicht in die Knie und spreizte dabei die Schenkel. Ich spürte das Blut in meinen Adern pochen.

»Bekomme ich noch einen Schluck?«, fragte Jen und verwandelte mich augenblicklich in einen willfährigen Diener. Doch diesmal gab ich ihr keinen Weißwein, sondern schweren Brandy. Ich kannte sie wahrhaftig nicht gut genug, um abzuschätzen, wie sie halb betrunken auf Annäherungsversuche reagieren würde, aber ich war mir sicher, dass der Brandy jene möglicherweise noch vorhandenen letzten Barrieren einreißen würde. Also reichte ich ihr das Glas. Sie nahm mit geschlossenen Augen einen Schluck, blickte dann, wohl vom Geschmack überrascht, das Glas an und leerte es sofort in einem Zug, wobei sie mich mit großem Augenaufschlag über den Rand hinweg anlächelte. Das war nun eindeutig!

Also legte ich meine Arme um ihren Nacken und spürte ihr Haar an meiner Haut, das mit jeder ihrer Bewegungen hin- und herglitt. Mein Körper begann, dem ihren zu folgen, ihn wie in einem Echo nachzuahmen, wobei Jen ihren Unterleib an meinem entlangrieb, der jedem Salsa-Tänzer Ehre gemacht hätte.

»Es ist so warm«, stöhnte sie plötzlich, und ich konnte ihr nur zustimmen. Als sie jetzt den dünnen Pullover über den Kopf zog und somit ihre kleinen Titten entblößte, war ich nicht mehr Herrin meiner Handlungen. Ohne nachzudenken, beugte ich mich nach vorn und schloss meine Zähne um ihren Nippel. Jen keuchte auf und warf den Kopf in den Nacken. Erfüllt von der erotischen Stimmung, die uns umfing, legte sie ihre Hände unter ihre Brüste und drückte sie mir entgegen, soweit sie nur konnte.

Plötzlich hauchte sie »Küss mich!« in mein Ohr, wobei in ihrem Atem eine Mischung aus Brandy und sehr teurem Parfum mitschwang. Ein herrlicher, verführerischer Duft. Und so legte ich meinen Kopf leicht schräg, öffnete meine Lippen und ließ meine Zunge zaghaft in ihrem Mund auf Wanderschaft gehen. Als Jen meinen Rock hochzog und ihre Finger zwischen meine Schenkel schob, sackte ich leicht in die Knie, so intensiv war ihre Berührung. Sie stimulierte meine Klit und ich begann meinen Unterleib heftig über ihren Fingern zu reiben. All mein Sehnen richtete sich auf ihre Möse. Ich wollte sie lecken. Sie benutzen. Dinge in sie hineinschieben. Ich spürte plötzlich eine merkwürdige Aggressivität dieser perfekten Frau gegenüber. Beinahe zornig riss ich an ihrem Slip. Der Stoff drückte gegen ihre Hüfte und zerfetzte. Jetzt war mir ihr Rock im Weg, doch anstatt diesen einfach nur hochzuschieben, zerrte ich wie eine Verrückte an den Knöpfen, bis auch die nachgaben. Hatte ich vermutet, das Zerreißen von Jens Sachen würde dazu beitragen mich zu beruhigen, die Aggressivität abzuschwächen, so geschah das genaue Gegenteil. Denn je genauer ich sie betrachtete, desto mehr fiel mir auf, wie wunderbar ihr Körper war, verglichen mit meinem.

Sie wollte mit einer Frau schlafen, wollte verstanden und in einer Weise befriedigt werden, die sie von einem Mann nicht erwarten konnte. So packte ich ihren Arm und stieß die nackte Frau hinüber zum Tisch. Jen schrie auf. Damit hatte sie wohl wirklich nicht gerechnet. Aber ihre einzige Gegenwehr bestand darin, auch an meinen Sachen zu zerren. Wobei ich ihr half und schlussendlich nackt vor ihr stand.

Unsere Körper hätten kaum gegensätzlicher sein können. Meiner voll, mit weiblichen Rundungen und ihrer sportlich-sehnig. Meine Möse rasiert, bis auf einen schmalen Strich, und ihre vollständig nackt. Meine Augen fraßen sich förmlich an ihren Leisten fest, an den Muskeln und Sehnen, die sich unter ihrer Haut spannten. Ihre Nippel standen in die Höhe, als wenn sie fror.

Ihre Titten wackelten hin und her, als ich sie, die Hand auf ihrem Hals, nach hinten drückte, bis sie lag. Und wie ich sie so mit einer Hand in Schach hielt, konnte ich mit der anderen ihre Schamlippen spreizen. Jen zappelte und keuchte. Ihr Fleisch war glitschig und geschwollen. Auch wenn es nun in meinem Unterleib pulste und ich mit jedem Atemzug heißer auf sie wurde, so galt all meine Konzentration ihrem Körper, der sich unter meinen Griffen wand. Hin- und hergerissen zwischen der Sehnsucht, benutzt zu werden und der Furcht vor Schmerzen, die ich ihr möglicherweise zufügen könnte.

Doch ich packte ihre Titte und knetete so fest, so entschieden, dass Jen von selbst ihre Schenkel spreizte. Was hätte ich in diesem Moment für einen Umschnall-Dildo gegeben, mit dem ich sie so richtig hätte durchficken können ... Ich wollte wissen, ob sie sich innen genauso fest und sehnig anfühlte, wie außen.

»Härter ... härter«, wimmerte sie, und ich rammte meine Zunge in ihren Mund. Ihr Geschmack und ihr Geruch erfüllten mich. Meine Lippen vergewaltigten ihren Mund.

Dann löste ich mich von ihr und wanderte langsam abwärts, bis der Geruch ihrer läufigen Möse mich umgab. Ihre Möse war herrlich! Ihre Muskeln massierten meine Zunge, während ich sie mit meiner Zunge vögelte und gleichzeitig ihre Klit rieb. An ihren Schreien und dem Stoßen ihrer Beine spürte ich, wie sich der Orgasmus in ihr aufbaute. Sollte ich sie quälen? Sie zwingen, sich wieder und wieder zu gedulden, bis ich ihr gnädig erlauben würde, zu kommen?

»Ich wünschte, du wärst ein Mann!«, ächzte es plötzlich unter mir. Jen hatte ihre Finger um die Tischkante geklammert, ihre Bauchdecke zuckte von den Muskelkrämpfen, die sie peinigten.

»Das kannst du haben«, raunte ich und sah mich nach etwas um, mit dem ich meine Hand einschmieren konnte. Da stand noch eine Schale mit Butter, die man zu dem Baguette gereicht hatte. Ich stieß mich von Jen weg, was sie mit einem kleinen empörten Aufschrei quittierte, ging hinüber zur Kredenz und tauchte meine Hand tief in die cremige Butter.

Jen lag auf dem Tisch, den Oberkörper auf die Ellenbogen gestützt. Ihr Gesicht glühte vor Erregung. Vollkommen entgeistert starrte sie auf meine Hand, als könne sie nicht fassen, was ihr bevorstand.

»Spreiz deine Möse«, kommandierte ich.

Sie spannte ihre Bauchmuskeln an und richtete sich auf. Als sie ihr Gleichgewicht gefunden hatte, zog sie ihre Schamlippen mit beiden Händen auseinander.

»Weiter!«, raunte ich ihr zu, und sie tat, was ich befahl. Mit ignoranten Fingern berührte ich ihre Spalte, zerrte eine Falte auf und ließ sie wieder los, spannte ihr Loch bis zum Zerreißen und rieb dann ihre Klit. Sie schrie, und ich wusste warum. Der Orgasmus hatte sie gepackt.

»Ich bin noch nicht fertig mit dir!«, sagte ich und setzte meine aneinandergelegten Fingerspitzen an ihrer empfindsamsten Stelle an. Durch die Butter geschmeidig gemacht, drangen zunächst meine Finger in die sich Windende und Schreiende ein, dann weitete sich ihre Möse, bedingt durch den Druck meiner Handknochen und schließlich tauchte meine Hand vollständig in sie ein. Das Gefühl war überwältigend. Ich erinnerte mich nicht, jemals eine Frau auf diese Weise genommen zu haben.

Die Erregung erfasste nicht nur Jen, auch ich war vollkommen außer mir. Zwischen meinen Schenkel troff die Feuchte meiner Möse. Meine Knie zitterten und mein Mund war staubtrocken geworden, während ich meine Finger in ihrem Unterleib öffnete.

Ich sah die Tränen der Gier und der Erschöpfung in ihren Augen funkeln, den Schweiß, der von ihrer Stirn floss und ihr goldenes Haar dunkel gefärbt hatte und das nun an ihren Schläfen klebte. Mit weit aufgerissenem Mund kauerte sie auf dem Tisch und starrte sich selbst fassungslos an.

Wie in Trance legte sie ihre Fingerspitzen auf ihre gedehnte Klit und wichste sich, unterbrochen nur, wenn sie ihre Finger benetzte, damit sie leichter über ihren Lustknoten gleiten konnten.

Und dann fiel sie mit einem langgezogenen Schrei zurück und klammerte sich wieder am Tisch fest, doch diesmal weit entfernt von jener Kraft, die sie noch kurz zuvor besessen hatte. Vorsichtig zog ich meine Hand zurück. Ihr Loch weitete und schloss sich dann wieder. Wie die Blätter einer Mohnblüte. Jens Atem ging stoßweise und es dauerte einige Zeit, bis sie wieder soweit bei Besinnung war, dass sie sich ein wenig aufrichten und mich ansehen konnte.

»Treibst du es oft mit Frauen?«, fragte sie.

Noch mit der Suche nach einer Serviette beschäftigt, an der ich meine fettige Hand abwischen konnte, schüttelte ich den Kopf.

»Ich weiß nicht, wann ich zum letzten Mal einen solchen Orgasmus hatte. Es war so wahnsinnig. Puuuh.« Mit einem leise klatschenden Geräusch setzte Jen sich hin. Es war ein entzückender Anblick – ihre straffen Oberschenkel, aus denen sich das weiße Dreieck ihrer Muschi erhob.

»Du hast sicher viel Sex«, sagte sie plötzlich mit gesenktem

Kopf. Die Aussage verblüffte mich mindestens ebenso wie ihre Haltung, während sie es sagte.

»Ja, schon ...«, sagte ich gedehnt, wobei ich gern angefügt hätte, dass alles andere bei einer Hure auch problematisch sei. Doch ich wollte mir die kleine Schmeichelei nicht nehmen und schwieg.

Sie stand auf und holte aus ihrer Handtasche eine Schachtel Zigaretten. Gemeinsam saßen wir nackt am Esstisch und rauchten.

»Schläfst du mit Tim?«, wollte sie plötzlich wissen, nachdem wir eine Zeitlang geschwiegen hatten.

Ich schüttelte den Kopf. »Und du?«

Jetzt schüttelte sie den Kopf. »Er ist aber schon verdammt sexy, nicht wahr?«

»Schon. Aber charakterlich eine ziemliche Niete.« Als hätte mich das je bei einem Mann abgehalten. Nein, wenn ich ehrlich war, gab es absolut nichts, was mich von einem Mann abhalten konnte, wenn ich Appetit auf ihn hatte.

Jen schob ein paar Krümelchen auf dem Tischtuch hin und her. Sie machte auf mich den Eindruck einer Frau, die etwas sagen will, sich aber nicht sicher ist, ob das so eine gute Idee wäre.

»Und Jack? Wie ist der so?«, versuchte ich, sie aus ihrer Zwickmühle zu befreien.

»Dazu kann ich nicht so furchtbar viel sagen. Da bin ich befangen«, sie hatte ein entzückendes Klein-Mädchen-Lächeln.

»Ist er dein Bruder? Ein Freund?«, hakte ich nach.

»Nein. Jack ist mein Mann.«

Nun blieb mir die Stimme weg. Sag keiner, es gäbe nichts mehr, mit dem man mich überraschen konnte. »Oh ... das habe ich nicht erwartet.«

Sie zuckte mit den Schultern, als habe sie das schon oft gehört.

Jen schlief mit mir, während ihr Mann im Nebenzimmer mit seinen Freunden rauchte. Und jetzt saßen wir beide hier nackt am Tisch und redeten ... Das hatte was!

»Dein Mann leidet nicht unter Eifersucht?«, fragte ich.

In ihrem Blick lag etwas, das ich nicht zu deuten vermochte. Bedauern? Ignoranz? Sie war jung und ausgesprochen attraktiv.

»Schläfst du auch mit anderen Männern?« Meine Fragen waren so naiv, als wüsste ich nicht, dass es nichts gab, was es in Beziehungen nicht gab.

Wieder erntete ich nur ihren merkwürdigen Blick. »Ich habe es heute zum ersten Mal mit jemand anderem getan. Jack meinte, ich solle es mal mit dir probieren.«

Ich holte tief Luft und hielt sie dann an. Das kleine Biest hatte mich verführt! »Danke, dass das große Los auf mich gefallen ist.«

»Bist du sauer?« Wenn sie einen so ansah und noch in diesem Tonfall mit einem sprach, dann konnte ihr wohl *niemand* böse sein.

»Nein. Es verblüfft mich nur. Sind Tim und Derek eingeweiht?«

Jetzt schaute sie mich verwundert an. Mich hingegen hätte es keine Sekunde gewundert, wenn sich die Männer uns angeschlossen hätten. Es hätte eine schöne Orgie gegeben.

»Nein. Das ist eine Sache zwischen Jack und mir.«

Ich stand auf und ging quer durch den Raum zur Bar, wo ich uns zwei Drinks einschenkte.

»Du siehst so toll aus!«, sagte Jen.

Ich blieb stehen. »Wie?«

»Du siehst klasse aus. Ach, ich wollte, ich hätte so eine Figur wie du. An mir ist alles voller Muskeln und Sehnen, und meine Titten sind viel zu klein!«, bedauerte sie.

Ich amüsierte mich über die Tatsache, dass es wohl keine Frau gab, die ernsthaft von sich behauptete, dass sie ihren Körper fantastisch fand, gerade so wie er war. Nicht einmal eine Frau wie Jen!

»Tim ... kennst du ihn schon länger?«, wechselte ich das Thema, denn es gab noch immer einen Teil von mir, der Derek Informationen beschaffen wollte.

»Ja, eigentlich seit ich Jack kenne. Die beiden sind seit Universitätszeiten dicke Freunde.«

Ob der gute Jack auch mit drinsteckte in den Abzockereien? »Sie sind wohl beide in der Bankbranche?«

Jen schüttelte sacht den Kopf und nahm einen Schluck. »Nein«, unterstrich sie ihre Geste. »Jack ist in der IT-Branche, Tim macht Anlageberatung und Aktien und so.«

Ob ich sie danach fragen konnte, ob die beiden irgendwie zusammenarbeiteten? Oder machte ich mich dadurch verdächtig? Immerhin war ich ja keine besonders versierte Spionin ... Von daher sagte ich nur: »Aha.«

Und schon fuhr Jen fort: »Tim braucht viel, was mit Computern und Software zu tun hat. Und Jack ist ein echter Fachmann. Du kennst Tim wohl nicht so besonders gut ...«

»Nein. Ehrlich gesagt gar nicht. Ich bin mit Derek befreundet und er hat mich mitgenommen, weil ich eine kleine Auszeit benötige.« Ich hatte mich mit mir selbst auf diesen Grund verständigt. Das machte sicherlich niemanden argwöhnisch.

Jen nahm mir das Glas ab. Während ich mich zu ihr beugte, drückte sie mir einen Kuss auf die Wange. Das kam überraschend. So überraschend, dass ich – ohne nachzudenken – ihr mein Gesicht zuwandte und sie intensiv küsste. Sie schmeckte ungeheuer gut und ich verstand nicht, was in diesen Jack gefahren war, dass er sie von anderen besteigen ließ. Aber wahrscheinlich gehörte er zu der Sorte, die es genossen, sich anschließend von ihr genau berichten zu lassen, wie sie es mit der anderen Frau getrieben hatte.

Sacht streckte ich meine freie Hand aus und rollte ihren Nippel zwischen Daumen und Mittelfinger hin und her. Jen begann auf eine sehr erregende Art und Weise zu gurren, und im nächsten Moment hatte sie mich schon rittlings auf ihren Schoß gezogen. Es fühlte sich fantastisch an, mit weit gespreizter Muschi über der einer Frau zu sitzen. Wobei Jen nicht untätig blieb, sondern mit ihrem Finger erst in mein Loch eintauchte und dann hart über meine Klit fuhr. Die Abwechslung zwischen diesen beiden Berührungen und der Druck, den sie dabei auf meinen Kitzler ausübte, ließen mich beinahe zum Höhepunkt kommen.

Doch noch hielt ich mich zurück, zog es vor, meinen Unterleib rhythmisch vor- und zurückzubewegen, um so Jens Reiben zu unterstützen. Dabei stellte ich mich auf die Querstreben des Stuhls, um die Kontrolle zu übernehmen, während meine Geliebte mich bereits mit drei Fingern gleichzeitig wichste.

Ich hielt mich keuchend hinter Jens Nacken an der Stuhllehne fest und sie nagte an meinen hüpfenden Titten. Als sie dann aber ihren Daumen in meiner Rosette versenkte, war es um meine Beherrschung geschehen. Ich wollte nur noch kommen, mich auf dieser ungeheuren Woge der Lust davontragen lassen.

Hart ließ ich mich auf ihre Hand sacken und schrie dabei meine Lust-Krämpfe aus voller Kehle heraus. Jetzt musste selbst der letzte Trottel in diesen ehrwürdigen Mauern begriffen haben, dass ich hier richtig hart rangenommen wurde.

Nachdem ich mehrmals gekommen war, stieg ich mit weichen Knien von Jens Schoss und setzte mich neben sie auf meinen Stuhl. »Es ist immer wieder faszinierend, was für interessante Menschen ich durch Derek kennenlerne ...«

»Findest du? Ich finde die Themen hier unendlich langweilig. Ständig geht es nur um das Geld. Als ob das alles wäre, was zählt«, sagte Jen in einer so aufrichtigen Art und Weise, dass ich mich fragte, wie sie es in diesen Kreisen denn überhaupt aushalten konnte. »Nimm Tim und Jack ... draußen ist die herrlichste Schneelandschaft, und was machen die beiden? Sitzen den ganzen Tag in einem dunklen Zimmer und tüfteln irgendwelches Zeug am Computer. Keiner kümmert sich um mich oder redet mit mir. Und dein Derek ist auch nicht besser. Rennt den ganzen Tag mit Leichenbittermiene rum und kriegt den Mund nicht auf. Na, ich danke.«

»Und was tüfteln die beiden? Ich dachte, ihr macht hier Ferien ...«

»Ferien? Doch nicht, wenn wir bei Tim sind!«

Himmel, ich war der Sache auf der Spur!

»Zahlen. Diagramme. Entwürfe. Pläne. So ein Kram. Darum geht es den ganzen Tag und die halbe Nacht.« Sie klang so genervt wie Manager-Ehefrauen fast alle nach kürzester Zeit klangen.

»Und das machen sie alles hier?«, setzte ich nach. Da gab es noch mehr zu hören!

»Ja. Und halte dir mal vor Augen: Zimmer an Zimmer, Saal an Saal ... Und wo hocken die beiden? In einem winzigen Kabuff, das gerade mal Platz für einen PC-Tisch und zwei Stühle bietet! Im zugigsten Eck der Halle! Aber was tut man nicht alles, um abhörsicher zu sein, sagt Jack. Abhörsicher ... Pah! Weißt du, er denkt, er kann mir jeden Blödsinn erzählen.«

»Aber da könnte doch etwas dran sein, wenn es da um so viel Geld geht ...«

Jen riss die Lider auf und rollte mit den Augen. »Viel Geld? Es geht um ganz unglaublich viel Geld!«

Das war es! Ich hatte mitten hinein gestochen in das Wespennest! »Siehst du! Da ist Sicherheit das oberste Gebot!«, sagte ich schulmeisterlich, und dachte an das zugigste Eck der Halle. Wo mochte das sein?

»Ja, ja ...«, sagte sie genervt. »Das sagt Jack auch immer.«

Mein Herz sackte tiefer. Mist! Ich hatte keine Ahnung, wie ich an das System rankommen sollte. Schließlich bin ich kein Hacker. Andererseits, wenn ich mich wie jeder Hacker auf das besann, was ich richtig gut konnte ...

QuickieÜberraschung

Der Schnee türmte sich mittlerweile gut einen Meter hoch. Der Himmel hatte jene schwefelige Farbe angenommen, die noch für sehr viel mehr Schnee bürgte. Die Flocken hatten sich allerdings von handtellergroßen in winzig kleine gewandelt.

»Das bedeutet, dass es noch sehr lange schneien wird«, brummte eine tiefe Stimme neben mir, während meine Blicke über die Landschaft schweiften, die langsam aber sicher im Weiß versank.

Tim war neben mich getreten und starrte mit überkreuzten Armen hinaus. »Wenn es so weiter schneit, werde ich Dobbins mit dem Snowmobil nach Clannaher schicken müssen. Sonst sitzen wir hier bald alle auf dem Trockenen.«

So viel hatte er noch nie mit mir gesprochen. Wahrscheinlich musste ich mich jetzt geehrt fühlen. »Fabelhaft. Gibt es in Clannaher einen Bahnhof, von dem aus ich nach London kommen kann?« Die Idee war weniger Idee, als vielmehr Reflex gewesen. Nein, ich musste Tim nicht einmal sehen, um seine Blicke zu spüren, die sich förmlich in mich hineinzubohren schienen und wie er versuchte, mit ihnen mein Gehirn zu durchleuchten, um herauszukriegen, was zum Teufel ich plante.

»Wieso London?«

»Erstens, weil ich mich hier oben langweile. Und zweitens, weil ich etwas Dringendes in meiner Bank zu erledigen habe.«

Eigentlich gab es in diesem Moment keine sichtbare Veränderung an ihm. Weder an seinem Körper noch an seiner Mimik oder Gestik. Und dennoch änderte sich die Aura, die ihn umgab. Eine gewisse Spannung entstand, die ich nicht wirklich erklären konnte. Oder bestand sie nur in meinem Kopf? In meinen Wünschen?

»Wenn es sich um Online-Banking handelt, kannst du es auch hier an meinem Computer erledigen.«

Luft anhalten, Muskeln spannen und – Sprung!

»Ich will Geld anlegen.«

Platsch!

»Geld anlegen? Viel Geld?«

Ich zuckte gelangweilt mit den Schultern.

Da war auf einmal eine Art Vibration, die von seiner Haut ausging und die mich an Jagdhunde erinnerte. So, wie ich sie erlebt hatte, kurz bevor der Master das Zeichen gibt, dass sie loslaufen dürfen. Dieser Ruck, der durch die Tiere geht, wenn sie die Witterung aufgenommen haben. Die Anspannung, die all ihre Sinne auf einen einzigen Punkt ihrer Existenz konzentriert. Dann schießen sie los und folgen dem einzigen Sinn, den ihre gesamte Existenz hat.

Tim war unterwegs.

»Also … Ich betreibe solche Anlage-Geschichten … Zwar

bringe ich nicht die Killer-Rendite, aber es ist ganz ordentlich. Du bist mein Hausgast und Dereks Freundin ... Wenn du willst, zeige ich dir ein gutes Projekt.«

Mein Gesicht wurde leer. Eine Spezialität von mir. Im richtigen Moment kann ich mein Gesicht leer aussehen lassen. Das ist fabelhaft, wenn man nicht genau weiß, welche Reaktion der Gegenüber bevorzugt.

»Ich weiß nicht ...«, sagte ich zögerlich.

»Nichts Kriminelles ...«

Mistvieh!

»Ich stelle dir das Projekt einfach vor und fertig. Du denkst drüber nach.« Er hatte sich vollkommen gewandelt. Wo er sonst knurrig und abweisend gewesen war, zeigte er sich jetzt von einer grundsoliden, freundlichen Seite. Eloquent, fast charmant. Wie ein alter Einsiedler, dessen Lieblingsthema man zufällig herausgefunden hatte.

»Na, ja. Anschauen kann ich mir die Sache ja mal.«

»Wie viel ist es denn? Nein!« Er klang, als wollte er sich selbst ausbremsen. »Erst genehmigen wir uns einen Schluck.«

Klar war ich einverstanden! Wie merkwürdig, dass ein Mann wie er, der mit solch unglaublichen Summen jonglierte, die gleiche Vorgehensweise hatte, wie ein windiger Versicherungsmakler, der seinem Gegenüber irgendeine obskure Police andrehen will.

So fuhr Dobbins ohne mich ins Dorf und London musste auch weiterhin auf mich warten. Der Whisky, den Tim mir gab, hatte aber nicht nur zur Folge, dass ich seinen Ausführungen schwer folgen konnte, sondern auch, dass er den Grundstein zu einem ziemlichen Schwipps legte.

Tim hakte mich unter, jeder von uns hielt sein Glas in den Händen, und dann marschierten wir quer durch die Halle. Ich traute meinen Augen nicht ... Das Kabuff, wie Jen es genannt hatte, lag hinter einer kleinen Tapetentür, die sich perfekt in die Wand einfügte und wie eine Geheimtür wirkte, direkt im Schatten hinter der Treppe. Der Schlüssel befand sich an einem Bund, den Tim in seinem Jackett trug.

Wir betraten das wirklich winzige Kämmerchen. Es war stickig und dunkel. Doch in dem Moment, als Tim die Tür schloss, setzte mit leisem Brummen die Arbeit eines Belüftungsgeräts ein.

Ich beugte mich ein wenig nach vorn, um Tims Passwort zu erkennen, als er es eingab, aber er schirmte seine Hände sowie die Tastatur des Rechners sehr sorgfältig mit dem Rücken und den Armen gegen meine Blicke ab, die ich harmlos-ahnungslos schweifen ließ. Nicht mal die Anzahl der getippten Stellen konnte ich ausmachen. Es ärgerte mich, doch hatte ich ja ernsthaft mit nichts anderem gerechnet.

»So. Hier siehst du es.« Er öffnete eine Datei, und im nächsten Moment sah ich eine Grafik, die in ihrer Nachvollziehbarkeit jenen Grafiken in nichts nachstand, mit denen mich schon meine Mathematik-Lehrer vollkommen sinnlos gequält hatten.

»Okay. Pass auf ... Ich will dich da zu nichts zwingen. Du sollst nur hinschauen und überlegen, ob das eine sinnvolle Anlage für dein Geld wäre. Wohlgemerkt! Nicht für dein ganzes Geld! Du sollst nur so viel anlegen, wie du verschmerzen kannst. Wie viel wäre das ... so ungefähr?«

»Was ist denn das Minimum?«, fragte ich.

»Das Minimum ...«, echote er zögerlich. »Hm ... Sagen wir mal so 50.000 Pfund.«

Als er die Summe nannte, ließ ich meine Schultern abrupt sacken. Er bemerkte meine Geste, wie geplant.

»Aha«, sagte ich und achtete darauf, dass in dem kleinen

Wort eine große Enttäuschung mitschwang.

»Du kannst natürlich jederzeit mehr anlegen«, versicherte er überlegen.

»Verstehe!«

Der winzige Lüfter brachte nicht viel, zumal er ja auch noch die Hitze des Computers übernehmen musste. Mir wurde langsam heiß. Und als ich Schweiß bemerkte, der an meinem Rückgrat hinabrann, war mir dies peinlich.

Auch Tim zog jetzt an seinem Hemdkragen, bemüht ihn zu lockern. Lässig legte ich meine Hand auf seine Schulter und blickte interessiert auf den Monitor. Hatte ich überhaupt bemerkt, dass ich mich an ihn schmiegte? Nein. Aber er hatte es bemerkt und mir einen Seitenblick geschenkt. Der Duft seines Rasierwassers mischte sich mittlerweile mit dem Geruch nach Schweiß, den er verströmte.

»Also, ich verstehe davon sehr wenig«, gab ich zögerlich zu.

»Lass dir Zeit. Ich erkläre es dir so oft, wie du willst.«

»Und was ist dieser Balken da?« Ich schob mein Gesicht neben seins, woraufhin sein Oberarm gegen mich drückte. Natürlich nur, weil er mit der Maus auf der Tischplatte herumfuhr. Wieder und wieder stieß er gegen mich, doch anstatt ihm auszuweichen, drängte ich mich noch dichter an ihn. Jedes Mal, wenn sich sein Brustkorb weitete, strich sein Arm an mir entlang.

»Es ist faszinierend, wie jemand mit solchen Zahlen umgehen kann«, sagte ich bewundernd, wenn ich auch die Befürchtung hatte, dass ich gerade etwas dick auftrug. Andererseits besagte meine Erfahrung mit Männern, dass man bei ihnen nie zu dick auftragen konnte, dass sie nicht immer noch ehrlich geschmeichelt gewesen wären.

Der Kuss war eigentlich ein aufrichtiger Zusammenstoß.

Ein Zufall. Ich senkte meinen Kopf, während Tim seinen zu mir anhob. Es geschah einfach im gleichen Moment und schon trafen sich unsere Lippen. Ohne sie voneinander zu lösen, wanderten unsere Augen über das Gesicht des jeweils anderen.

Ich erschrak ein wenig, als plötzlich seine Zungenspitze hervorschnellte und meine Lippen bestrich. Ohne Umschweife glitt seine Hand zwischen meine Schenkel.

»Du hast es gestern Abend mit Jen getrieben. Stimmt's?«, schnurrte er.

»Ja. Und du hast mir dabei zugehört, wie ich sie fertig gemacht habe.«

Ein Grinsen überzog sein Gesicht. »Und ich habe dir zugehört, wie du gekommen bist. Hat sie dich geleckt?«

Ich schüttelte entschieden den Kopf. Seine Finger an meinem Höschen machten mich verrückt. Er tauchte nicht in mich ein, sondern drückte nur den dünnen Stoff gegen meine beständig feuchter werdende Spalte.

»Würdest du uns mal zusehen wollen, wenn wir es miteinander treiben?« Ohne auf seine Aufforderung zu warten, stieg ich genauso auf seinen Schoß, wie ich mich auf Jen platziert hatte.

»Du bist wirklich scharf ... Und ich wollte dir nur dieses Anlagemodell zeigen.«

Und mich bescheißen!, schoss es mir durch den Kopf. Statt es laut auszusprechen, presste ich meinen weit geöffneten Mund auf seinen und erwartete seine Zunge zum Tanz. Mein Unterleib zog sich zusammen und ich spürte, wie er hart wurde. Sein Schwanz drängte gegen seine Hose.

»Willst du mich?«, fragte ich ihn, während seine Hände damit beschäftigt waren, meine Brüste aus den BH-Körbchen zu heben.

»Oh, mein Gott, ja ... ja, ich will dich!«

Hier in diesem Loch würden wir entweder einen Quickie haben oder kollabieren. Oder beides. Also öffnete ich seine Hose und holte seinen Harten heraus. Eine ausführliche Nummer konnten wir noch zu einem späteren Zeitpunkt machen. Ich hielt mit der einen seinen Ständer, während ich mit der anderen meinen Slip zur Seite zog.

Und dann geschah es: Ich hatte gerade seine Eichel an meinem Loch angesetzt, als ich spürte, wie er weich wurde. Schnell begann ich, ihn zu wichsen. Auf und ab. Schneller. Beugte mich nach vorn, um mehr Schwung in die Bewegung legen zu können, doch es misslang. Im Gegenteil: Je mehr ich mich zu bemühen schien, desto schneller schrumpfte er in sich selbst zusammen. Und als ich von seinem Schoß stieg, bereit ihn mit dem Mund auf Vordermann zu bringen, machte Tim eine abwehrende Handbewegung. »Lass gut sein ... es klappt nicht.«

»Was?« Ich starrte ihn schockiert an.

»Ich halte nur dann meinen Harten, wenn ich anderen zusehe.«

Seine Stimme war so leise, dass ich ihn kaum hören konnte. So direkt hatte ich es einen Mann nie sagen hören. Natürlich hatte ich auch schon Klienten gehabt, die Probleme damit besaßen oder die Viagra nahmen. Aber wenn sie keinen hochbekamen – das war so Usus – schrieben sie die Ursache dafür mir zu. Klar, wenn Gefühl im Spiel war, konnten sie alle. Nur bei einer Nutte ... na, ja ...

Aber ich wäre nicht so erfolgreich gewesen in meinem Job, wenn ich nicht augenblicklich hätte umschalten können. »Wem würdest du gern zusehen?«, hauchte ich in sein Ohr und ließ meine Zungenspitze in die glatte Öffnung gleiten.

»Dir und ... Derek. Ich möchte zusehen, wie du ihm einen

bläst. Und wie er seinen Speer in dich hineinschiebt. Wie er deine Titten bearbeitet. Ich will euer Fleisch aufeinander klatschen hören!« Seine Stimme hatte einen so leidenschaftlichen, sehnsuchtsvollen Klang, dass er mir beinahe leid tat.

»Du willst also zusehen, wie er mich fickt ...«

Seine Antwort wurde gegen meine nackten Brüste gehaucht, während sein Haar mich nickend kitzelte.

»Also gut ... ich sehe, was ich tun kann.«

Tim schluckte hart. Dann schloss er seine Hose.

Jede noch so kleine Bewegung beobachtete ich nun genau, nahm jede Geste wie in Zeitlupe wahr und merkte sie mir. Warum? Vielleicht einfach, weil er sich mir gegenüber so vollkommen wehrlos gezeigt hatte. Weil er nicht nach seinem Harnisch und seinem Schild gegriffen und mir die Schuld gegeben hatte. Weil ein Mann wie er sich wund und verletzlich gezeigt hatte. Schutzlos. Preisgegeben. Und nun sah ich ihn an. Er war voller Würde. Und das berührte mich. Die Art wie er seine Kleidung ordnete, ähnelte der Haltung eines Samurai, der ein Ritual vollzieht. Er entschuldigte sich nicht, rechtfertigte sich nicht und er war noch ebenso anziehend und sexy wie zuvor. In diesem Moment dachte ich, dass ich mir den Mund wund blasen würde, nur um ihn einen Orgasmus haben zu lassen.

Wir verließen den kleinen Raum.

»Du denkst über das Modell nach?« Seine Stimme war wieder so professionell wie zuvor.

»Ja. Aber ich gehe davon aus, dass ich es machen werde.«

»Es ist wirklich gut.« Tim steckte sich eine Zigarette an und hielt mir dann die Schachtel hin. »Ich habe schon so viel Erfolg damit gehabt.«

Ja, das glaube ich allerdings, schoss es mir bösartig durch den

Kopf. Erst jetzt fiel mir der eigentliche Grund meines Hierseins wieder ein. Ein unglaubliches Hochgefühl durchfuhr mich. All die Bedenken, die ich gehegt hatte, was meine »Mission« anging, waren wie weggeblasen. Mein Plan stand glasklar vor mir und ich hatte keine Sekunde lang auch nur den geringsten Zweifel, dass ich nicht binnen kürzester Zeit in der Lage sein würde, Derek und seinen Leuten die Informationen zu besorgen, die sie brauchten.

Sobald Tim verschwunden war, machte ich mich auf den Weg, um Derek zu finden.

PoolGespräche

Was ziemlich schwierig war, denn ich kannte nicht mal sein Zimmer. Also wandte ich mich an einen der Diener, die durch das Schloss wanderten, immer bemüht, die Wünsche der Hausgäste zu erfüllen. *Wieso war eigentlich keiner von denen aufgetaucht, als ich mich so scheußlich verlaufen hatte?*, fragte ich mich im Stillen.

»Mr McLeod ist schwimmen, wenn ich richtig informiert bin, Miss Hunter.«

Da ich das Wagnis einer Suche auf eigene Gefahr nicht mehr eingehen wollte, bat ich den Diener, mich zu begleiten.

Er führte mich zunächst durch eine Art fensterlosen Tunnel, wobei ich davon ausging, dass wir uns eine Zeitlang unter der Erde bewegten, bis wir an eine schwere stählerne Tür kamen.

»Bitte sehr!«, sagte der Diener und gab mir den Weg frei.

Von dem düsteren Tunnel trat ich in einer Art Nah-Tod-Erlebnis in gleißende Helligkeit. So wild ich auch blinzelte, ja sogar versucht war, meine Augen zu reiben, so wenig konnte ich zunächst sehen. Alles, was ich wahrnahm, war das Plätschern von Wasser und tanzende Lichtflecken um mich herum. Erst nach und nach nahm ich wirklich wahr, dass ich mich in einem Schwimmbad befand.

Es war unglaublich. Das Becken mit seinen olympischen Maßen befand sich scheinbar mitten in der verschneiten, schottischen Landschaft. Durch modernstes Material war es dem Architekten gelungen, die Glaswände und auch die Glasdecke, welche das Bad umgaben, praktisch unsichtbar werden zu lassen. Ganz zu schweigen von den fleißigen Dienstboten, die diese Pracht stets so sauber halten mussten, dass der Effekt gewahrt wurde. Ein Effekt, der auf nichts Geringeres abzielte, als auf die Vorstellung derjenigen, die sich hier drinnen aufhielten, dass sie sich im Freien befanden und dennoch geschützt vor der Witterung waren.

Noch immer blinzelnd schaute ich mich nach Derek um. Ich hörte und sah ihn gleichzeitig. Zwei dunkle Punkte im Weiß. Sein welliges Haar und seine Badehose. Sein weißer Körper löste sich beinahe in der ihn umgebenden Helligkeit auf. Groß und drahtig stand er am Beckenrand und brüllte wutentbrannt in sein iPhone, als gelte es, die Distanz zu seinem Gesprächspartner mittels Lautstärke zu überbrücken. »Verdammt ... Was ist dein Problem? Was ist dein beschissenes Problem?«, schrie er und machte dabei den Eindruck, als nähme er das Gerät jeden Moment vom Ohr und würde es niedertreten.

»Meinst du, ich habe mich nicht im Griff?« Plötzlich richtete er sich auf. Seine ganze Haltung änderte sich. Seine Stimme senkte sich und bekam etwas so Bedrohliches, dass ich am liebsten davongelaufen wäre. »Was denkst du, mit wem du zur Hölle redest?«

Um das zu verstehen, musste ich mich bemühen, so leise sprach Derek. Dann beendete er das Gespräch und schleuderte das teure Gerät zu einem Haufen Kleider, die auf einer Badeliege lagen.

»Störe ich?«, fragte ich vorsichtig.

Er schüttelte abrupt den Kopf, und ich begann ihn anzustarren. Sein Körper war schön wie die Sünde. Gertenschlank, dabei trainiert. Er erinnerte mich immer wieder an einen Balletttänzer. Seine haarlose Brust reizte mich über alle Maßen, sie zu berühren. Die Badehose saß so tief, dass ich sein Schamhaar erkennen konnte und seinen Schwanz, der schräg hinter dem engen Stoff verborgen lag.

Wie schaffte er es wieder und wieder, aus mir ein Wesen zu machen, dass seine Triebe kaum noch zu beherrschen vermochte? Was war an diesem Mann, der mich dazu brachte, alle Vorsätze zu vergessen und nur noch an meine Lust zu denken?

Mit der flachen Hand strich er sein Haar über der Stirn zurück, gerade so, als wollte er sich durch diese Berührung auf andere Gedanken bringen, als jene, die ihn seit dem Telefonat beschäftigten.

»Was ist?« Seine Stimme klang matt, erschöpft. Seine Haltung dagegen entsprach einer scheinbaren Unschlüssigkeit, wie er mich zu behandeln hätte. Es galt also, ihm klar zu machen, dass ich nicht in feindlicher Absicht aufgetaucht war.

»Ich denke, ich habe …«, hob ich an, doch Derek wandte sich ab und suchte sich Zigaretten aus seinem Kleiderstapel. Ohne mir eine anzubieten, schob er eine zwischen seine vollen, schön geschwungenen Lippen und entzündete sie mit geneigtem Kopf. Der Geruch der Zigarette wanderte zu mir herüber und machte mich ebenfalls gierig auf eine. Ohne groß nachzudenken, bewegte ich mich auf seine Sachen zu. Der Boden war rutschig und ich hatte entschieden die falschen Schuhe für die spiegelglatten Bodenfliesen an. Mit eifrigen Schritten tappte ich vor mich hin, immer Gegenstände im Augenwinkel, an denen ich mich gegebenenfalls festhalten konnte. Und so war ich erleichtert, als ich ohne ausgerutscht zu sein, an der Liege ankam und mir eine Zigarette aus seiner Schachtel nahm.

»Also?«, knurrte Derek ungeduldig.

Doch ich ließ mich nicht hetzen. Nicht von ihm. Noch einen tiefen Zug, dem rauen Gefühl nachspüren, das der Qualm in der Brust auslöste und dann Luft holen zum ...

Sein iPhone meldete sich abermals.

Also beschloss ich zu warten, bis er fertig wäre. Ein kurzer Blick auf die kleine schwarze Box in seiner Hand und augenblicklich klärte sich sein Gesicht auf. Mein Magen zog sich zusammen.

»Hey! Wie schön, deine Stimme zu hören ...«

Meine Knie gaben nach. Laura! Das konnte niemand sonst sein. Wie weich seine Stimme wurde.

»Was machst du gerade?«

Meine Lippen bebten.

Er lauschte auf das, was sie ihm wohl gerade erzählte. Ein Lächeln wanderte über sein Gesicht. So sah nur ein Mann aus, der verliebt ist.

»Das ist schön. Aber pass auf, es ist glatt.« Sie erwiderte etwas, das ein freches Grinsen auf seine Züge zauberte.

Ich aber bekam keine Luft mehr. Starrte ihn an. Mein Magen fühlte sich an, wie eine Waschmaschinentrommel im Schleudergang. Schweiß stand auf meiner Stirn und floss die Schläfen hinab, und das nicht nur wegen der im Bad herrschenden Hitze. Meine Füße und Hände waren eiskalt. Hätte ich sie in diesem Moment in das Becken gehalten, es hätte sich augenblicklich eine Eisschicht gebildet.

Derek lachte. Ein kehliges, tiefes, sexy Lachen. Ein Lachen, wie er es mir noch nie geschenkt hatte. Nein. Das stimmte so nicht. Wir hatten uns mal in einem Pub getroffen. Himmel, ich roch noch immer den dicken Qualm, der auf allem lag, höre noch die Lieder von Tom Jones, die gespielt wurden. Derek musste mich auf dem Weg nach Hause stützen, weil ich aus Eifersucht zu viel getrunken hatte. Da war sie wieder – seine Hand an meinem Arm. Sein Körper an meinem. So nah und doch so unendlich fern. Wie lange war das her? Jahrhunderte. So fühlte es sich zumindest an. Wäre ich damals nicht so schrecklich verliebt in seinen Vater gewesen – es wäre vielleicht alles anders gelaufen.

Aber nun stand ich da, in diesem Schwimmbad, eine zu Wohlstand gekommene Nutte und spürte die heißen Tränen, das Brennen in den Augen. Hilfesuchend zog ich an meiner Zigarette, zog sie heiß. Spürte, dass der Geschmack, das Kratzen in meiner Kehle ausblieb. Derek grinste immer noch. Seine Augen so tief, fast unergründlich. Konzentriert in ihrer Olivenfarbe auf das, was seine Liebste ihm erzählte. Das Lächeln schwand, doch meine Hoffnungen, Kühle würde sich in seinem Gesicht ausbreiten, wurden zerstört, denn das genaue Gegenteil war der Fall: Die stille Ruhe und die Anteilnahme an ihren Worten waren schlimmer als alles Lächeln, das ich zuvor gesehen hatte.

Ich wollte nur noch eins: Ihm diese Gefühle aus dem Gesicht reißen. Meine langen Nägel tief in sein Fleisch bohren, über seine Haut kratzen. Ich wollte mich auf ihn werfen, ihm das Telefon entreißen und in das Becken werfen.

Er musste mich ja gar nicht lieben. Nicht mal mögen musste er mich, er sollte nur Rücksicht auf mich nehmen, es mir wenigstens nicht ins Gesicht schlagen, dass es einen Platz in seinem Herzen gab, und dass diesen Platz eine andere einnahm.

Dass ich auch noch zusah, das konnte niemand von mir verlangen. So wandte ich mich ab und versuchte mit halbwegs festen Schritten, mein elendes bisschen Würde bewahrend, davonzugehen.

»Ja ... Ich dich auch!«, hauchte es hinter mir, und gegen meinen Willen glitt eine Träne über meinen unteren Wimpernrand. Ich spürte sie feucht auf der dünnen Haut unter den Augen liegen. In einem ersten Affekt, wollte ich sie beiseitewischen, doch ich konnte gerade noch meine Hand stoppen, denn das hätte er gesehen und als das eingestuft, was es war.

Warum zur Hölle stellte ich mich überhaupt so an?

Ich konnte mich kaum selbst ertragen. Vor allem, weil ich mich nicht verstand. Derek war, von seinen körperlichen Vorzügen abgesehen, nie mein Fall gewesen. Mit seiner penetranten Art, seiner Überheblichkeit und seiner Sauferei. Seine Haltung: »Was kostet die Welt? – Rechnung an meinen Vater!« Das widerte mich alles an. Hatte er Hobbys, mit denen ich mich hätte anfreunden können? Hatte ich ihn je angerufen? Ihm je eine Mail geschickt, um zu erfahren, was er gerade tat? Hatte ich mich je bei George nach ihm erkundigt?

Nichts. Nichts. Nichts!

Und trotzdem glitschte ich unsicheren Fußes mit diesigen Augen an dem Becken entlang. Mit Sicherheit sah ich in seinen Augen wie eine komplette Idiotin aus.

Deswegen machte ich einen entschlossenen, festen Schritt nach vorn. Leider rutschte aufgrund der einseitigen Belastung mein rechter Fuß zur Seite, ich riss noch beide Arme in die Höhe, um die Balance zu halten und den Sturz zu vermeiden. Doch ich hatte Pech. Ein halber Millimeter zu viel, eine Idee zu weit nach vorn oder nach hinten gebeugt – und – zack! Ich flog ins Wasser. Dies aber auch nicht im letzten Moment in einen eleganten Sprung gewandelt, sondern vielmehr in der peinlichen Haltung eines nassen Lappens, den man in den Putzeimer wirft.

Hätte Derek sich nun in schnellen Schritten genähert, um mir, seine Hand entgegen streckend, aus dem Wasser zu helfen, vielleicht wäre dann alles anders gekommen.

Doch, ganz seiner Art entsprechend, blieb er am Rand stehen, das iPhone in den Händen und beobachtete mich mit ausdrucksloser Miene. Ein großer Bruder, der die tollpatschigen ersten Schwimmversuche seiner kleinen Schwester eher gelangweilt mit ansieht.

So blieb mir nichts anderes übrig, als mit schweren Klamotten zu den sich sanft aus dem Wasser erhebenden Stufen zu schwimmen und dann hinauszusteigen. Und in diesem Moment, da ich in sein kaltes, ausdrucksloses Gesicht blickte, fasste ich einen Entschluss. Einen Entschluss, der weitreichende Konsequenzen haben würde. »Hast du einen Bademantel?«

Dank des Wassers war meine Bluse mittlerweile durchsichtig und ließ keine Fragen mehr zu meiner Wäsche offen: Weißer Spitzen-BH mit Nippeln, die sich zu kleinen, harten Rosen zusammenzogen, jetzt, da sie aus dem Wasser in die wesentlich kühlere Luft kamen.

Wie angenehm, dass Derek seine gelangweilten Blicke jetzt wenigstens offen auf meine Titten lenkte.

»Du kannst gern hinfassen, wenn du Lust hast!«, knurrte ich.

Er aber riss sich von meinem Anblick los und suchte einen Blumentopf, in den er seinen Filter versenken konnte.

»Du bist wegen irgendwas hergekommen ...«, versuchte er geschäftsmäßig.

»Ja«, sagte ich lässig, als habe ich mich gerade wieder an irgendeine Läpperei erinnert. »Natürlich. Es geht um unseren gemeinsamen Freund.«

»Dass er dein Freund ist, wissen wir ja mittlerweile.«

Woher nahm er das Recht, mich derart anzugiften? Was dachte er, wer er war? Lässig hielt er mir einen silbergrauen Herren-Bademantel hin, den ich ergriff. Ohne ihm die Chance eines Widerspruchs zu geben, begann ich mich auszuziehen.

Jaaa, dachte ich, *glotz mich ruhig an, Derek McLeod. Wenn du das siehst – an was denkst du dann? An deine Verlobte, die zukünftige Mrs Derek McLeod?*

Ich gab mir keinerlei Mühe, irgendeines meiner Körperteile vor ihm zu verbergen, nicht meine Brüste, nicht meine Schenkel, nicht mal meine Spalte. Als ich meinen Slip auszog, achtete ich sogar besonders darauf, dass ich mich weit genug zurücklehnte. Dann stand ich auf und zog langsam den Mantel über. »Reden wir ernsthaft oder zicken wir rum?«, gab ich die Toughe.

Seine Oberlippe wurde an ihrer linken Seite leicht nach oben gezogen. »Also?«

»Macht es dir etwas aus, ein bisschen näher zu kommen? Dann brauche ich vielleicht nicht gar so zu brüllen ...«

Der Schneefall hatte wieder eingesetzt und wir liefen Gefahr, zu vergessen, dass wir uns im Haus des Feindes aufhielten.

Derek setzte sich neben mich auf die Liege und steckte sich eine neue Zigarette an. Diesmal bot er mir auch eine an. Ob das so eine Art Friedenspfeife sein sollte?

»Also ... ich war vorhin mit Tim in seinem Computer-Zimmer. Er will meine Kohle anlegen.«

Dereks Oberarm berührte meinen und mit jeder noch so winzigen Bewegung rieb er sich an mir. Und wenn der Bademantel auch noch so dick und flauschig war, so spürte ich alles, als würde es auf meiner nackten Haut ausgeführt.

Dennoch war es mir unmöglich von ihm abzurücken.

»Schön. Das klingt, als würde unser Plan gut vorankommen.«

»Warte ... es wird noch besser ... Du willst ja, dass ich mit ihm ins Bett gehe ...«

Ein Seitenblick traf mich, von dem ich nicht sagen konnte, ob er glühte oder gefror. »Ich dachte, du hättest ihn schon gefickt.«

Nein, ich zahlte nicht mit gleicher Münze zurück. Ich räusperte mich lediglich. »Wir wollten es. Dort, in diesem Zimmerchen. Aber ...«

»... er hat keinen hoch gekriegt«, vervollständigte Derek meinen Satz.

Ich erstarrte innerlich. Klang es nur in meinen Ohren so, als habe er diesbezüglich schon einschlägige Erfahrungen mit Tim gemacht?

»Korrekt.«

»Super. Dann verstehe ich nicht ganz, was dich so zuversichtlich scheinen lässt.«

»Weil der Gute Tim sehr wohl einen hoch bekäme, wenn er Anlass hätte.«

Dereks Knie fielen leicht auseinander und sein linkes berührte mein rechtes. »Und was wäre so ein Anlass?«

»Er will uns vögeln sehen.«

Das Gesicht, das mich in diesem Moment ansah, war erstarrt. Seine Wangen wurden in tiefe Schatten nach innen gezogen, weil er offensichtlich die Zähne zusammen biss. Seine Miene bekam etwas ungeheuer Angestrengtes und sogar seine Arme und Beine versteiften sich.

So sehr widerte ihn also mittlerweile der Gedanke an, es mit mir zu tun und seine geliebte Laura zu betrügen – mit einer wie mir. Man darf sagen, wenn es weh tut ...

»Wir sollen es miteinander treiben? Vor seinen Augen, schätze ich.«

Langsam nickte ich zustimmend.

Dereks Brust hob und senkte sich schwer. »Wann? Wo?«, versetzte er knapp mit flacher Stimme.

»So bald wie möglich. Er ist heiß drauf. Wir sollen es in diesem Computer-Zimmerchen mit einander treiben.« Ich nahm mir Zeit, in Ruhe zuzusehen, wie die fünfzig Tonnen auf ihn niederkrachten, wie sein Gesicht noch eine Nuance bleicher wurde, sein gerundeter Rücken, sein nach innen gewölbter Bauch und seine Schultern, die nach vorn geklappt waren, als zeugten sie davon, dass er sich längst ergeben hatte.

»Ich habe mir Folgendes ausgedacht: Wir sind zu dritt in dieser Kammer. Du und ich vögeln. Wenn wir fertig sind, bleibst du dort, verziehst dich aber irgendwo in eine dunkle Ecke neben dem Computer, während ich mich um Tim kümmere. Du machst dich währenddessen am Rechner zu schaffen.« Zufrieden verschränkte ich meine Arme vor der Brust und sah ihn triumphierend an. »Na? Was hältst du davon?«

Sein Atem strömte langsam und kontrolliert aus. Bekam er einen Harten? Ich sah vorsichtig nach unten. Nein – schade!

Sein Schweigen dauerte lange. Viel zu lange. Ich versuchte seinem starren Blick auszuweichen, doch es gelang jeweils nur für ein paar Sekunden, dann schaute ich ihm wieder in die Augen, um lesen zu können, was er dachte. Aber ich konnte nicht in seinem Blick lesen.

Dann überraschte er mich, indem er sagte: »Ich erinnere mich noch an eine bestimmte Nacht ... du und ich ... in deinem Bett. Ich hatte einen sitzen ... und ich war verrückt nach dir. Ich dachte, ich würde durchdrehen, wenn ich dich nicht vögeln könnte. Aber du ... du hast mich – im wahrsten

Sinn des Wortes – aus dem Bett geworfen. Geflohen bist du förmlich vor mir. Als wäre ich irgendeine ekelerregende Bestie. Und jetzt … jetzt sitzt du neben mir und siehst mich an. Schlägst mir vor, es mit mir zu treiben. Vor den Augen eines anderen. Um ihm Befriedigung zu verschaffen …«

Ich zuckte lapidar mit den Schultern, obwohl alles in mir in Wallung geriet. Oh ja, ich erinnerte mich an diese Nacht. An jede Einzelheit! Es kam mir ins Bewusstsein, als wäre es eine misslungene Szene in einem Theaterstück gewesen, als wäre ich eine Darstellerin, die in Wahrheit ganz anders empfand.

Stimmt, und jetzt saß ich neben ihm – und er neben mir. Groß, schlank. Mit diesen wundervollen Zügen und hatte scheinbar all jene Charakterfehler abgelegt, die ihn mir in London so abstoßend erscheinen ließen. Ich war aus meinem Koordinaten-System gefallen, das mich in der Hauptstadt stets umgab und ertappte mich bei Gefühlen, die ich nie für möglich gehalten hätte. Ja, ich wollte ihn! Gegen jede Vernunft! Seine Haut wollte ich berühren, mit meinen Fingerspitzen über die kleine Vertiefung zwischen seinen Schlüsselbeinen gleiten. Was war denn hier so anders, dass wir unsere Rollen getauscht hatten?

Er nahm einen langen Zug aus seiner Zigarette, ging in die Hocke und drückte sie in den Gittern des Wasserabflusses aus. Die kleinen Erhebungen seines Rückgrads drückten sich durch seine weiße Haut und ich entdeckte einen kleinen Leberfleck unterhalb seines rechten Schulterblatts. Wie schön er war …

Dann kam er wieder hoch und wandte sich zum Gehen. »Also gut … ich tue es mit dir. Und Tim.« In der Tür drehte er sich noch einmal um und sah mich direkt an. »Du musst nicht betteln, damit ich dich ficke … aber … ich will, dass dir klar ist, dass es keinerlei Bedeutung für mich hat.« Damit verschwand er.

Ich aber blieb zurück. Nass. Frierend. Bis in mein Innerstes erschüttert. Meine Fingerspitzen krallten sich in den Bademantel. Eine Welt aus Tränen klumpte in meiner Kehle. Wenn ich jetzt nachgäbe und zu weinen begänne – ich würde vielleicht nie mehr aufhören können.

Er konnte unmöglich gemeint haben, was er sagte. Vielleicht hatte ich ihn damals tiefer getroffen, als ich mir hatte denken können, aber ich war mir dennoch sicher, dass es mehr zwischen uns gab.

Ich musste mich nur auf das besinnen, was ich am besten konnte: Ficken! Ich hatte diese Chance. Diese eine Chance! Ich würde es mit Derek in diesem Kabuff treiben und ich würde ihn mit meinen Lippen, meiner Zunge, meinen Händen jede Laura dieser Welt vergessen lassen. Würde ihm zeigen, dass alles Gewesene nur Spiel war. Dass hier in Schottland etwas ganz Neues beginnen konnte, wenn er es nur zuließe.

ComputerSpiele

»Hast du Lust auf einen Drink?«, fragte ich Derek, der als einziger schweigend unter munter plaudernden Hausgästen sein Dinner eingenommen hatte.

Er schenkte mir einen ebenso langen wie stummen Blick. Ich war mir nicht sicher, ob er nur nicken würde oder über den Tisch springen und mich niederschlagen würde. Bei diesem Ausdruck konnte man mit beidem rechnen. Mit seiner flachen Hand strich er ein paar Locken aus dem Gesicht und nickte, während er sein Glas Wein leerte. Ich bemerkte die Anspannung, die auf ihm zu lasten schien.

Das Dessert wurde abgeräumt und alle erhoben sich. Man wanderte ein wenig auf und ab, unterhielt sich über das Wetter und trank Espresso oder Sherry.

Scheinbar zufällig kam Derek an meine Seite geschlendert. Ich stand am Fenster und blickte hinaus auf den von einzelnen hohen Laternen erleuchteten Park, der mittlerweile nur noch schwer unter all den Schneemassen zu erkennen war.

»Nun? Wie fandest du das Essen?«, eröffnete ich unsere kleine ungezwungene Konversation.

»Der Fisch war zu weich. Sonst war alles ...« Er brach mitten im Satz ab, als habe er jegliches Interesse an der Unterhaltung verloren.

So sahen wir beide schweigend hinaus.

»Du könntest wenigstens so tun, als würdest du Gefühle für mich hegen«, raunte ich.

Sein Blick war vernichtend, und doch legte er seine Hand auf meinen Rücken. Besser gesagt in jene Vertiefung oberhalb der Pobacken. Ich straffte mich unwillkürlich, als ich die Wärme spürte, die von seiner Hand ausging und sich langsam über meinen Rücken ausbreitete. Mein Herz schlug schneller. Nicht zuletzt aufgrund der Tatsache, dass ich sein Rasierwasser roch. Jener schwere, herbe Duft, den er bevorzugte. Jener Duft, den ich von Anbeginn mit Derek in Verbindung brachte und der jetzt eine ganze Welt von Eindrücken in mir auszulösen schien. Ich wollte ihn anschreien, er solle seine Hand wegnehmen, weil ich es nicht ertrug, wie er schauspielerte. Doch ich biss mir auf die Lippen und drückte mich stattdessen ein winziges Stückchen nach hinten, sodass ich seine Hand noch intensiver spürte. Plötzlich beugte er sich zu mir herab und streifte mit seinem Gesicht mein Haar. Dann beugte er sich noch tiefer und glättete sein Hosenbein. Als er sich wieder aufrichtete, stand er noch ein wenig näher bei mir. Ich hörte, wie er atmete, den Geruch meiner Haare zu inhalieren schien. Wie nah er mir war ... Man hätte uns für ein geheimes Liebespaar halten können. Er sagte kein Wort, bewegte sich praktisch nicht, und doch registrierte ich jede noch so winzige Veränderung an seinem Körper. Aus dem Augenwinkel sah ich Tim, der sich auf der anderen Seite des Raums mit ein paar anderen Gästen unterhielt und uns dennoch ununterbrochen zu fixieren schien. Nichts entging ihm. Gar nichts.

Also schob ich meine Hand leicht hinter mich, bis ich den rauen Jeans-Stoff von Dereks Hose spürte. Dann orientierte ich mich an seinem Schenkel aufwärts. Eine plötzliche Starre erfasste ihn, gepaart mit einem winzigen Beben.

Meine Hand glitt höher, bis sie seinen Schritt erreichte.

»Emma ...«, kam es gepresst.

»Er sieht zu uns herüber«, erläuterte ich und drückte meine Finger gegen seine Beule. »Sag was zu mir!«, flüsterte ich. »Dann gehe ich raus und du folgst mir!«

»Okay.«

Jetzt klangen wir nicht mehr wie ein Pärchen, sondern wie zwei Verschwörer, die sich daran machten eine Bombe zu legen. Noch einen langen Blick zu Tim und ich schob mich an den übrigen Gästen vorbei nach draußen.

Merkwürdigerweise war die Tür zu dem kleinen Computerzimmer nicht abgeschlossen wie normalerweise. Und gerade so, als hätte ich gehofft, sie verschlossen vorzufinden, schauderte mich, als ich in den kleinen düsteren Raum trat. Ja, ich wollte mit Derek schlafen. Nach nichts anderem sehnte ich mich so sehr wie danach, und doch war mir nur allzu bewusst, dass ich es nicht aus diesen Gründen tun wollte. Nicht als Vorwand, um ihm einen Zugang zu Tims Computer zu verschaffen.

Was ich sonst mit vollkommener Selbstverständlichkeit getan hätte, wurde auf einmal zu einer fast unmöglichen Sache.

So presste ich meinen Rücken gegen das Türblatt und betete, Derek würde nicht kommen. Ich versuchte, meinen Atem zu kontrollieren. Selbst dieses dumme Zittern schien nicht aufhören zu wollen. Auch wenn ich gewusst hatte, dass er mir folte, so schrak ich jetzt doch mit einem kleinen Aufschrei zusammen, als ich ihn an der Tür klopfen hörte.

Reiß dich zusammen, Emma Hunter, ermahnte ich mich. Also öffnete ich und ließ den hochgewachsenen, hageren Schemen herein. Derek schob sich an mir vorbei und drückte die Tür sofort wieder zu. Stumm, aber heftig atmend, starrte er auf mich herab.

»Er ist noch nicht da«, sagte ich schwach und kämpfte um ein wenig mehr Entschlossenheit. *Tu, was du am allerbesten kannst*, sagte ich mir wieder und wieder.

»Ich weiß. Willst du dich warm knutschen?«, fragte Derek und ich zerbrach beinahe an der Ausdruckslosigkeit seiner Worte.

Jetzt konnte ich nicht mal mehr reden. Schüttelte nur den Kopf.

»Und was machen wir sonst, bis er kommt?«

Ich zuckte mit den Schultern.

»Schscht ...«, zischte er plötzlich. »Hörst du?«

Ja, jetzt hörte ich es auch. Schritte. Tim!

Im nächsten Moment schlang Derek seine Arme um mich. Ich öffnete meine Lippen, um etwas zu sagen, doch er erstickte meine Worte mit einem langen Kuss. In meiner Brust ballte sich ein Schrei zusammen. Ohne zu überlegen, presste ich meine Fäuste gegen Dereks Brustkorb, versuchte ihn von mir wegzudrängen. Doch seine Arme waren wie Schraubstöcke, ich hatte keine Chance. Selbst der Versuch, seine Zunge zurückzudrängen, scheiterte. Über mich gebeugt stand er da, hielt mich in eiserner Umarmung und küsste, dass ich fürchtete, meine Lippen würden zerreißen. Konnte das wirklich nur Schauspielerei sein? Ich hörte erst damit auf, gegen seine Brust zu drücken, als die kleine Tapetentür aufging und sich Tims Gestalt beinahe geräuschlos in den Raum schob.

Wie dunkel es hier drinnen war, wurde mir erst klar, als Tim die einzige Lichtquelle des Zimmers anschaltete: den Computer!

Das fahle Licht warf einen matten Kegel, der gegen Dereks Rücken fiel. Als Tim sich an der gegenüberliegenden Wand, zwar im Halbdunkel, aber doch intensiv spürbar, positioniert hatte, gab es in mir keinen anderen Wunsch mehr, als den zu fliehen. Derek allein mit mir hier drinnen war schon schwer zu ertragen gewesen, aber die Anwesenheit Tims raubte mir schier den Atem. Panik stieg meinen Rücken hinauf und das Wippen, das Derek ganz ohne Zweifel als Versuch deutete, ihn zu erregen, war in Wahrheit nichts anderes, als ein Versuch, den Druck, der sich in mir aufbaute, irgendwie rauszulassen. Wieso war alles so anders? Wie oft hatte ich es schon mit mehreren Männern gleichzeitig getrieben! Auch Derek war bereits in meinem Bett gewesen. Aber in diesem Moment wollte ich nur noch weg, denn was wir hier taten, war falsch, vollkommen falsch.

Und der Sex, der sonst keinen anderen Zweck erfüllte, als Geld zu verdienen und dabei Spaß zu haben, hatte sich plötzlich in etwas verwandelt, das so unendlich ernster war, als alles, was ich bislang gewohnt war.

Hinzu kam noch die Überzeugung, dass Derek mich nicht küsste und seine Hände über meine Brüste rieb, weil er mich so begehrte oder gar liebte, sondern weil er Tim manipulieren wollte. Und jetzt, wenn ich seine geschlossenen Lider ansah, seine dichten, dunklen Wimpern, die Bewegungen seiner Augäpfel hinter der dünnen Haut, da glaubte ich zu wissen, dass er an eine andere dachte. Dass sich die Formen, die Züge jener Laura in seiner Fantasie bildeten, und nicht meine. Die Lippen, die er küsste, die Haut, die er streichelte – waren ihre.

Ich habe oft in meinem Leben Schmerzen empfunden. Wie jeder andere Mensch auch. Aber was ich jetzt durchmachte, hier in seinen Armen, das waren keine Schmerzen mehr – das war Qual! Kalte, nackte Qual!

Dereks Körper drängte gegen meinen. Er war erregt. Ich spürte seine Erektion an meinem Bauch. Sein Atem ging stoßweise, wurde dabei aber überlagert von einem heftigen Keuchen. Seine Lippen lösten sich von meinen und wanderten, Gänsehaut erzeugend, an meinem Hals herab. Als seine Hand sich zwischen meine Schenkel schob, wollte ich schreien, doch ich blieb stumm. Und dann gab ich nach, ließ mich von ihm übermannen. Erobern. Immer intensiver wurden seine Berührungen. In festen Armen schob er mich zu dem Tisch, auf dem der Rechner stand. Ich wühlte gleichzeitig meinen Rock hoch und brachte mich sogar dazu, aufzuschreien, als seine Finger meine feuchte Spalte teilten.

»Emma«, keuchte er leise.

Er will mich! Mich!, schrie es in mir und mir kamen beinahe die Tränen. *Keine Laura! Mich!!!*

Seine Liebkosungen, seine Berührungen waren so intensiv, dass ich feucht wurde. Erregt. Über alle Maßen und über alle Vernunft. Als er meine Bluse aufriss und meinen BH herunterzerrte, glaubte ich meine Gier auf seinen schönen Körper nicht mehr beherrschen zu können. Ich spürte nur allzu deutlich, in welchen Rausch ich trieb. Strudel erfassten mich. Ich wimmerte, während er meine Klit rieb, packte seine Beule und versuchte mit fahrigen Händen seine Hose zu öffnen, die wie immer viel zu eng war, um einen rasch zum Ziel kommen zu lassen. Meine Arme waren zu kurz. Das merkte ich, als ich seine Jeans herunterschieben und gleichzeitig vermeiden wollte, ihm meine Spalte zu entziehen, indem ich mich bückte. Oh Gott, er war hart! Wie sehr hatte ich seinen Schwanz vermisst, den wundervollen Geschmack seines glatten, festen Fleisches. Seine Eier, die ich in meinen Händen bewegen konnte. Mit entschlossenem Griff umfasste ich seinen Schaft und begann ihn kräftig zu massieren. Ich pumpte ihn, während das Keuchen unserer immer heftiger verschmelzenden Körper stetig lauter wurde. Aber es war mir egal. Für mich gab es nur noch Derek. Mit einem einzigen Griff setzte er mich auf die Kante des Tisches, zog meinen Unterleib ein Stück nach vorn und dirigierte seinen Schwanz zwischen meine Labien. Nur seine Eichel an meinem geschwollenen Fleisch zu spüren, seinen nach hinten gelegten Kopf mit den geschlossenen Lidern und seinem Haar zu sehen, ließ mich beinahe vor Lust vergehen. Ich schrie meine Gier heraus, als wären wir die einzigen Menschen auf der Welt. Es kümmerte mich nicht mehr, ob andere mich hörten oder ob Tim nicht zu seinem Recht käme. Nur Derek zählte, der sich pumpend mit gleichmäßigen Stößen in meinen Unterleib hineinarbeitete, der immer schneller wurde und mit dem Daumen meinen Kitzler masturbierte, bis ich schreiend in einen Orgasmus taumelte.

Ich schlug meine Nägel in das weiche Fleisch seines Rückens. Zischend bleckte er die Zähne vor Schmerz. Und dann sah ich zu Tim hinüber und erkannte an seinen Umrissen, dass er masturbierte. So schnell, wie seine Hand zu fliegen schien, musste ich wohl oder übel diese leidenschaftliche Nummer mit Derek abbrechen. Wie sehr sich auch alles in mir sich dagegen wehrte, aber ich musste dem hingebungsvoll fickenden Derek ein Zeichen geben, damit er Bescheid wusste. Sein Gesicht war von Gier verzerrt, und jetzt mischte sich Wut hinein. Offensichtliche Wut, derart abgeschmettert zu werden.

»Später mehr«, flüsterte ich ihm zu und im nächsten Moment zog er seinen Schwanz aus mir heraus. Und wie er so dastand, ruhig und konzentriert, brachte ich es fast nicht über mich, zu dem anderen Mann zu wechseln. Ich zögerte. Dereks und mein Blick verschmolzen für einen kurzen Moment. Der Augenblick gehörte uns. Doch ich hatte keine Wahl und riss mich von seinen Augen los.

So ging ich zu Tim hinüber, beugte mich zu ihm herab und küsste ihn zärtlich, wobei meine Hand an seinem Bauch hinabglitt, durch die drahtigen Locken seiner Scham wanderte und dann bei seinem Schwanz zur Ruhe kam. Ich betete, dass er jetzt nicht schlapp machte, sondern erregt blieb, bis ich meine Aufgabe erfüllt haben würde. Dabei gab ich mir Mühe, ihn von dem Geschehen wegzudrehen, dass sich gleich am Computer abspielen würde.

»Oh, jaaa ... daaa. Genau daaa. Oh ... du machst es mir so gut«, stöhnte Tim und bewegte seinen Unterleib in meinem Rhythmus. Jetzt, da ihn unser Anblick ganz offensichtlich auf das Heftigste erregt hatte, bereitete es ihm keine Mühe mehr seinen Mann zu stehen.

»Willst du ihn in mich reinstecken?«, gurrte ich sinnlich.

»Dahin, wo eben noch Dereks Schwanz gesteckt hat?«, fragte er lüstern und ich war versiert genug in meinem Job, um zu wissen, dass genau das ihn aufgeilte. Was jeden anderen Mann sofort in die Flucht geschlagen hätte, führte bei Tim zu einem sexuellen Hochgenuss. »Wie fühlt sich sein Ständer in deiner Möse an? Hm? Sag es mir!«

»Gut fühlt er sich an. Er ist dick und hart.« Mühelos stieg ich auf Tims Schoß und verbarg so den Computer hinter mir. »Wenn er seine Eichel in mich hineinschiebt, dann habe ich das Gefühl, als könne er sich bis in meine Kehle hocharbeiten. Ich liebe das Gefühl, wenn er meine Spalte teilt, wenn diese ungeheure Spannung entsteht.«

Tims Finger glitt zu meinem Loch. »Du bist feucht ... nass. Allein der Gedanke an ihn reicht aus ... Oder ist er in dir gekommen?«

»Nein. Er ist nicht gekommen.«

»Holt ihr das später nach? Wartet er jetzt schon irgendwo auf dich mit einem Ständer in der Hose? Oder vielleicht holt er sich auch gerade einen runter, weil er nicht mehr abwarten kann.«

»Ja. Wer weiß.«

»Männer können sehr undurchsichtig sein«, orakelte Tim. »Wahrscheinlich steckt er seinen Schwanz gerade in eines meiner Hausmädchen. Wobei manche behaupten, Derek habe auch nichts gegen einen Kerl einzuwenden. Was weißt du? Fickt er Männer?«

»Er fickt mich«, erklärte ich hochmütig und so etwas wie ein Grinsen huschte über Tims Gesicht.

Energisch drückte ich seinen Schwanz in mein Loch und begann ihn zu reiten. So konnte ich mein eigenes Tempo bestimmen und dem entsprechen, was er brauchte.

»Wie lange vögelt ihr beiden schon?«

»Sehr lange.«

»Wenn du es dir besorgst, denkst du dann an ihn?«

Seine Frage irritierte mich, brachte mich aus dem Konzept. Ob ich an Derek dachte, wenn ich masturbierte? An wen sonst, hallte es in mir nach. An seine sinnlichen Lippen, seine Brust, seine Arme, seine Beine, seinen Schwanz. Ich dachte sogar *jetzt* an ihn, in dem Moment, da ich Tims Schwanz ritt und Derek hinter mir Daten ausspionierte. Was wollte ich, dass er hören sollte? Denn, dass er unsere Unterhaltung mitbekam, war klar.

Und wie ich noch darüber grübelte, was ich Derek wissen lassen wollte und was nicht, verkrampfte Tim sich, hob sein Becken leicht an und schoss heftig in mich ab.

Atemlos harrte ich aus und spürte seiner Erektion nach, die sich langsam in mir verkleinerte und herauszurutschen drohte. Tim reichte mir ein Taschentuch.

»Und?«, insistierte er.

»Ja«, sagte ich entschlossen. »Ja, ich denke an ihn, wenn ich es mir mache. Ich schreie seinen Namen, wenn ich komme, und weine, wenn ich erkenne, dass er nicht da ist.«

Tim senkte sein Gesicht. »Seltsam ... ich dachte irgendwie immer, dass ich sexuell der einzige traurige Mensch wäre.« Lächelte er? Seine Stimme klang jedenfalls so.

»Nein. Das bist du nicht!«

Vorsichtig schaute ich mich um, bevor ich von Tims Schoß aufstand. Derek war verschwunden. Nichts, weder am Computer noch auf dem Tisch, deutete darauf hin, dass sich in den letzten Stunden irgendwer außer Tim und mir hier drinnen aufgehalten hatte.

WeekEnder

Derek stand im Schnee. Er formte Schneebälle, drückte sie fest zusammen und warf damit nach leeren Bierdosen, die er auf einer Ziegelmauer aufgestellt hatte.

Ich selbst stand in einiger Entfernung, unbemerkt, und sah ihm bei seinen Wurfübungen zu. Der Himmel spannte sich in beinahe schon irrealem blau über uns und brachte den frisch gefallenen Schnee zum Funkeln. Das Klappern der fallenden Dosen schien das einzige Geräusch auf der Welt zu sein, und hätte ich Derek nicht gesehen, ich hätte kaum glauben können, dass ein erwachsener Mann derart verbissen Bierdosen mit Schneebällen abwerfen könnte.

Unermüdlich stapfte er durch den kniehohen Schnee zur Mauer, reihte die Dosen neu auf, ging zu seinem Platz zurück, formte Bälle, zielte und warf. Seine Trefferquote war bemerkenswert. Und es reizte mich zu sehen, wie wohl meine wäre. Also formte ich ebenfalls eine Kugel und wartete, bis Derek sich wieder in seine Wurfposition begeben hatte. Und gerade als er den Arm hob, holte ich aus und gleich darauf klapperten die Dosen von den roten Ziegelsteinen.

Verwundert drehte er sich um. Als seine Blicke auf mich fielen, verschwand augenblicklich jener heitere Ausdruck, den er zuvor gehabt hatte. »Ach du«, schien er sagen zu wollen. Tatsächlich aber blieb er ruhig stehen und sah mich ausdruckslos an.

»Und? Hat alles zu deiner Zufriedenheit geklappt?«, eröffnete ich die Unterhaltung in Ermangelung eines erwünschteren Themas.

»Ja, und wohl auch zu deiner.«

»Danke, ja. Es ist schön, dass du deinen Hang zu spitzen Bemerkungen noch nicht verloren hast«, erwiderte ich zickig.

»Ich fand schon immer, dass es ungeheuer wichtig ist, die passenden Leute für einen Job zu finden. Und du hast mal wieder bewiesen, dass du auf deinem Gebiet die Nummer eins bist.«

»Wie schön, dass du wenigstens das anerkennst«, erwiderte ich.

Derek holte aus und warf den Schneeball so dicht an meinem

Kopf vorbei, dass alles in mir danach zu schreien schien, sich in Deckung zu begeben, doch ich hielt still und das nur, um ihn zu verblüffen.

Ob es mir gelang, kann ich nicht sagen, denn er stand nur da und sah mich ausdruckslos an. Seine Lippen rieben aufeinander, als wären sie ausgetrocknet und er versuchte, sie mit Speichel wieder geschmeidig zu machen.

»Ja. Danke für deine Hilfe«, nahm er offensichtlich den Faden meiner Nachfrage wieder auf. »Wir haben jetzt alle Dateien, die wir brauchen.«

Er hatte sich gebückt und einen weiteren Schneeball geformt. Noch ein kurzer Blick zu mir, dann warf er ihn zu Boden und stapfte zurück zum Haus. Nachdem er hinter der massiven Eingangstür verschwunden war, folgte ich ihm.

Ich hatte keine Ahnung, wie es weitergehen sollte. Jetzt, nachdem die »Avengers« bekommen hatten, was sie wollten, war ich eigentlich überflüssig geworden. Sie konnten mich ziehen lassen. Ich brauchte nur auf mein Zimmer zu gehen und zu packen.

»Emma ... was für ein wundervoller Morgen, nicht wahr?« Tim kam quer durch die Halle und nahm mich fest in die Arme. »Du warst schon draußen? Das ist sehr vernünftig. Es gibt nichts Besseres ...« Er hielt plötzlich inne und sah mich schweigend an. Der schweigsame, introvertierte Tim hatte gerade den künstlichen, schwatzhaften Tim ausradiert. »Nun?« Seine Stimme hatte den Richtungswechsel mit vollzogen.

»Ich reise ab.«

Er nickte, als habe ich lediglich etwas ausgesprochen, was er so schon längst gewusst hätte.

»Das ist ungeheuer schade ... Die Dinge hatten gerade begonnen, sich ... nun ... äußerst hoffnungsvoll zu entwickeln, wenn ich das so sagen darf.«

Meine Augen brannten und ich musste heftig blinzeln. »Ich habe meine Verpflichtungen in London schon viel zu lange schleifen lassen.« Wobei ich speziell an George dachte ...

»Ja, natürlich. Dann will ich dich nicht aufhalten und sage dem Personal Bescheid, damit alles Nötige veranlasst wird.«

»Ich kann sie ja mitnehmen«, ertönte plötzlich über uns eine Stimme von der Treppe her. Derek sah aus, als wäre er gerade aus einem der wuchtigen Ölportraits gestiegen, die hinter ihm hingen. Fehlten nur noch die wuseligen Jagdhunde um seine Füße und die aufgeklappte Flinte über dem Arm. Doch statt, dass mein Herz hüpfte bei dem Angebot, zog es sich schmerzhaft zusammen.

Derek klang zu neutral, zu distanziert, zu unbeteiligt. Wie jemand, der sowieso in eine bestimmte Richtung fährt. Er stand da oben, sah auf uns herab und fühlte nichts für mich. Es brauchte nur einen Blick in seine großen, olivenfarbenen Augen und ich wusste, an wen er in diesem Moment dachte, zu wem er zurückkehren wollte.

Und dann war da noch eine andere Erkenntnis. Eine, die viel bitterer war, als jene über Derek und seine Liebe. Nämlich die, dass ich dem einzigen Mann, der mich je als Frau gewollt hatte und nicht nur als Hure, den Laufpass erteilt hatte. Und wofür? Für ein Leben, das auf so tönernen Füßen stand, dass es unter mir zu brechen drohte, wenn ich nur mein gewohntes Umfeld verließ.

Also gut, dann würde ich zurückkehren. Mein altes Leben wieder aufnehmen und als erstes George anrufen. Ein guter, langer Fick mit meinem Auftraggeber und alles wäre wieder im Lot.

»Wann fährst du?«, fragte ich.

Ohne auf die Uhr zu blicken, sagte Derek: »In einer halben Stunde.«

Tim aber legte seine Hand auf meinen Po und dirigierte mich von der Treppe weg in den Rauch-Salon. »Es läuft wohl nicht so gut zwischen euch?«, fragte er in onkelhaftem Ton.

»Wie man's nimmt. Er hat eine andere.«

»Ich weiß.«

Zwei Worte, und sie trafen mich mit der brachialen Wucht eines Vorschlaghammers. Benommen setzte ich mich in einen recht abgenutzten Sessel. Wieso hatte ich so etwas losgetreten? Mir war elend. Das Feuer knisterte im Kamin, Tim gab mir ein Glas Whisky und ich fühlte mich – zum Kotzen. Weder wollte ich über Derek sprechen noch über Laura.

»Aha«, machte ich deswegen knapp und hoffte, die Botschaft würde den Empfänger erreichen.

»Als er mit dir ankam, dachte ich, dass du sein Weekender bist.«

»Sein Weekender?«, wiederholte ich fassungslos.

»Ja. Die Frau, die ihm am Wochenende eine kleine Abwechslung bietet. Man will ja nicht immer die gleiche Dame an seiner Seite haben.«

Leise war er hinter mich getreten und legte seine Hand auf meine Schulter. Ich rührte mich nicht. Die hohe Lehne des Sessels schien mir eine gewisse Art von Schutz zu liefern.

»Es gibt nicht viele Frauen, die für einen Mann das Gleiche tun würden, was du für mich getan hast ...«

»Eine Frau wie ich schon.«

Seine Hand bewegte sich von meiner Schulter zu meiner Wange und streichelte mich zärtlich.

»Du bist etwas ganz Besonderes, Emma Hunter.«

»Aber eben doch nur ein Weekender«, ergänzte ich trocken.

»Darf ich dich in London anrufen?«

»Natürlich.«

»Denkst du, Derek würde sich vielleicht noch einmal ...« Er schwieg.

Und auch ich wartete, was er sagen würde.

»Nun ... zur Verfügung stellen.«

Ich hörte, wie der Whisky durch seine Kehle rann.

Der Schnee hatte wieder angefangen zu fallen.

»Ich würde mich sehr freuen, wenn ich etwas arrangieren könnte«, sagte ich und stand auf.

Jeder wusste von Laura. Jeder. Und selbst der Mann, der nicht mal wusste, dass ich eine Hure war, schob mich hin und her. Es war höchste Zeit, dass ich nach London zurückkam.

Unerwartete Wendung

Man hatte mein Gepäck bereits in Dereks Wagen gebracht, als ich den Rauch-Salon verließ und auf meinen Chauffeur traf, der sich gerade eine Zigarette anzündete.

»Bist du soweit?«, fragte Derek.

Ohne zu antworten, drehte ich mich zu Tim um und dankte ihm für das ereignisreiche Wochenende.

»Ich freue mich, wenn du wiederkommst«, sagte er und küsste mich sanft auf den Mund.

Derek nickte genervt und ging hinaus. Die Auffahrt zum Schloss war geräumt und so von jeglichen Schneeresten befreit. Die Flocken fielen von Moment zu Moment dichter und die Scheibenwischer hatten damit zu tun, die dicken weißen Kissen an den Seiten der Scheiben zusammenzuschieben. Derek sah starr geradeaus.

So herrlich die Landschaft um uns herum auch war, ich sehnte mich danach, die gedrückte Stimmung zu heben, wusste aber nicht, was ich sagen sollte. Immerhin wirkte er wie ein

Mann, der alles aufbieten musste, um nicht zu explodieren. Selbst die Muskeln seiner Unterarme waren offensichtlich auf das Äußerste angespannt.

»Konntet ihr schon etwas mit den Daten anfangen?«

Derek reagierte nicht.

»Ob ihr was damit anfangen konntet ...«

Ein kurzer Blick auf mich und dann wieder auf die Straße. »Emma, ich fahre dich jetzt an den nächstgelegenen Bahnhof. Das dürfte Inverness sein. Dort lasse ich dich aussteigen und nach London fahren.«

»Und du?« Die Frage war ebenso herausgerutscht, wie der überraschte Unterton.

»Ich sag es nur ein Mal: Die Dinge entwickeln sich anders, als ich gedacht habe. Und du hast nichts mehr damit zu schaffen. Kapiert?«

Um nicht wieder etwas zu sagen, was ich gleich darauf bereuen würde, presste ich meine Lippen zusammen. Wie weit waren sie gekommen? Was hatte Derek eingefädelt, dass er so schnell abreisen wollte? Etwas musste vorgefallen sein. Hätte ich nur gewusst, was. Aber zu fragen, hatte absolut keinen Sinn.

»In diesem Spiel bin ich der Böse. Und je weniger du weißt, desto besser.«

»Bist du um mich besorgt?« Peng. Meine Lippen waren nicht genug zusammengepresst!

»Um dich braucht man sich keine Sorgen machen«, gab er beinahe zynisch zurück.

Es war so heftig, dass ich nicht mal Danke sagte. Wieso konnte er mich in letzter Zeit so leicht verletzen? Und so nahm ich in diesem Moment, wie so oft in meinem Leben, wenn ich all meine Schutzschilde abgelegt hatte und sogar mein Schwert verschwunden war, Schutz bei meinem Humor. Ich lachte auf und lenkte so Dereks Aufmerksamkeit wieder auf mich.

»Was?«, blaffte er.

»Ich stelle mir nur gerade vor, was wäre, wenn wir ...«

Ob es nun war, weil er für den Bruchteil einer Sekunde zu lange zu mir hingesehen hatte oder ein purer, nicht zu beeinflussender Zufall – aber gerade so, als habe ein abgedrehtes Schicksal beschlossen, meine herbeigerufenen Gedanken in die Wirklichkeit zu transponieren – rutschten die Reifen des Wagens zur Seite. Erschrocken klammerte ich mich an den Griff oberhalb des Beifahrerfensters und sah zu Derek, der verzweifelt versuchte, gegenzulenken, wobei wir immer schneller zu werden schienen. Dann holperte und krachte es. Metall rieb aneinander. Ohrenbetäubendes Kreischen, als habe man seine Ohren in eine Kreissäge gesteckt. Ich sah Dereks Gesicht und fing an, seinen Namen zu schreien. Seine Arme flogen hin und her. Doch egal, was er auch tat, wie wild er auch lenkte, es hatte keinerlei Auswirkungen auf den Wagen mehr. Plötzlich geriet meine Welt durcheinander. Was eben noch oben war, war plötzlich unten und umgekehrt. Mir wurde schwindelig. Schlecht. Ich dachte, ich würde mich übergeben müssen. Mein Körper wirbelte herum und tausende Fäuste schlugen auf mich ein. Dann ein finaler Schlag gegen meinen Kopf. Taubheit. Dunkelheit. Stille.

***

Als ich zu mir kam, war mir schlecht. Dennoch war ich gleichzeitig maßlos erleichtert. Ich war also nicht tot. Die Scheinwerfer des Autos leuchteten in die Krone eines entlaubten Baumes. Gespenstisch sah es aus und gleichzeitig wunderschön. Ich lag da und schaute hinauf in die grotesk verdrehten Äste mit ihren gewaltigen warzenförmigen Ausstülpungen.

»Emma? ... Emma?« Das war Dereks Stimme. Wie flehentlich er klang ... »Emma! Kannst du mich hören? Es kommt gleich Hilfe. Ich habe angerufen. Hörst du? Alles wird gut ... Emma ... Sieh mich doch an! Bitte, sieh mich an!«

Wie seltsam, wo ich doch gar nichts hatte. Nur diesen herrlichen Anblick über mir ...

***

Das Nächste, woran ich mich erinnerte, war die Notaufnahme des Krankenhauses in Clanmorgay, an einen sehr netten Arzt, der mir mitteilte, dass er mich vorerst nicht nach London reisen lassen könnte. Ich hätte eine sehr schwerwiegende Kopfverletzung erlitten und müsste vorerst bei Mr McLeod bleiben.

Doch wenn ich nun erwartet hatte, einen – nach unserem Autounfall – umgänglichen und besorgten Derek vorzufinden, so hatte ich mich gründlich getäuscht. Ich musste es vielmehr als eine Art Kriegserklärung werten, dass er mich von meinem geliebten Kampf-Wiesel Bess in der Klinik abholen ließ.

Sie begrüßte mich mit den freundlich klingenden, aber keineswegs freundlich gemeinten Worten: »Unkraut vergeht wohl nicht!«

»Wenn ich sagen würde, dass ich mich freue, dich zu sehen, würde ich lügen«, gab ich ebenso unumgänglich zurück.

»Der Schlag auf den Kopf hat also keine wichtigen Teile erwischt«, zischte sie, während sie meinen Rollstuhl die Rampe zum Parkplatz hinunterschob, wobei sie sich keinerlei Mühe machte, irgendwelche Steine oder sonstigen Unebenheiten zu umfahren.

»Ich habe keine Ahnung, warum ich dich im Rollstuhl rumschieben muss«, knurrte das Wiesel und trat kräftig auf die Bremsen, sodass ich mit einem kurzen Ruck nach vorn stieß, was augenblicklich einen Kopfschmerz-Tsunami in meinem Schädel auslöste.

Sie meinte nur: »Kotz mir nicht die Karre voll.«

Alles drehte sich vor meinen Augen, doch ich ließ mir nichts anmerken und kletterte auf den Beifahrersitz.

»Ich glaube«, sagte sie plötzlich grinsend, »du kotzt höchstens, wenn du schwanger wirst.«

»Nein«, gab ich mit meinem breitesten Lächeln zurück. »Wenn ich schwanger werden sollte, kotzen höchstens ein Haufen Männer. Allen voran Derek.«

Ihr Kopf flog herum und starrte mich mit wild funkelnden Augen an. Der Zorn, der aus ihnen sprühte, schien keine Grenzen zu kennen. Allein das war die Kopfschmerzen wert.

»Du gehst mit ihm ins Bett?« Ihre Stimme hatte einen anderen Unterton bekommen, und irgendwie fehlten Worte in dem Satz ... Ich konnte mir nicht helfen. Sie hatte nicht alles gesagt, was sie hatte sagen wollen. Wobei die Frage an sich schon wirklich ziemlich dumm war.

Wortlos blickte ich sie an und so oft, wie sie jetzt ihr Gesicht vom Verkehr ab- und mir zuwandte, war mir klar, dass sie es wirklich so gemeint hatte. »Er ist verlobt!«, gab sie verblüfft von sich.

»Ach«, war alles, was mir dazu einfiel. War »Verlobt« noch ein Standard im 21. Jahrhundert?

Die Art, wie mein Kampf-Wiesel mich um jede Kurve schleuderte, machte mir deutlich, dass sie durchaus bereit war, für ihre geliebte Laura über Leichen zu gehen. Da war es nicht weiter verwunderlich, dass ich heftig aufatmete, als wir vor dem Eingangsportal von Warham anhielten.

Es gab kein Empfangskommando, sondern nur einen mir sehr wohl bekannten Rolls Royce, neben dem das Wiesel jetzt einparkte. War ich eine Sekunde zuvor noch niedergeschlagen gewesen, so hüpfte mein Herz jetzt vor unerwarteter Freude.

Und wenn er auch wegen Derek und nicht meinetwegen aus London hergekommen war, so bedeutete es mir doch unendlich viel, ihn gerade jetzt zu sehen. Nach all den Irrungen und Wirrungen und diesem Gefühl, dass mir alles entglitt, dessen ich mir so lange sicher gewesen war. Einer der Pflöcke, an denen mein Leben befestigt war, war wieder aufgetaucht und mehr brauchte ich gar nicht. Mich in seine Arme kuscheln und dann nach London mitnehmen lassen, das war alles, was ich wollte.

Als ich in die Halle trat, hörte ich bereits eine wütende Stimme. »Wie konntest du sie nur derart in Gefahr bringen?« Die Tür zu dem Zimmer, in dem die Auseinandersetzung ganz offensichtlich stattfand, stand eine Handbreit offen und jeder, der vorbeiging, verlangsamte seine Schritte, um nur ja recht viel von dem Streit mitzubekommen.

Ich allerdings ging keinen Schritt weiter, sondern blieb direkt vor der Tür stehen und lauschte aufmerksam. Es ging ja schlussendlich um mich!

»Meinst du, das habe ich mit Absicht gemacht, oder was?«, bellte Derek und ich hörte mit Schrecken, dass er zumindest angetrunken war.

»Wen oder was kann man dir denn anvertrauen? Kannst du mir das vielleicht sagen? Ignorant und unzuverlässig ... das ist es, was du bist!«

Je weiter der Streit ging, desto heftiger klirrten Karaffenhälse auf Glasränder.

»Gut. Dann sage ich jetzt ganz offiziell, dass es mir leid tut, dass sich deine Lieblings-Nutte wegen mir den Kopf gestoßen hat.«

Lieblings-Nutte? Kopf gestoßen? – Arschloch!

»Pass auf, wie du von Emma redest! Wie auch immer ... du wirst umgehend nach London zurückkehren.«

»Seit wann bestimmst du, wo ich mich aufzuhalten habe?«

»Was habt ihr überhaupt bei Bradford gemacht? Hat sie dort oben gearbeitet?«

Schweigen. So dick, dass man es locker mit einem Messer hätte schneiden können.

»Oder was war das ... du und sie ...« Die Worte schienen George im Hals steckenzubleiben. Karaffen-Klirren. »Du gottverdammter ...«, zischte er und ich hatte keinen blassen Schimmer, warum George sich so aufregte. Hieß das Zauberwort vielleicht Laura?

»Guten Tag, Miss Hunter!«

Überrascht und irgendwie ertappt drehte ich mich zu der wohlklingenden weiblichen Stimme hinter mir um. Eine hübsche Frau stand vor mir. Sie war einen guten Kopf größer als ich und ihr goldblondes Haar fiel in weichen Wellen bis zu ihren Schultern. Das ovale Gesicht, das mich freundlich betrachtete, hatte beinahe schon aristokratische Züge, mit einer langen, schmalen Nase und elegant geschwungenen Lippen, die nur mit einem hellrosa Gloss betont wurden. Sowieso trug sie wenig Make-up. Einen leichten Puder, Wimperntusche. Fertig. Die weiße Bluse, die sie bis kurz über den kleinen Brüsten aufgeknöpft trug, wirkte frisch. Ein sportlich-schicker Look, der wunderbar zu den Jeans passte. Kein Schmuck. Abgesehen von einem Paar goldenen Creolen.

»Miss ...?«

»Nennen Sie mich doch bitte Laura.«

Laura ...

»Ich hörte, Sie hatten einen Unfall mit meinem Freund.«

Das Leben ist ein Minenfeld. Und es gibt Stunden, in denen hat man das Gefühl – nein! – dann weiß man, dass man von einem Sprengsatz auf den nächsten tritt. Sie fliegen einem um die Ohren und manche sind so mächtig, dass sie einem das Herz herausreißen. Und wenn sie das geschafft haben, dann hinterlassen sie nichts als Leere und ein taubes Gefühl.

Warum hatte sie nicht Derek gesagt oder Mister McLeod?

Und wenn ich nun gedacht hatte, Laura hätte nur eine attraktive Maske, hinter der sich ein verrotteter Charakter verbarg, so hatte ich mich sehr geirrt. Das Lächeln, das sie mir schenkte, war echt und verbindlich. Dabei tat sie so, als höre sie mit keiner Silbe, welchen Zweikampf George und Derek sich in diesem Moment keine fünf Schritte von uns entfernt lieferten.

»Wen ich ficke, kann dir schließlich scheißegal sein!«, grölte Derek, und sofort darauf erklang das Glucksen des Alkohols in der Flasche, aus der mit Schwung in ein Glas gegossen wurde.

»Aber nicht, wenn du meine Beste dabei um die Ecke bringst!«

»Deine beste Nutte meinst du wohl.«

Ob ich in diesem Moment errötete? Nein, denn in mir herrschte nur die dumpfe Leere, die Laura mit ihren Worten hinterlassen hatte. Eine Mine zu viel war mir um die Ohren geflogen.

»Ich denke, Sie sollten sich ein wenig ausruhen. Ich lasse Ihnen Tee bringen und wir setzen uns an den Kamin.« Wie warm und herzlich ihre Stimme war Ich aber konnte mich kaum von meinem Lauschposten losreißen. Mein Kopf schmerzte und die Kreissäge hatte wieder ihre Arbeit aufgenommen.

»Wieso wird alles zu Scheiße, was du anfasst? Kannst du mir das sagen?«, brüllte George.

»Und was ist mit dir? Daddy? Du fasst eine nette, junge Frau an ... und was wird aus ihr? Eine Nutte! Eine gottverdammte Hure!«, donnerten Dereks Worte.

Laura hakte mich unter und zog mich sanft, aber bestimmt zu einem Salon, dessen Tür sie sorgfältig hinter uns schloss. Die plötzliche Ruhe toste in meinen Ohren.

Wie sie sich so mir gegenüber hinsetzte, mit ihren langen, schlanken Beinen, sah sie aus wie eine Bilderbuchschönheit, hier, in dem üppigen Ledersessel. Frisch. Schön. Mit einer menschlichen Intelligenz, die aus ihren Augen zu funkeln schien und ihr Gesicht strahlen ließ. Die hohe, klare Stirn, die offenen blauen Augen. Mit einem Wort: Perfekt!

Da saß ich – eine Hure – dieser wunderbaren Frau gegenüber, krank vor Liebe und Sehnsucht nach dem Mann, der doch in Wahrheit ihr gehörte. »Ich könnte eine Zigarette brauchen«, sagte ich leise. Mir fiel sonst nichts ein.

Laura nickte und stand auf. Aus einem kleinen Schrank holte sie eine Schachtel und ein Feuerzeug. Beides reichte sie mir. Es konnte keinen Zweifel geben: Laura war die Herrin dieses Hauses. Sie wusste es. Sie verhielt sich entsprechend. Derek und sie hatten eine Gemeinschaft begründet, mit und in der ich nicht das Geringste verloren hatte.

Mit schlecht kontrollierten Fingern zündete ich eine Zigarette an und hielt Laura dann die Schachtel hin. *Falsche Reihenfolge*, dachte ich.

Sie schüttelte ihren Kopf. »Ich rauche nicht. Danke«, sagte sie ohne jeden Tadel in der Stimme. Sie war ein solch wunderbares Erlebnis, dass ich nicht mal aus Neid oder Eifersucht wütend auf sie wurde.

»Ich möchte Sie nicht unnötig quälen, Emma ...« Ihre Großmut trieb mir die Tränen in die Augen. »Ich weiß von Derek und Ihnen. Er hat es mir erzählt.«

Was wusste sie? Von dem Fick in der Buchhandlung? Oder dem Dreier, bei dem mein Liebhaber ihn gebumst hatte? Oder von der Nummer, bei der er mich – ich mit verbundenen Augen – vor einem zahlreichen Publikum gevögelt hatte?

Oder meinte sie jenen Moment, wo ich ihn – getrieben von Wut und Hilflosigkeit – angelogen hatte, dass ich schwanger von ihm sei? Jenen Moment, wo er mich mit seinen großen, olivenfarbenen Augen angesehen und gesagt hatte: »Wir kriegen ein Kind.«?

Hatte sie das gemeint? Die Dolche, die Derek und ich uns gegenseitig wieder und wieder ins Herz rammten, als hätten wir nur ein Ziel: Die Vernichtung des anderen!

All das konnte ich ihr nicht sagen. So saß ich da, rauchte und schwieg.

»Derek und ich werden heiraten«, erklärte Laura.

Ich schwieg weiter.

»Ich wollte Ihnen deswegen sagen, dass es in unserer Ehe keinen Platz für eine dritte Person gibt.«

Wie sanft ihre Stimme klang …

»George wollte nach Ihnen sehen und Sie dann nach London mitnehmen, wenn Sie fit für die Reise sind.«

Gut, sie wollte mich weghaben. Verständlich. »Ja, ich kann reisen. Das hatte ich sowieso vor.«

Sie beugte sich etwas nach vorn und räusperte sich, während ihre langen, schlanken Finger sich ineinander verschränkten. »Emma … ich will, dass Sie wissen, dass ich Ihr Verhalten jetzt sehr zu schätzen weiß. Derek will sich ein neues Leben aufbauen. Zusammen mit mir. Und ich sehe es als meine Aufgabe als seine Frau, das zu unterstützen und alles von ihm fernzuhalten, was dabei hinderlich wäre.«

So etwas wie mich, zum Beispiel …

»Gewiss«, sagte ich tonlos.

Tonlos – der kleine Bruder von Weinkrampf.

Unsicher stand ich auf. Das Nikotin ließ mich taumeln und ich musste – peinlicherweise – Halt an einem Sessel suchen. »Ich werde jetzt hochgehen und mich einen Moment hinlegen. Wenn George so weit ist, lassen Sie mir doch bitte Bescheid sagen.«

Damit schwankte ich hinaus. Die helfende Hand, die sie anbot, wies ich mit einem abrupten Kopfschütteln zurück, das meine Schmerzen abermals verstärkte. Jetzt wollte ich mich volllaufen lassen. Mich ins vollkommene Delirium trinken. Nichts mehr wissen, nichts mehr denken. Ich war nichts weiter, als Dreck unter den Füßen eines Engels.

George und Derek hatten ihren Streit noch immer nicht beendet. Die giftigen Worte, die hin- und herflogen und wahrscheinlich Vergangenes ausgruben, begleiteten meinen Weg nach oben.

Meine letzten Kräfte benötigte ich dazu, ins Zimmer zu kommen, dann ließ ich mich auf mein Bett fallen. Jetzt brauchte ich die Tränen nicht mehr zurückzuhalten. Sie überzogen mein Gesicht, nässten das Kissen und flossen in mein Haar. Nicht nur mein Herz, sondern mein ganzer Brustkorb schmerzte bei jedem Atemzug, als hätte ich eine Lungenentzündung.

Irgendwann hatte ich keine Tränen mehr. Ich stand auf und trat ans Fenster, blickte in die weiß verschneite Landschaft. Leere Blicke in den Schnee. Schließlich löste ich mich und ging ins Bad, wo ich mir Wasser in die Wanne einließ und mich dann in das vom Rosenduft erfüllte heiße Bad legte. Das tat unendlich gut.

Nach einer Stunde ging es mir wesentlich besser und ich stand vor der für mich angeschafften Garderobe. Ich wählte ein nachtblaues Kostüm mit engem Bleistiftrock und schwarzem Spitzen-BH, dazu Strapse und schwarze Seidenstrümpfe. Außerdem hohe Lack-Peeptoes.

Wenn ich George so nicht heiß machte …

Ich marschierte nach unten. Vielleicht nicht wirklich wiederhergestellt, aber für meine Vorstellung von Ablenkung genügte es.

Wie praktisch, dass ich seine tiefe, rauchige Stimme bereits hörte, noch bevor ich die Treppen hinuntergestiegen war. Offensichtlich saß er noch immer im gleichen Zimmer, wie bei dem Streit, nur dass er jetzt allein war.

Ich klopfte leise an und trat ohne abzuwarten ein.

George stand am Fenster. In der einen Hand eine brennende Zigarette, in der anderen ein Glas. Sein silbernes Haar, das sich in konzentrischen Wellen um einen Punkt auf seinem Hinterkopf legte, schimmerte in den tanzenden Flammen des Kamins.

Als er mich sah, nickte er kurz. Seine vollen Lippen unter der kräftigen Nase formten einen stummen Gruß.

Ohne zu fragen, goss ich mir ebenfalls einen Drink ein und nahm die Zigarette in Empfang, die er mir angezündet hatte.

»Ihr hattet einen Unfall …«, stellte er fest.

»Ihr hattet Streit …«, gab ich zurück.

Wir hatten uns die Waffen gezeigt und waren für das Erste zufrieden.

»Komm her, Hure!«, kommandierte George und ich folgte augenblicklich. Er grinste mich frech an und als ich bei ihm war, zog er mich sofort in seine Arme. Seine Lippen pressten sich auf meine und seine Zunge begann eine Wanderung durch meinen Mund, während seine freie Hand meine Brust knetete.

»Oh Mann … wie lange habe ich dich nicht gehabt …«, brummte er. »Die anderen Weiber sind kein Vergleich zu dir!«

Im nächsten Moment fühlte ich, den Bauch gegen die Kante einer Kommode gepresst, überall Georges Hände. Wie sie meinen Rock hochschoben, meine Schenkel auseinanderdrückten, meine Brüste aus dem Ausschnitt des Jäckchens hoben. Seine Finger zwischen meinen Labien waren wundervoll. Er reizte und rieb meine Klit mit der Könnerschaft eines äußerst erfahrenen Liebhabers, bei dem eine Frau niemals zu kurz kam.

»Herrgott, du bist so scharf. Dein Arsch ist wieder voller geworden. Das ist gut. Heute Nacht komme ich zu dir und dann ficke ich deinen Hintern bis du schreist. Wann ist deine Rosette zum letzten Mal gepfählt worden? Hm? Sag schon!«

Gerade, als ich antworten wollte, stieß er seinen Schwanz in mich hinein und ich stöhnte auf. Die Kante bohrte sich in mein weiches Gewebe und ich keuchte vor Lust. Und dann schrie ich. Ja, ich gebe es zu. Nicht nur aus Geilheit.

Ich wollte, dass jeder in diesem gottverdammten Haus hörte, dass George mich rannahm. George, das absolute Alphamännchen. Und da mein Schreien ihn so richtig auf Touren brachte, ließ auch er seiner Gier freien Lauf. Die Kommode ächzte unter jedem Hieb, den er mir beibrachte und rumste gegen die Wand. Mit Sicherheit ließ sie keine Fragen offen bezüglich dessen, was wir gerade so heftig taten.

»Jaaaa … fick mich! … Oooooh, jaaa … genau da …«, trieb ich ihn an.

»Heb dein Bein, Emma! Ja. Heb es hoch. So … jaaa!«

Bald waren seine Stöße so heftig, dass ich mich mit einer Hand gegen die Wand abstützen musste, während ich fürchtete, dass mein Kopf jeden Augenblick explodieren würde. Sein Schwanz wütete in mir, riss meine Spalte auf, torpedierte meine Möse. Schneller, immer schneller. Mal stieß er genau horizontal, dann ruckte er wieder von unten nach oben, riss mit beiden Händen an meinen Brüsten und quetschte meine erigierten Nippel. Das währte so lange, bis er schlussendlich in einem mächtigen Krampf in mich abschoss. Wir brachen förmlich auf der Kommode zusammen. Es fühlte sich gut an, seinen Samen zu spüren, wie er aus mir herauslief. Warm und feucht. George stieß sich sachte ab und zog dann seine Hose hoch. Als ich meinen Rock ordnen wollte, wehrte er meine Hand ab und schob ihn wieder über die Hüfte. »Lass doch. Ich stehe auf den Anblick. Ich muss unbedingt mal Fotos von dir machen lassen. Richtige Porno-Dinger, die ich dann immer anschauen und dann einen runterholen kann.«

»Spinner«, quittierte ich seine Pläne, wenn ich den Gedanken auch interessant fand. George gab mir einen Klaps mit der flachen Hand und wandte sich dann seinem Drink zu.

»Ich werde dich mal einen ganzen Tag lang nackt herumlaufen lassen«, phantasierte er.

»Du hast mich scheinbar sehr vermisst«, grinste ich ihn an.

»Und ob ...«

Mit einem langen Schritt war er bei mir, legte seine Arme um mich und sah mir tief in die Augen. »Als ich hörte, dass Derek diesen Unfall gebaut hat und du verletzt wurdest, dachte ich, ich müsste diesen Vollidioten umbringen.« Seine blauen Augen oszillierten über mein Gesicht. Sein Daumen aber strich sacht über das Pflaster an meiner Stirn. »Ich habe mir vorgestellt, wie es wäre, dich zu verlieren ...« Seine Stimme wurde noch rauer und sein Blick noch intensiver. »Ich habe es kaum ertragen. Dich nicht mehr zu berühren ... deine Stimme nicht mehr zu hören ...« Er konnte nicht weitersprechen. Seine Lippen berührten meine. Vorsichtig, als könnten sie dieses geborgte Glück zerstören.

So hatte ich ihn noch nie erlebt. Unsicher fast. Zerbrechlich.

»Es ist doch nichts passiert. Und Derek konnte nichts dafür. Es war glatt und das Auto kam ins Schleudern.«

Abrupt wandte George sich ab. »Du musst ihn immer entschuldigen, nicht wahr? Oh, Derek kann nichts dafür. Oh, Derek hat sich nichts dabei gedacht. Was stellt dieser nutzlose Trunkenbold von einem Sohn eigentlich mit dir an?«

»Wieso beleidigst du ihn so?«

»Weil er ein Säufer ist. Ein nutzloser Säufer, der uns allen mehr Sorgen macht, als er wert ist.« Er hatte seine Stimme erhoben und war dabei, die Kontrolle zu verlieren.

Ich spürte es genau und ich war exakt in der Stimmung, dass ich ihn dabei erleben wollte. »Wie kannst du so etwas von deinem eigenen Sohn sagen? Wertlos! Du solltest dich schämen, George McLeod!«

Sein Kopf flog herum und er funkelte mich an. »Du liebst ihn! Verfluchte Scheiße! Du liebst dieses Bürschlein!«

»Er ist verlobt!«, brüllte ich. Und dann starrten wir beide uns an, unfähig, ein weiteres Wort zu sagen.

»Ja.« George hatte sich wieder im Griff. Seine Stimme war so ruhig und überlegt, dass ich mich fragte, ob sein Ausbruch vielleicht nur geschickt geplant war. »Und ich will nicht, dass du da hineinfunkst! Verstanden? Du weißt, wo dein Platz ist. Und das ist gut.«

Um ihn nicht ansehen zu müssen, ging ich zu dem kleinen Tisch, auf dem die Getränke standen und mixte mir einen Drink. Ja, ich wusste, wo mein Platz war. Wie ein Hund, der zu zutraulich wurde und den man dann mit einem Tritt in seine Hütte beförderte.

»Emma ... du weißt, wie viel du mir wert bist ... Aber diese Frau ist gut für Derek. Seit er mit ihr fest zusammen ist, hat er begonnen, sich zu wandeln. Und jetzt? Ein paar Stunden an deiner Seite und er trinkt wieder und baut einen schweren Unfall.«

Ich mochte vielleicht naiv sein, aber ich merkte durchaus, wenn man dabei war, mir den Schwarzen Peter zuzuschieben.

»Entschuldige bitte, aber willst du damit sagen, dass ich für seinen Alkoholkonsum verantwortlich bin?«

»Ach, nein. Aber wenn er mit dir zusammen ist, dann ... gerät er irgendwie aus den Fugen. Du bist definitiv zu viel für ihn.«

Jetzt musste ich den Kopf schütteln. »George ... warum fängst du nicht einfach mal an, ihn wie einen erwachsenen Mann zu behandeln? Ich habe nichts mit ihm im Sinn.«

»Und warum bist du dann mit ihm hier in Schottland? *Ich* habe dich nicht hier hoch geschickt. Im Gegenteil. Du warst auf einmal weg. Eben noch bei einem Kunden und danach – verschwunden. Ich habe versucht, dich zu erreichen. Keine Chance. Und dann tauchst du in Schottland an Dereks Seite wieder auf. Was bitte soll ich denn da denken? Welche anderen Schlüsse ziehen, als jene, dass du mit ihm schläfst? Dass du mit ihm Urlaub machst?«

Da war wieder der gerissene Anwalt, den sich jeder vor Gericht an seiner Seite wünschte. Der Mann, der etwas sagte, dabei etwas anderes meinte, und etwas Drittes tat. Man folgte ihm Schritt für Schritt, und plötzlich stand man am Abgrund, und von ihm keine Spur mehr.

Hätte ich in diesem Moment die Wahrheit gesagt, wären die »Avengers« sofort aufgeflogen. Ich hatte nicht den Hauch eines Zweifels, dass George ohne irgendwelche Bedenken seinen eigenen Sohn den Behörden ausgeliefert hätte. Würde ich ihm aber recht geben, so würde ich damit alles unterschreiben, was George an Vorurteilen und Antipathien gegen Derek hegte. Also gab es nur eine Möglichkeit: Ich musste schweigen.

»Das sieht diesem missratenen Bürschlein ähnlich. Verlobt mit der großartigsten Frau des Universums und lässt seinen

Schwanz das Denken übernehmen. Hattest *du* die fabelhafte Idee zu diesem Stelldichein im Hochland? Oder war es der Einfall seines Ständers?« Mit einem Schluck leerte er sein Glas und füllte das nächste. »Nun? Wer hatte die Idee?«

Eisernes Schweigen.

»Wusstest du, dass er verlobt ist? Habt ihr euch amüsiert über die arme Laura, die zu Hause sitzt und sich nichts Böses denkt, während er dich besteigt? Wolltet ihr mit der Sauerei weitermachen … vielleicht auch noch nach seiner Hochzeit? Immer wenn ihn der Schwanz juckt, kommt er zu dir. So ungefähr? Laura für die Repräsentation und Emma für den Fick?«

»Hör auf, so über uns zu reden!«

»Er wird sie heiraten und das wird niemand versauen. Schon gar nicht du. Du bleibst bei mir. Für mich. Hörst du?« Nächster Drink.

Er packte meinen Oberarm, während der Whisky auf meinen Ärmel spritzte. Sein Atem war vom Alkohol und vom Zorn geschwängert. »Du gehörst mir. Nur mir! Ich habe dich diesem verfluchten Russen nicht überlassen und ich werde dich Derek nicht überlassen. Keinem! Verstanden? Keinem!«

Was noch im Glas gewesen war, floss jetzt durch seine Kehle.

»Du bist so schön …«, stammelte George und drängte mich zu einem der ledernen Sessel, in den er mich drückte. »Du bist die aufregendste Frau, die ich je getroffen habe … Aber du bist zu viel für Derek. Er kommt nicht mit dir klar.«

Er stellte sein Glas ab und riss mit beiden Händen meine Jacke auf. »Ich … ich komme mit dir klar. Mir kannst du nichts tun. Ich bin stark genug für dich!«

Damit warf er sich über mich und biss mir so fest in den Nippel, dass ich aufschrie. Mit aller Kraft versuchte ich, ihn von mir wegzustoßen, doch er klammerte sich an mir fest.

»Du bist nur eine Hure ... und Laura ist eine Heilige. Verstehst du das?«

Seine Hand tastete nach dem Glas, fand es, führte es zu seinem Mund. Er war betrunken. Also wehrte ich mich nicht. Auch nicht, als er seine Hose öffnete. Selbst dann nicht, als er mich mit einem Klammergriff im Nacken packte und auf die Knie zwang. Mittlerweile hielt er die Flasche an den Mund.

»Los, mach schon!«, kommandierte er und drückte mein Gesicht vor seine Erektion. »Oder beißt du meinen Schwanz ab?«

Ich hatte keinerlei Angst vor ihm. Auch keine Wut. Er hatte zu viel getrunken und sein Schwanz wurde sowieso nicht hart in diesem Zustand.

Als er die Flasche geleert hatte, schleuderte er sie gegen die Wand, wo sie in zahllosen Splittern zerschellte. Das war meine Gelegenheit, um aufzuspringen und ihn so abzuschütteln. George schwitzte.

»*Du* hast Angst vor mir! Nicht Derek!«

Damit rannte ich so schnell ich mit meinem schmerzenden Schädel konnte hinaus. Außer Atem und halb verrückt vor Schmerzen landete ich in der Halle.

London! Ich wollte nur noch nach London zurück. Hier hielt ich es definitiv nicht mehr aus. Mein Herz raste und in meinem Schädel wummerten die Bässe. Ich war am Ende meiner Kraft. Mit meinem Handy rief ich ein Taxi, schnappte nur noch meine Handtasche und ließ mich bis nach London fahren. Die Kosten interessierten mich nicht. Ich wollte nur noch Heim. Keinen mehr sehen. Weder George noch Derek. Keinen!

Zu Hause

Kurz hinter Aviemore schlief ich ein und erwachte erst wenige Meilen vor London wieder. Unweit meines Appartments ließ ich den Fahrer an einem Bankautomat warten, holte sein Geld und ließ mich dann endgültig heimbringen.

Er war sogar so nett, mich noch hineinzuführen.

London. Wunderbares London! Menschengewühl. Gerüche. Lärm. Straßenverkehr.

Als ich meine eigenen vier Wände wieder um mich hatte, konnte ich mein Glück kaum fassen. Alles war so, wie ich es an jenem Abend verlassen hatte, um zu Yasu zu gehen.

Mit zitternden Knien setzte ich mich auf meine Couch und versuchte, mich irgendwie zu beruhigen. Ich war am Ende meiner Kräfte und ich wusste nicht, wie viel ich noch ertragen hätte, wenn ich in Schottland geblieben wäre.

Als es an der Tür klingelte, zuckte ich erschrocken zusammen.

»Emma? Bist du wieder in der Stadt?«

»Jay!«

»Hey! Bist du so happy, mich zu sehen?«, strahlte mich mein Teilzeit-Kollege an. Er sah fabelhaft aus wie immer. Groß gewachsen mit breiten, muskulösen Schultern und schmalen Hüften. Seine blonden Locken umwallten seinen Kopf wie den eines Löwen.

Als würde ich nichts wiegen, umfasste er meine Taille und hob mich hoch in die Luft. Er hatte so ein fröhliches Jungengesicht, dass man neidisch werden konnte. Und das bei allem, was er hinter sich hatte ... Wir kannten uns seit ich für George arbeitete. Jay lebte seit seiner Entlassung aus dem Gefängnis von einem Job als Model. Zumindest offiziell. Wobei er in Wirklichkeit das meiste Geld damit verdiente, als Callboy vermögenden Damen und Herren zu Willen zu sein. Wie ich George, so hatte er eine reiche Gönnerin, die ihn auch mit anderen Bett-Jobs versorgte.

Doch von all dem merkte man ihm nichts an. Er hätte spielend in jeder Universität als einer der besonders gutaussehenden Studenten durchgehen können.

Arm in Arm schlenderten wir in meine Wohnung und machten es uns mit einem Drink im Wohnzimmer gemütlich.

»Wo warst du, Süße? Dein Anrufbeantworter muss voll sein mit meinen Versuchen, dich zu erreichen. Genauso wie deine Mailbox.«

»Ich ... ich war in Schottland.«

Jay zog ein Bein unter und legte den Arm über die Rückenlehne der Couch. Er sah sich um, als suche er etwas. »Allein?«

Ich schüttelte den Kopf. Als ich Derek erwähnte, sprang er wie von der Tarantel gestochen auf und hieb seine Faust mit einem dumpfen Ton gegen die Wand. »Wieso? ... Wieso fährst du mit diesem Typen nach Schottland?«

Offensichtlich kam er gar nicht auf die Idee, dass es sich um etwas anderes, als einen Vergnügungstrip handeln könnte.

»Jay ... bitte! George hat mich deswegen auch schon niedergemacht. Also du nicht auch noch!«

Er kam auf mich zugeprescht und warf sich neben mich auf seine Knie. Dann sah er mich flehentlich an. »Emma! Der Typ taugt nichts. Er ist nicht gut für dich!«

Jetzt regte ich mich auf. »Wieso höre ich das dauernd? Wieso sagt hier jeder jedem, wer für ihn gut ist und wer nicht? Was ist denn los? Ich schlafe mit Derek. Ich schlafe mit George. Ich schlafe mit dir. Derek schläft mit Laura, George schläft mit Gott und der Welt und du schläfst mit ...«

Er fiel mir ins Wort: »Derek.«

Es war, als hielte jemand einen Film an. Mitten in der Szene. Zack! Alles erstarrt. Selbst die Uhr auf dem Kaminsims blieb stehen. Die Gardinen bewegen sich nicht mehr.

»Das eine Mal ... hier ... oder?«, erwiderte ich mit Restatem. Aber die Art, wie Jay den Kopf senkte, meinem Blick auswich, ließ mich ungläubig ausatmen. Es schnürte mir die Kehle zu.

Jays Zunge leckte nervös über seine Lippen und seine Finger kneteten sich gegenseitig.

»Okay. Was hast du zu sagen?« Es kam anklagender, als ich beabsichtigt hatte.

Die Locken bedeckten sein Gesicht. Er tat mir irgendwie leid. Irgendwie aber auch nicht. Kam drauf an, was er zu sagen hatte.

»Ich ... also ... ich, nach ... Es war nichts Großes. Wirklich. Keine große Sache, meine ich. Nur ein paar Mal. Also ... er ... ich denke, er wollte einfach nur ein bisschen rumexperimentieren. Und ich habe ihm gefallen. Das war alles.«

»Jay ... ich will dir nicht wehtun. Aber Derek ist verlobt. Er wird heiraten.«

Jetzt sah er mich ungläubig an. »Das ist nicht wahr! ... Oder?« Dann lächelte er plötzlich, als habe er einen tollen Scherz gemacht. »Ich wollte ja gar nichts von ihm. Ich meine, hey! ... Er ist super im Bett. Aber das weiß seine Verlobte sicherlich auch längst. Es war nur Sex ... nichts weiter, weißt du. Und die zwei oder drei Mal. Mann, deswegen verliere ich doch nicht gleich mein dummes, kleines Herz.« Jay machte eine wegwerfende Handbewegung und kramte dann fahrig in der Tasche seines ziemlich abgenutzten Parkas nach seinen Zigaretten. Noch immer grinsend balancierte er die Kippe zwischen den Lippen und blickte sich dabei um. »Na, ja. Du weißt ja ... Typen wie ich ... wir können eh nicht treu sein.

Ich meine ... komm, das Bett neben mir war noch nicht wieder richtig kalt, da lag schon ein anderer drin. Steven. Oder Dan. Oder ...« Er stieß ein seltsames Lachen aus. »Da siehst du's ... ich bumse so viele, dass ich mir die Namen unmöglich merken kann.«

Warum hatten die McLeods nur den fatalen Hang, alle unglücklich zu machen, mit denen sie zusammentrafen?

»Aber ... von Derek ... also von Derek habe ich kein Geld genommen. Nie!«

Ich ergriff Jays Hand, doch er entzog sie mir und benutzte sie stattdessen, um die Zigarette abzuklopfen. Wenn ich ihn doch nur hätte trösten können! Aber ich empfand ja das Gleiche wie er. Nur, dass sich in meinem Fall gleich zwei McLeod-Männer um meinen Kadaver balgten. Oder auch nicht ...

»Es tut mir leid. Du hast dich in ihn verliebt, nicht wahr?«, flüsterte ich.

Sein Blick war so verzweifelt, so abgrundtief traurig, dass es mir beinahe das Herz zerriss. Jay war eine Seele von einem Menschen. Und er hatte es weiß Gott nicht verdient, dass man ihm so übel mitspielte. Aber vielleicht war das Leben so – oder die Liebe.

»Ich habe mich zum Trottel gemacht«, sagte er.

»Das hast du nicht. Es ist in der Liebe so ... man legt einfach seine Rüstung und seine Waffen ab, und ist dann schutzlos und hilflos.«

»Derek ist ein solcher Mistkerl. Wenn ich dran denke ... er hat neben mir gelegen ... nackt ... er ist so schön ... Ich habe ihm gesagt, wie viel er mir bedeutet. Und er hat geraucht und gesagt, dass er genauso empfände. Ich meine, warum hält er nicht einfach sein Maul, anstatt zu lügen?«

»Vielleicht hat er es ja in diesem Moment selbst geglaubt.«

»Verteidigst du ihn etwa?«

»Nein. Ich will bloß, dass du nicht denkst ...«

»Dass er mich benutzt hat, wie eine Nutte?« Sein Lächeln wurde zynisch und versank irgendwann in der Ferne. Dann kam sein Blick zurück. Geklärter. »Ach, komm! Scheiß drauf. Wir haben immer noch uns, nicht wahr?«

Nächtlicher Besuch

Weihnachten nahte. Von Derek hatte ich nichts mehr gehört seit jenem verhängnisvollen Unfall. George hatte mir ein paar Jobs besorgt und eine Einladung zur Kanzlei-Weihnachtsfeier zukommen lassen. Ob ich allerdings hingehen würde, wagte ich zu bezweifeln. Der Schnee war vom Norden heruntergewandert und überzog mittlerweile auch London mit einer weißen Decke, die aber von den zahlreichen Autos im Handumdrehen in dreckigen Matsch verwandelt wurde.

Was mir keine Ruhe ließ, war weniger die Weihnachtsfeier, oder Dereks Ehepläne, als vielmehr die Frage, was aus den »Avenger«-Plänen bezüglich Bradford geworden war. Dennoch hatte ich keine Lust, deswegen Derek zu kontaktieren. Und von den anderen Mitgliedern hatte ich ja keine Telefonnummern oder E-Mail-Adressen.

Es war etwa zwei Wochen vor Weihnachten, als ich auf der Homepage eines Nachrichtensenders die Neuigkeit fand, dass man in Cornwall eines der führenden Mitglieder der »Avengers« dingfest gemacht habe. Damit sei die Gruppe wohl dem Untergang geweiht. Es sei damit zu rechnen, dass die Zeit um sei, jene Monate, in denen die »Avengers« das Land in Atem gehalten hätten. Die Internet-Foren, die ich sofort besuchte, waren voll von Unmutsäußerungen. Man bekundete seine Solidarität.

Einige riefen bereits zur bewaffneten Nachfolge der »Avengers« auf. Ein beinahe bizarres Spektakel brach sich Bahn und machte deutlich, wie sehr die »Avengers« gerade bei jüngeren Leuten Zustimmung gefunden hatten. Wie abstoßend man das Treiben der Banker und Manager fand, die sich seit Jahren schamlos auf Kosten der normalen Menschen die Taschen vollstopften.

Ein führendes Mitglied der »Avengers« ... Diese Schlagzeile hallte in meinem Kopf nach. Es fühlte sich plötzlich an, als habe sich die Welt in Watte gehüllt. Sie hatten Derek geschnappt! Wenn ich mich schlecht gefühlt hatte, als ich von seiner Verlobung erfahren hatte, und elend, als Jay mir seine Affäre mit ihm gestanden hatte, so war ich jetzt dem Durchdrehen nahe, als ich hörte, dass man ihn verhaftet hatte.

Selbst der Gedanke, dass George ihm sicher schon zur Hilfe geeilt war, und er damit den besten Rechtsberater besaß, den man sich vorstellen konnte, beruhigte mich nicht wirklich.

Was auch immer los war, ich musste ihn sehen, mit ihm sprechen. Also googelte ich mich durch das komplette Web auf der Suche nach dem Ort, wo er festgehalten wurde, doch ich konnte nichts finden. In Gedanken ging ich meine Kunden durch, wen ich fragen könnte. Es fiel mir nur einer ein: Sidney Kells. Er arbeitete beim Innenministerium und hatte sicherlich einen passablen Draht zu Scotland Yard.

Wie immer saß Sydney offensichtlich neben seinem Telefon. »Emma! Was für eine schöne Überraschung, deine Stimme zu hören!«

Wir begannen einen nebensächlichen Plausch, wobei ich bald geschickt zu den Neuigkeiten wechselte, indem ich betonte, dass dank der Ergreifung des »Avenger«-Kopfes meine Kunden wieder mehr Geld bei mir lassen könnten. Er lachte und sagte, dass er ebenfalls erleichtert war, denn selbst der

Premierminister hatte dem Treiben der Gruppe mit großer Besorgnis zugesehen. Sie hätten eine ungeheure Unruhe ins Land getragen. Man sei sich mittlerweile sogar sicher, dass die »Avengers« selbst vor Waffengewalt nicht zurückschrecken würden. Diesen Gedanken hielt ich für fragwürdig. Derek, der mit einer Waffe um sich schoss?

Jetzt konnte ich zu meiner eigentlichen Frage kommen, nämlich, wo man »Mister Avenger« festgesetzt hatte.

»*Mister Avenger*? Emma ... es ist eine *Miss Avenger*! Wir haben eine Frau geschnappt.«

Ich atmete tief durch. Es war also nicht Derek! Aber wen hatten sie dann?

»Emma, bitte verstehe mich nicht falsch, aber ich darf es dir nicht sagen. Tut mir leid. Die Times wird es demnächst sicher auf der Titelseite haben ... Im Übrigen ist die Dame nicht der Kopf, den wir suchen.«

»Sondern? Wen habt ihr im Visier?«

Brummendes Lachen am anderen Ende. »Auch das kann ich dir nicht verraten.«

Bis das Gespräch beendet war, hielt ich es kaum noch aus. Ich musste Dereks Stimme hören und ich musste ihn warnen. Wenn sie schon jemanden aus dem Führungskreis hatten ...

Ich wählte die Nummer seines Handys. Mein Herz pochte bis in meine Kehle hinauf. Er war frei. Sie hatten ihn nicht geschnappt. Aber die Schlinge schien sich zuzuziehen. Mir war elend. Gleichzeitig war ich über die Maßen aufgeregt, denn ich hatte den Grund gefunden, ihn anzurufen, nach dem ich die ganze Zeit gesucht hatte. Bewusst oder unbewusst.

Die Mailbox ging an. Konnte man auf die Mailbox sprechen oder wurde die vielleicht abgehört, wenn sie Derek im Visier hatten?

Plötzlich war alles vergessen, was vorgefallen war. Ich hatte nur noch eines im Sinn: Seinen Kopf aus der Schlinge zu ziehen. Ich legte auf und überlegte kurz. Da kam mir eine Idee! Ich wählte erneut. Wenn ich die Nutte gab, konnte keiner einen Verdacht hegen, und so sprach ich mit säuselnder Stimme auf seine Mailbox: »Derek ... Ich habe solche Sehnsucht nach deinem Riesenschwanz. Bitte ... Ruf mich ganz schnell an, damit ich ihn mal wieder so richtig lecken kann ... Ich bin ganz hungrig auf deine Sahne, mein geiler, schöner Hengst!«

Sollten sie sich doch von mir aus einen runterholen, wenn sie das abhörten ...

Die Stille nach dem Schuss! Niemand rief an. Niemand schickte eine Mail oder eine SMS. Nichts. Da saß ich. Hatte diese Warnung an ihn abgeschickt, und er meldete sich nicht. Vielleicht waren sie ihm schon so dicht auf den Fersen, dass er sich irgendwo verstecken musste.

Mein Magen zog sich in einem andauernden Auf und Ab zusammen und entspannte dann wieder. Nach Mitternacht ging ich ins Bett. Mein Schlaf war unruhig und ich wälzte mich hin und her. Ich sah Derek, wie er einen langen Korridor hinunterging, die Hände vor dem Bauch gefesselt. Er trug nur eine alte, viel zu weite Gefängnishose, die von einem Gürtel gehalten wurde. Sein entblößter Oberkörper war schön wie eh und je, wenn er jetzt auch von diversen Striemen und Blutergüssen gezeichnet war. Mein Traum-Ich wand sich um und sah genau in jene Richtung, in die auch Dereks Blicke fielen. Ich schrie auf. Vor meinen Augen baumelte ein Strang. Aus dem Schatten trat George hervor und sagte: »Leider kann ich dir nicht helfen, mein Sohn. Du bist verloren.« Dann hob er seinen Arm und legte ihn um die Schultern einer Frau, die ich erst jetzt als Laura erkannte.

»Auch ich hätte dir gern geholfen«, erklärte sie, »aber ich fürchte, du bist nichts, als ein verkommenes Subjekt, das die Hand gebissen hat, die es gefüttert hat.«

Ich aber warf mich nach vorn, spürte seine nackte Haut an meinem Gesicht. Meine Arme umklammerten ihn und ich schrie, dass ich ihn niemals sterben lassen würde. Eine Glocke ertönte und George sagte: »Das ist deine letzte Stunde.« Schreiend schreckte ich hoch. Ebenso verwirrt wie erleichtert fand ich mich in meinem warmen, weichen Bett und konnte das Läuten der Glocke aus meinem Traum als ein heftiges Klingeln an meiner Tür erkennen.

Doch gerade, als mir dies gelungen war, schrak ich abermals zusammen. Wer läutete mitten in der Nacht Sturm? So schnell ich konnte, rannte ich los. Zog im Laufen meinen Morgenmantel über und riss die Tür auf, ohne auch nur durch den Spion geschaut zu haben.

Derek!

Ohne abzuwarten, packte ich ihn und zerrte ihn mit mir in die Wohnung hinein. »Wo kommst du her? Was ist passiert?«, stieß ich atemlos hervor.

Er war bleich und sah vollkommen übernächtigt aus. »Kann ich ein paar Stunden hier bleiben?« Seine Augen wirkten glasig, doch nicht, weil er mit den Tränen kämpfte, sondern vielmehr, weil er immer wieder heftig gähnen musste.

»Bist du müde?«

Er nickte. Ruhig schob ich ihn in mein Schlafzimmer und drückte ihn aufs Bett.

»Willst du mich verführen?«, versuchte er seinen alten Humor aufzuwärmen.

»Nein, du Idiot. Du sollst dich ausschlafen.« Damit schnappte ich energisch den unteren Rand seines Pullovers und zog ihn ihm über den Kopf. Er war zu nah. Die Wärme seines Körpers strahlte zu intensiv auf mich über. Was tat ich hier? Wenn er hier schlafen wollte, konnte er sich wohl immer noch allein ausziehen. Oder war ich wieder drauf und dran, den alten Emma-Fehler zu machen und mein Hirn auszuschalten, wenn es um meinen Trieb ging?

Wie auch immer, ich atmete tief durch und dies nicht etwa, weil ich mich – gleich einem buddhistischen Mönch – hatte sammeln wollen, sondern weil ich einzig und allein seinen wundervollen Duft einatmen wollte. Diesen Geruch, so herb und männlich, mit jener süßlichen Note, die nur Dereks Haut besaß. Ob Laura die auch schon bemerkt hatte? Oder war sie mir vorbehalten? Meine Fingerkuppen strichen über die Haut seiner Arme. Warm und glatt.

»Ich habe deine Nachricht auf der Mailbox gehört.« Er lächelte mich an, und meine Kehle schnürte sich zusammen. »Die war so heftig, da wusste ich, dass du sie gefaked hast.« Sein Grinsen wurde breiter, wenn es ihm auch nicht gelang, seine Erschöpfung zu überspielen.

»Ach so. Das denkst du also?«

Seine Lider schlossen sich. Dann öffnete er seine Augen wieder, die so tief in ihren schattigen Höhlen lagen, dass ich ihn in meinen Arm nehmen wollte und halten.

»Sie haben Bess«, stieß er hervor.

Das Kampf-Wiesel hatte es also erwischt!

»Und ich wollte dich sprechen, weil ich aus sicherer Quelle weiß, dass sie dich im Visier haben. Du musst untertauchen, bis George sich einen Überblick über die Lage verschafft hat«, erklärte ich so professionell, als unterhielte ich mich nicht mit Derek, sondern mit James Bond.

»George?« Er hob seinen Kopf und schenkte mir einen

langen zweifelnden Blick. »George würde nicht mal auf mich pissen, wenn ich brennen würde.«

So sehr hatte sich also ihr Verhältnis verschlechtert.

»Weiß er von den ›Avengers‹?«, fragte ich.

Derek schüttelte seine dunklen Locken. Er war so schön. So atemberaubend schön. Wie ein irischer Elf.

»Wie soll es jetzt weitergehen?«, fragte ich ihn.

»Ich ziehe die Bradford-Sache noch durch. Was danach ist, interessiert mich nicht mehr.«

Das konnte nicht wahr sein!

»Und deine Verlobte? Denkst du gar nicht mehr an Laura?« Dieser Schachzug war nun wirklich ein ganz klein wenig durchschaubar.

Derek drehte sich auf die Seite und drückte das Kissen gegen seine Wange. »Laura ... ja. Die schöne, kluge, liebenswerte Laura«, flüsterte er.

Irgendwie musste ich aus der Situation raus. Aus seinem träumerischen Blick, den ich selbst heraufbeschworen hatte. »Hast du Hunger? Soll ich dir ein Sandwich machen?« Damit sprang ich förmlich vom Bett auf, als sei es plötzlich in Flammen aufgegangen. Dabei war es nur Dereks Lächeln, das ich nicht ertragen konnte. Ich wusste nur zu gut, auf was es hinauslaufen würde, bliebe ich hier bei ihm sitzen. Wem sollte ich dann noch weismachen, dass er mich anwiderte? Dass ich angeblich seine Nähe nicht ertrug?

Also eilte ich in die Küche und machte das kunstvollste Sandwich, das je ein Mensch gesehen hatte. Jedes noch so winzige Detail hatte meine volle Aufmerksamkeit verdient. Sorgfältig achtete ich darauf, dass ich wirklich kein haarbreit Brot ohne Butter ließ, dass der Schinken an jeder Stelle unbedingt gleich dick auflag, ebenso wie die Eischeiben, die selbst ein

Sternekoch nicht derart auf den Punkt gekocht haben würde. Nachdem ich das Quadrat exakt von einer Ecke diagonal zur anderen zerteilt hatte, drapierte ich es auf einem sehr großen Teller. Dieses hübsche Arrangement stellte ich auf ein Tablett und gab ein großes Glas eiskalter Milch dazu.

Als ich so in mein Schlafzimmer kam, stellte ich fest, dass Derek bereits eingeschlafen war. Er lag auf dem Bauch, nur mit seiner Jeans bekleidet, das linke Bein angezogen wie zu einer Pirouette und die linke Hand unter die Wange geschoben. Das ins Zimmer fallende Licht der Straßenlaternen überzog seinen Rücken mit einem matten Schimmer und die Schatten zeichneten dunkle Linien an seinen Muskeln und Knochen.

So leise ich konnte, stellte ich das Tablett ab und blieb dann an die Wand gelehnt stehen. Die Arme vor der Brust gekreuzt, betrachtete ich diesen Mann, der mir ein noch größeres Rätsel war, als sein Vater. Wie groß er war. Selbst wenn er diagonal lag, reichte er fast von einem Eck meines Bettes zum anderen. Wie hatte er sich nur so positiv verändern können?

Ohne nachzudenken setzte ich mich neben ihn auf die freie Ecke des Bettes. Er würde sicherlich im Laufe der Nacht anfangen zu frieren, wenn ich ihn so liegen ließ. Also beugte ich mich zu ihm hinüber und schlug die Decke über seinen Körper. Es ging nicht anders. Ich musste ihn berühren. Sacht strich ich mit meinen Fingern über seinen Arm, bis hinauf zu seiner Schulter. Fest und straff lagen die Muskeln unter seiner seidigen Haut. Seine Lippen standen leicht offen und ich konnte die Spitze seiner Zunge sehen.

Denk an Laura!, sagte ich mir streng. *Lass die Finger von ihm!*

Aber es ging nicht! Der Teufel in mir sagte: »Fass ihn an! Intensiviere den Druck deiner Finger!«

Derek atmete tief durch und drehte sich auf den Rücken.

Sein Anblick überwältigte mich dermaßen, dass ich kurz die Augen schließen musste. Sein Bauch hatte sich abgesenkt, und seine Beckenknochen hoben den Bund seiner tief sitzenden, knallengen Jeans. Trat deswegen die Beule seiner Hose so stark hervor oder war er tatsächlich erregt? Ich hatte einen Kloß im Hals und ich war definitiv bescheuert hier zu bleiben. Meine Kehle war wie zugeschnürt, als meine Blicke von seinem Schwanz über seine dunklen, drahtigen Löckchen wanderten, die über dem Hosenbund zu sehen waren. Dabei kann ich sagen, dass ich mich beim Anblick seines Nabels noch im Griff hatte, egal wie weich die Haut dort drinnen auch war und wie sehr es meine Zungenspitze danach gelüstete, dort hineinzuwandern. Selbst beim Anblick seiner haarlosen Brust mit den dunkelroten Nippeln beherrschte ich mich. Er hatte den linken Arm über seinen Kopf gelegt und den rechten neben sich ausgestreckt. Dadurch bekam sein Oberkörper eine unglaublich erotische Dynamik. Alles an ihm schien in Bewegung geraten zu sein und ich sehnte mich danach, dies mit meinen Fingern nachzuvollziehen.

Aber ich hatte mich im Griff!

Selbst noch in jenem Moment, als ich meine Lippen so sacht wie Schmetterlingsflügel auf die seinen legte.

Erst als Dereks Zungenspitze gegen meine stieß, als er sein rechtes Bein aufstellte, sich in meine Richtung drehte und als sein Arm sich auf meinen Rücken legte – da war es vorbei!

Offensichtlich hellwach, drückte er mich auf das Bett. Als wollte er über mir Liegestützen machen, stemmte er seine Hände neben meinen Kopf und senkte sein Gesicht auf mich herab. Und weiß Gott – in diesem Moment fühlte ich mich auserwählt, dass ein Mann, so schön wie er, mich begehrte!

Mit schnellen Griffen öffnete ich seine Hose und umfasste

seinen harten Schwanz. Oh ja, er war erregt. So erregt, dass ich einen feuchten Tropfen auf seiner Eichel spürte. Sie stieß an meinem Unterarm, während ich mit den Fingerkuppen seine Eier streichelte.

Er begann zu stöhnen und mit seinem Unterleib pumpende Bewegungen über mir zu vollführen. Mittlerweile war ich nass. Ohne die gierigen Küsse auch nur für einen Moment zu unterbrechen, schafften wir es, uns gegenseitig auszuziehen.

Ich sah seinen Schwanz, seine Brust, seine Arme, sein elfengleiches Gesicht und seine schlangenartigen Bewegungen seines Bauches ... Meine tiefe Sehnsucht war geweckt, ihn in mir zu spüren.

»Es ist nur Sex!«, keuchte Derek atemlos in meinen Mund.

»Ja. Ja ... ja ...«, gab ich zurück. Benommen von Gefühl meiner geschwollenen Labien, seiner Lippen, die saugend und nagend an meinem Oberkörper herabwanderten und mich in den Wahnsinn trieben.

Meine Kehle, meine Stimmbänder, meine Lungen – nichts gehorchte mir mehr. Unter seinen Berührungen verwandelte ich mich in ein stöhnendes, ächzendes, nach Sex gierendes Wesen. Ich spreizte meine Schenkel unter ihm, öffnete meine Knospe mit den Fingern und zog sie auseinander, bis sie zu brennen begann.

Als seine Zunge kühl und feucht mein nasses Fleisch berührte, schrie ich auf. Jetzt konnte ich nicht mehr ruhig liegenbleiben. Seine Locken, die sich zwischen meinen Schenkeln bewegten, die Wogen, die sie durch meinen Körper trieben – es war zu viel. Ich musste mich bewegen, seinen Schwanz tief in meine Kehle nehmen und ihn verschlingen. Also drehte ich ihn auf den Rücken und beugte mich über seine Lenden. Mit verkrampften Fingern klammerte er sich an das Kopfteil meines Bettes, verstärkte so die Bewegungen seines Unterleibs, um sich mir entgegenzubäumen. Sein Schwanz schmeckte himmlisch. Gab es einen Schaft, der derart zart und glatt war? Eine Eichel, die solche Gier in dem Mann auslöste, zu dem sie gehörte, wenn man mit der Zungenspitze in ihren kleinen Schlitz eindrang?

Alles an ihm bewegte sich. Derek warf seinen Kopf in den Nacken und schrie seine Lust heraus. Aber ich wollte ihn reiten. Also ging ich über seinem Ständer in die Hocke und führte ihn langsam in mich ein.

»Oh, Goooott ...«, winselte mein geiler Liebhaber, als ich meine Muskeln fest um seine Härte schloss. Dann wieder lockerließ, nur um gleich darauf wieder zuzupacken. Vorsichtig ging ich mit meinem Oberkörper nach hinten. So weit, bis ich mich hinter mir aufstützen konnte. Dann ließ ich ihn aus mir heraus- und wieder hineingleiten.

Derek hielt seinen Schwanz still. Starrte meine Möse an, die sich feucht und fest an ihm entlangschob. Ich spürte seine Eier an meinem Hintern und war versucht, einen richtig guten Arschfick abzukriegen, aber da ich sah, wie er es genoss, so von mir genommen zu werden, machte ich einfach weiter. Ich fickte ihn auf diese Weise, bis meine Arme taub wurden. Dann richtete ich mich auf.

»Emma ... ich bin soweit. Oh Gott, verdammt ... Ich komme gleich.«

So schnell ich konnte, drehte ich mich um und kauerte mich auf allen vieren über ihn, sodass er meine rasierte Spalte auslecken konnte, während ich seinem Ständer den Rest mit meinem Mund gab. Und während ich die Eier des keuchenden Derek massierte, pumpte ich mit meinem Mund so fest und so schnell ich konnte seine Erektion. Kurz darauf verharrte er, warf den Kopf zurück und spritzte in meinen Mund ab.

Sein Samen erfüllte mich und ich konnte gar nicht alles schlucken, was er in mich abgegeben hatte. Nussig und cremig schmeckte seine Sahne. Ich wischte meinen Mund und mein Kinn ab und bestrich dann damit meine Brüste. Meine Nippel waren zu harten, warzigen Knöpfen erigiert. Und so drehte ich mich zu ihm um. Nicht nur, um ihn zusehen zu lassen, wie ich mich mit seinem Samen beschmierte, sondern auch, um ihm die Gelegenheit zu geben, meine Brüste zu betrachten.

Mit heftig geweiteter Spalte kniete ich über seinem dicken Schwanz, und Derek packte meine Titten. Er bearbeitete mich so fest, wie ich es liebte. Zwickte auch meine Warzen mit seinen Fingerspitzen und zog an ihnen.

»Du bist noch nicht gekommen ... Das muss sich ändern!«, knurrte er lüstern und begann mich mit drei Fingern zu wichsen. Während seine Finger mit Macht in mein geschwollenes Fleisch fuhren, zupfte er mit der anderen meine Klit. Ich winselte wie eine Hündin.

Plötzlich drehte er sich zur Seite und begann in meinem Nachttisch zu kramen.

»Was machst du?«, fragte ich enttäuscht, denn meine eigenen Finger in meiner Muschi fühlten sich nicht halb so gut an, wie seine.

»Das da!« Triumphierend hielt er ein Seil und einen Riesen Dildo in der hochgereckten Hand.

Eine glühende Lava-Woge rauschte durch meine Adern und mein Kopf begann zu glühen. »Nur Sex, ja?«, keuchte ich gierig, als er mich mit gespreizten Beinen ans Bett fesselte.

»Nur Sex«, bestätigte er mit einem breiten Grinsen, und ich sah, dass sein Schwanz schon wieder hart vor seinem Bauch wippte.

Fasziniert betrachtete ich, was er mit mir tat, wie er mich fesselte. Den unterarmdicken Dildo leckte er mit lüsternem Blick ab, denn er hatte es nicht geschafft, ihn in den Mund zu bekommen. Dann spreizte er mit den Fingern meine Spalte. Als er die riesige Eichel ansetzte, schrie ich auf. Nie und nimmer konnte ich mir vorstellen, dass sie in mich hineinpasste. Dabei war es doch mein Dildo, der zahlreiche Male von Kunden und mir höchst zufriedenstellend eingesetzt worden war ...

Tatsächlich passte er auch in mich hinein, wie ich unter wildem Stöhnen erkannte. Kaum, dass Derek anfing, ihn in mir zu bewegen, hatte ich auch schon einen Orgasmus, der meinen ganzen Körper mit einem langen, qualvollen Krampf überzog, einem Schmerz, der die notwendige Grundlage für die Lust bildete, die mich im gleichen Moment mit sich fortriss. Ohne die geringste Kontrolle zuckte und strampelte ich. Die Fesseln schnürten in meine Gelenke und intensivierten noch das Gefühl, das Derek in jeder Faser meines Körpers auslöste.

Seine Hände, seine Lippen, alles an ihm trug mich in andere Sphären. Kein Liebhaber schaffte das so perfekt wie er! Derek spielte auf meinem Körper, auf meiner Lust, wie ein Pianist. Er konnte mich kommen lassen, so oft er wollte und so heftig er wollte. Es schien eine Art genetischen Gleichklang zwischen unseren Körpern und unserem Sex zu geben, der dazu führte, dass niemand meinen Körper besser verstand, als Derek, und mit Sicherheit auch niemand seinen Körper besser kannte, als ich.

Und so brachte er mich von einem überwältigenden Orgasmus zum nächsten, bis ich vollkommen erschöpft und ausgelaugt mit nasser Möse und nassen Schenkeln unter ihm lag.

Nachdem er mich befreit hatte, blieb er auf dem Bettrand sitzen und sah mich lange an.

»Nur Sex«, sagte ich leise.

»Nur Sex«, gab er zurück.

***

Da für mich nicht mehr genügend Platz im Bett gewesen war, hatte ich die Nacht auf meiner bequemen Couch verbracht und mich zeitig am Morgen auf den Weg zum indischen Gemischtwarenladen meines Vertrauens gemacht. Dort bekam ich alles, was ich für ein kräftiges englisches Frühstück brauchte, dem ich auch noch einen Hauch Kontinentales beimischte, indem ich Brötchen und Marmelade kaufte.

So bepackt betrat ich mein Apartment. Gerade noch rechtzeitig, um beinahe mit Derek zusammenzustoßen, der gerade gehen wollte. Wie ein ertappter Junge sah er mich an und deutete ein wenig verlegen zu einem Zettel hin, den er neben mein Telefon gelegt hatte.

»Was ist?«, fragte ich entgeistert, wo doch eigentlich recht deutlich war, was hier vor sich ging.

»Ich ... ähm ... ich habe dir eine Nachricht geschrieben. Ich muss gehen.«

Fassungslos starrte ich ihn an. »Du kannst jetzt nicht gehen.«

»Dass ... dass du mich bei dir hast schlafen lassen und das davor ... war schön. Aber ich muss ...«

Würde er jetzt wieder von Laura anfangen? Gott! Ich wollte doch nur mit ihm frühstücken!

»Wenn ich jetzt bleibe, bringe ich dich in große Gefahr. Verstehst du? Ich muss die Dinge zu Ende bringen, bevor Bess bei der Polizei aussagt.«

»Derek! Du kannst nicht gehen! Sieh mal, was ich alles eingekauft habe ... Brötchen, Marmelade, Bacon, Eier, Würstchen, Tomaten, Toast, Schinken ... Verdammt! Ich kann das nie allein essen.«

Er stand da und kämpfte so offensichtlich mit sich selbst, dass er mir fast leid tat. »Also gut. Aber ... ich habe dich gewarnt!«

So schnell ich konnte, rannte ich in die Küche, warf alle Zutaten hin und begann zu kochen. Wobei ich damit begann, dass ich sowohl die Tomaten als auch den Bacon und die Eier verbrennen ließ, da ich vergessen hatte, die Temperatur nach dem Erhitzen der Pfanne wieder herunterzudrehen.

Derek betrachtete mich von der Tür aus, nachdem der Geruch von Verbranntem ihn wohl alarmiert hatte.

Minuten später war ich fertig. Die restlichen Eier hatte ich gekocht. Und zu essen gab es nur noch Toast, Marmelade und Schinken.

Als Derek das Ei aufklopfte, erleuchtete ein breites Grinsen sein Gesicht. »Im Norden sind die Leute hart, da brauchen es die Eier nicht sein, wie?«, feixte er und hielt mir das glasige Ei entgegen. Er stellte es beiseite und bestrich seinen Toast mit Butter.

»Tut mir leid.«

»Du bist eine wirklich miserable Köchin, das muss man dir lassen.« Er lachte.

Und ich sagte grinsend: »Danke.« Danach konnte ich mich nicht mehr von seinem Anblick lösen. Wenn ich ihn weiter so anstarrte, während er in den Toast biss, würde ich eine vollkommene Idiotin aus mir machen. Warum faszinierte mich plötzlich jede noch so kleine Bewegung Dereks? Ja, ich konnte mich nicht sattsehen an der Art, wie er das Messer hielt. Selbst die Rundung seiner Fingernägel erschien mir bemerkenswert. Er hatte wohl meinen Blick bemerkt und lächelte mich an. Die Sonne ging auf. »Was ist? Du siehst mich an und isst selbst nichts«, sagte er amüsiert.

Also griff ich nach meinem Ei, öffnete es und löffelte es aus, bis es leer war. Wobei ich überhaupt nicht wahrnahm, dass es praktisch noch roh war und ich froh sein konnte, wenn ich mir keine Salmonellen-Vergiftung holte. »Es passiert nicht so oft, dass ein Mann mit mir frühstückt. Und schon gar nicht in meiner Wohnung.«

»Das wundert mich.«

»Du meinst, bei den vielen Männern mit denen ich die Nächte verbringe?«

Er nickte. Sein Gesichtsausdruck sagte eindeutig, dass er es nicht als Spitze gemeint hatte.

»Ich habe über dich nachgedacht«, entschlüpfte es mir. Dumm, denn ich wollte nicht ... irgendwie ... persönlich mit ihm werden. Wollte ihm die Distanz lassen, die er so offensichtlich zu erhalten versuchte.

Ein kurz verlegenes Lächeln. »Über mich? Was gibt es denn da nachzudenken?«

»Wie du dich so verändern konntest. Was ist passiert zwischen London und Schottland?«

Derek atmete tief durch und blies dann eine Strähne aus seiner Stirn. »Pfff ... schätze mal, es hat damit zu tun, dass ich etwas gefunden habe, das mich beschäftigt.«

»Die ›Avengers‹«, sagte ich. *Laura*, dachte ich.

»Genau. Die Rache des zurückgesetzten Sohnes an seinem Vater.« Mit schräggelegtem Kopf grinste er mich an.

»Wie hat das mit den ›Avengers‹ begonnen?«

»Bess' Schwester hat bei Bradford Geld angelegt. Er hat es im Zug des Börsencrashs verschwinden lassen. Daraufhin war sie pleite. Niemand half ihr. Sie verlor sogar ihr Haus. Eines Tages hat sie sich erhängt.«

Schockiert starrte ich auf meinen mit kleinen hellgelben

Punkten bespritzten Teller. Jetzt verstand ich, warum Bess so aggressiv auf mich reagiert hatte. Für sie musste ich die ultimative Bedrohung gewesen sein. Die Frau, die Derek von seinen Zielen entfremdete.

»Du warst mit Bess befreundet?«

Derek schüttelte den Kopf. »Nein. Ich habe sie in einem Pub kennengelernt. Wir saßen nebeneinander und haben uns volllaufen lassen. Bess erzählte mir ihre Geschichte und ich ihr meine. Sie erwähnte Bradford und ich sagte ihr, dass ich den Typen kenne. Tja, und wie man so schön sagt: Der Rest ist Geschichte. Wir hatten beschlossen, etwas gegen diese Schweine zu unternehmen.«

»Im Suff. Bravo!«

»Tja. Ich habe mich natürlich am nächsten Tag an nichts mehr erinnert, aber Bess rief mich abends an. Wir trafen uns und redeten. Die Pläne wurden konkreter. Wir beschlossen, erst mal zu üben sozusagen, haben uns kleinere Fische vorgeknöpft. Das lief prächtig. Von Anfang an stand fest, dass wir alles Geld den Betroffenen zurückgeben würden. Und das haben wir auch getan. Aber die Presse, von jenen Blättern, die uns unterstützt haben abgesehen, hat uns unterstellt, dass wir alles selbst einsacken würden.«

»Und? Habt ihr?«

Er schüttelte energisch den Kopf. »Nein. Keinen Penny! Wir haben doch alle selbst genug Geld. Außer Bess, die ihre letzten Kröten in dem Pub versoffen hatte. Aber ich habe sie unterstützt.«

Mir steckte plötzlich ein Klumpen Lehm im Hals. Wie hatte ich nur so blind sein können?

»Du kannst dafür in den Knast wandern«, sagte ich gepresst, um nicht mehr an das Kampf-Wiesel denken zu müssen.

»Ich weiß. Sehr lange sogar. Wir haben einen Anwalt in der Gruppe, der uns alle genauestens informiert hat. Betrug, Gründung einer terroristischen Vereinigung, Diebstahl, Erpressung, Hehlerei und mit deiner Entführung … Da kommen einige Jahre zusammen.«

»Und es ist schrecklich im Knast«, fügte ich hinzu.

»Woher weiß du das denn?«, wollte er wissen.

»Von Jay.«

Augenblicklich war seine gute Stimmung wie weggewischt. Es hatte keine Bedeutung haben sollen, dass ich Jay erwähnte und trotzdem war es so. Wir saßen schweigend da. Dereks Hand mit dem letzten Ecken Toast ruhte auf der Tischplatte, und er sah mich an. »Hat er sich bei dir über mich ausgekotzt?«

Ich nahm einen Schluck Kaffee. »Nein. Aber er ist sehr verletzt.«

»Emma, ich will, dass du mir das glaubst: Ich habe ihm nie was vorgemacht. Nie! Ja, ich bin ein paar Mal mit ihm ins Bett gegangen, weil ich es geil fand. Er ist gut im Bett. Aber dann habe ich gemerkt, dass es mich auf die Dauer nicht anmacht. Also habe ich ihm gesagt, dass es vorbei ist.«

»Du hast ihn abserviert!«

»Nein, habe ich nicht! Aber was hätte ich denn machen sollen? Was wäre die Alternative gewesen? Mich vor ihm verstecken? Ihm ausweichen? Und dann?« Er ließ die Toast-Ecke fallen und nahm sich stattdessen eine Zigarette. »Jay ist ein feiner Kerl. Aber ich stehe nicht auf Typen. Nicht auf Dauer zumindest.«

Er inhalierte tief.

»Und darum heiratest du!« Das rohe Ei schien mir nicht zu bekommen …

Seine Kiefer mahlten und sein Blick wurde schwarz und

starr. »Ich rede nicht mit dir über Laura.«

»Gut. Dann kannst du ja gehen. Du hattest ja sowieso noch so einiges vor.« Meine Stimme wechselte von spitz nach schrill.

Derek stand auf und stopfte seine Zigaretten in seine viel zu engen Hosentaschen. Sie würden die Schachtel ruinieren, dachte ich.

»Danke für das Frühstück«, knurrte er, den Filter zwischen den Lippen und schob dabei seinen Arm in den Ärmel seiner alten Militärjacke.

»Immer wieder gern.«

Ich hatte keine Ahnung, was die Unterhaltung derartig hatte kippen lassen.

»Derek!«, rief ich, doch er war schon raus und blickte sich nicht mehr um. Nun saß ich vor den Überresten meines Frühstücks und meiner Gefühle.

Mir war elend zu Mute. Nichts war mehr, was es mal gewesen war. Ich ließ mich auf einen Stuhl sinken und blickte starr geradeaus. Da fiel mir ein Zettel neben dem Telefon auf ...

Der Zettel!

Ich sprang hoch und war mit ein paar Schritten dort. Schnell entfaltete ich das Papier und las: »Danke für alles! Derek«.

Merkwürdig, ich hatte noch nie seine Schrift gesehen. Sie war schön. Seine Worte sahen aus wie Gruppen kleiner Leute, die sich gegen den Sturm auflehnen. Danke für alles ... Das klang verdammt nach Abschied. Ein Abschied ohne Wiedersehen. Ob er wirklich ins Gefängnis gehen würde? Wie viele Jahre mochte ein Mann wie er mit einem Verteidiger wie George kriegen? Fünf Jahre? Zehn? Zwanzig?

Was in einer solchen Zeitspanne alles passieren konnte! In einem Gefängnis! Sie würden ihn vergewaltigen, so wie sie Jay vergewaltigt hatten. Was für ein Mensch wäre er, wenn er entlassen würde? Sicher nicht mehr der Mann, mit dem ich eine so wunderbare Nacht verbracht und heute Morgen gefrühstückt hatte.

Fünf Jahre. Wie alt wäre ich dann? Würde Laura auf ihn warten? Fünf Jahre sind eine verdammt lange Zeit für die Schönheit einer Frau. Vielleicht würde sie einen anderen heiraten. Ich würde irgendwo in den Norden ziehen und mein Apartment verkaufen. Die Lücke, die er hinterließ, würde sich langsam schließen und nach fünf Jahren gäbe es vielleicht nicht mal mehr die Erinnerung an jene Lücke. Oder?

SCHUSSWECHSEL

Die Tür flog auf, noch ehe ich einen Schritt zurückgetreten war. George stürmte an mir vorbei wie ein wild gewordener Bulle.

»Bereitest du nicht die Weihnachtsfeier vor?«, fragte ich künstlich naiv.

Seine Augen funkelten mich vernichtend an, während sich kleine Schweißtröpfchen auf seiner Stirn bildeten.

»Was weiß du von den ›Avengers‹?«, fiel er mir in die Parade.

»›Avengers‹? Das, was in den Zeitungen steht, mehr nicht.«

»Unsinn!«, brüllte er und ich rechnete jeden Moment damit, dass er mir eine scheuern würde. »Du fickst doch ihren Anführer. Also erzähl mir keinen Mist. Wo ist er?«

Jetzt stellte ich um auf stur. »Wer?«

»Derek, verdammt nochmal!« Er spuckte in seinem Hass kleine Bläschen und da wusste ich, dass er wirklich auf zweihundert war. »Wo ist dieser kleine ... Wo ist er?!«

»Ich weiß es nicht. Ich habe ihn vor drei Tagen zum letzten Mal gesehen. Da hat er hier gefrüh...« Weiter kam ich nicht.

»Er hat ... WAS?«, brüllte George und wischte mit seinem

Arm seitlich über eine kleine Anrichte. Eine Vase ging mit Krachen zu Bruch.

»Du hast ihn gehabt. Oh, jaaaa! Meine kleine Emma konnte es sich natürlich nicht verkneifen. Ein anderes Mädchen krallt sich den süßen kleinen Derek und – zack! – holt meine kleine Nutte zum finalen Rettungsschuss aus.«

»Danke für den Begriff ›kleine Nutte‹! Ich habe mir deinen Sohn nicht gekrallt und ich habe niemandem in die Beziehung gepfuscht!«

»Fein. Und wo ist er dann jetzt? Versteckt er sich hier unter deinem Bett? Wenn ja, dann tut er gut daran.«

»Derek versteckt sich nicht. Zumindest nicht bei mir. Was willst du überhaupt?«

George hatte also mal wieder einen seiner Alpha-Männchen-Anfälle. Er rannte durch die Wohnung, riss jeden Schrank auf, schaute hinter jede Tür. Dabei brüllte der die ganze Zeit: »Derek! Komm raus!«

Da wurde es mir zu viel. Ich packte Georges Ärmel und bremste ihn aus. »Was zum Teufel regst du dich so auf?!«

»Sie werden ihn umbringen!« Sein Gesicht war kreidebleich. Wir standen uns gegenüber, die Gesichter dicht aufeinander zugeschoben.

»Sie werden was?«, fragte ich leise.

Zum ersten Mal, seit ich George kannte, sah ich Tränen in seinen Augen. Tränen des Schmerzes. Tränen der Angst und Tränen der Verzweiflung. »Sie werden meinen Jungen umbringen, Emma. Sie haben es vor.«

Mit letzter Beherrschung schob ich George zum Tisch, wo wir uns setzten.

»Woher willst du das wissen?«, fragte ich und angelte nach einem winzigen Rettungsstrohhalm.

»Ein wirklich guter Freund hat mich angerufen. Er weiß es aus allerhöchsten Kreisen. Zuverlässig. Derek hat mit den Aktionen der ›Avengers‹ in ein Wespennest gestochen.«

»Woher weißt du überhaupt, dass er dazu gehört?«

Er lehnte sich zurück und fixierte mich. »Emma, es gibt verdammt wenig, das in London vor sich geht, und von dem ich nichts erfahre. Ich habe ihn gewarnt. Wieder und wieder. Aber er wollte nicht hören. Und du hast dich ihm zur Verfügung gestellt.«

»Ich habe ... *was*???«, rief ich entsetzt.

»Hast du nicht Bradford flachgelegt, damit Derek sich die für ihn notwendigen Informationen holen konnte? Du steckst doch mit drin!«

»Er hat mich entführen lassen!«, versetzte ich der Wahrheit entsprechend.

Doch George grinste mich nur an. »Er hat dich entführen lassen. Natürlich. Du würdest diesem Idioten doch barfuß in die Hölle folgen, wenn es sein müsste.«

Er zog eine Zigarette aus der Jacketttasche und zündete sie an. »Und wenn du mich fragst, wirst du dazu auch die Gelegenheit bekommen. Sie wollen ihn erschießen. Mein Freund sagte mir, ich solle zusehen, dass Derek sich stellt und keine Minute von seinem Anwalt aus den Augen gelassen wird.«

Alle Fragen, Gedanken und Gefühle schlugen über meinem Kopf zusammen wie eine gewaltige Woge.

»Aber wieso? Und wer?«

»Wer? Ich kenne keine Namen. Man lässt mich nur seit geraumer Zeit wissen, dass die ›Avengers‹ mit ihren Aktionen ins Schwarze getroffen haben. Sie haben Informationen zu den wirtschaftlichen und finanziellen Transaktionen von Leuten gesammelt, die davon gar nicht begeistert sind.«

»Das ist doch Unsinn. Niemand würde Derek deswegen umbringen.« Es war absurd, bizarr!

George schwieg und sah mich an.

Ich aber schüttelte langsam den Kopf. Fassungslosigkeit machte sich in mir breit.

»Emma, es geht dabei um derartig viel Geld, um den Ruf von wichtigen Leuten ... und Macht. Das ist eine brandgefährliche Mischung. Selbst *ich* kann Derek nicht mehr schützen. Hätte er sich mir früher anvertraut, dann ... ach ...« George winkte ab und schüttelte verzweifelt den Kopf. »Aber er ist ja so stur. Er hat keinen blassen Schimmer, was für Abläufe er insgeheim ausgelöst hat.«

»Oh Gott, George. Wenn ich wüsste, wo er ist ... Wenn ich irgendeine ... Was ist mit Laura?« Mit seinen mahnenden Worten hatte er mich ausgiebig eingeschüchtert. Ich war nur noch einen Schritt von der Panik entfernt.

»Nein. Entschieden nein. Er würde sie nicht in solch eine Gefahr bringen.«

Deswegen hatte er auch hier so schnell weg gewollt.

»George, es tut mir leid. Ich kann dir nicht helfen. Aber ich schwöre dir, wenn Derek sich bei mir meldet, rede ich ihm ins Gewissen.«

»Emma, er muss sich stellen! Das ist seine einzige Chance.« Mit diesen Worten stand George auf und ging zur Tür. Dort drehte er sich noch einmal um. So müde und erschöpft hatte ich ihn noch nie erlebt. »Wenn ihm irgendetwas passiert, dann ...« Sein Kopf bebte und er eilte davon, ohne seinen Satz zu beenden.

George hatte recht. Ich musste Derek finden, finden und retten. Auch wenn ich es nur tat, um ihn seiner geliebten Laura zurückzubringen. Aber wo konnte er sich verstecken?

Wer würde ihm den Schutz bieten?

Natürlich! Wie elektrisiert griff ich nach dem Telefon und rief ein Taxi.

Es dauerte gefühlte fünf Stunden, bis das Taxi auf dem kleinen ummauerten Platz vor dem Haus hielt. Der Fahrer war noch nicht ausgestiegen, da rannte ich ihm auch schon entgegen, warf mich auf den Rücksitz und ertappte mich selbst dabei, dass ich nach Autos Ausschau hielt, die in meiner Nähe geparkt waren und beschäftigungslose Insassen beherbergten. Denn wenn George auch nur ansatzweise mit seinen Behauptungen recht hatte, dann war es nicht abwegig, dass auch ich beschattet wurde. Mussten diese Leute doch davon ausgehen, dass Derek früher oder später mit mir in Kontakt treten würde.

Wir kamen bei einer Tube-Haltestelle an, ich bezahlte das Taxi und fuhr die letzten Stationen mit der U-Bahn. Es ging bis in die Außenbezirke. Ewig gleiche Häuser reihten sich in endlos scheinenden Ketten bis zum Horizont.

Meine Füße schmerzten und es wurde bereits dunkel, als ich endlich das Haus fand. Das schrille Klingeln hätte Tote wecken können. Ich blinzelte durch die verdreckten Fenster und sah irgendwo ein Licht. Der Vorgarten lag unter einer dünnen Schicht von altem Schnee.

Endlich hörte ich schlurfende Schritte auf der anderen Seite. Ein junger Mann mit Dreitagebart öffnete und blinzelte mich verwirrt an. »Was is?«

»Ist Jay da?«

Der Satz war noch nicht am Punkt angekommen, als er schon grunzte: »Nee«, und gleichzeitig die Haustür schließen wollte. Ich aber war schneller und schob meinen Fuß in die Lücke. »So? Wo ist er denn?«

»Ficken, schätz ich«, sagte er gelangweilt.

Entschlossen drängte ich ihn beiseite und erstürmte den winzigen Vorraum, in dem es nach Kohlen, Essig und Brown Sauce roch.

»Hey! Was soll'n das? Ich hab doch gesacht, dassa ficken is.«

»Gut. Ich warte«, erklärte ich.

»Ey … das geht nich'. Ich hab keinen Schimmer, wanna wieder da is. Vielleicht pennta auch bei seim Stecher.«

»Mir egal.«

Wie eine Polizistin marschierte ich von einer Tür zur anderen, öffnete sie und sah in die ziemlich zugemüllten Zimmer, die eher Studentenbuden glichen, als normalen Behausungen.

»Bist du'n Bulle?«

»Nein«, erwiderte ich genervt und machte mich, da ich keinen Raum gefunden hatte, der zu Jay passte, auf den Weg nach oben.

»Hey! Jetzt langt's aber! Hey!« Seine Stimme wurde so laut, dass es jedem Volltrottel hatte auffallen müssen. »HEY! Du kannst da nich rauf! DU – KANNST – DA – NICH – RAUF!«

Damit war mir klar, dass ich richtig war.

»Leck mich!«, gab ich zurück und blickte die Treppe hinauf zu einer Tür. Von dort kamen Geräusche. Quietschen. Unartikulierte Laute. Mein Magen konzentrierte sich zu einem harten Teigklumpen. Was auch immer sich da oben tat, ich musste hinauf. Wenn Jay einen Kunden bediente, würde ich eben warten, bis sie fertig waren.

Mit jeder Stufe hörte ich das Keuchen deutlicher. Es war keine Frage, dass es hinter der Tür zwei Leute miteinander trieben. Da der nette Mitbewohner mittlerweile allen Widerstand aufgegeben und sich wieder in sein Zimmer zurückgezogen hatte, fühlte ich mich frei zu tun, was ich wollte.

Da aber noch immer eine gewisse Chance bestand, dass es

gar nicht Jay war, der sich dort im Zimmer vergnügte, blieb mir nichts anderes übrig, als mich davon zu überzeugen. Ohne zu Klopfen öffnete ich die Tür vorsichtig einen Spalt breit. Die Hand auf der Klinke, profitierte ich von der Tatsache, dass jeder in diesem Zimmer so beschäftigt war, dass keinem auffiel, wie ich hineinsah.

Der Anblick, der sich mir da allerdings bot, war so überraschend, dass ich die Luft anhielt. Es waren Jay und Derek, die sich hier liebten! In dieser Situation hätte jeder halbwegs klar denkende Mensch die Tür zugezogen und sich entfernt. Trotzdem nahm ich erleichtert wahr, dass Derek fürs Erste in Sicherheit war.

Aber als ich die beiden so schmusen sah, konnte ich nicht anders, als ihnen in reichlich unbequemer Pose gegen den geöffneten Spalt der Tür gedrückt zuzusehen.

Beide trugen sie noch ihre Slips. Während sie sich gierig küssten, massierten sie bereits ihre Erektionen, die sich dick und prall durch den engen Stoff abzeichneten. Inmitten ihrer vor Gier weit geöffneten Münder sah ich ihre Zungen, die sich umtanzten und liebkosten. Derek massierte Jays Brust beinahe wie die einer Frau, kniff in seine Nippel und wanderte dann langsam an dessen Hals abwärts. Oh, wie ich das Gefühl kannte, das er jetzt in Jay auslöste, und das auch bei mir nicht ohne Folgen blieb, denn ich merkte, wie meine Säfte unbarmherzig zu fließen begannen, und mein Höschen durchfeuchteten.

Als aber Jays Schaft zwischen Dereks volle Lippen eintauchte, wurde mir fast schwindelig. Dessen Finger vergruben sich in Dereks dunklen Locken, und ich sah nur zu gut, wie Jays Lenden sich hoben und senkten, um den Genuss noch zu intensivieren, den ihm sein Liebhaber bereitete. Das Reiben von Haut auf Haut war so laut in meinen Ohren, dass ich nicht wusste, ob es meine eigene Lust war, die mir dies eingab oder die Wirklichkeit.

Allein die flachen, harten Bäuche der beiden Männer zu sehen, wie sie sich hoben und senkten, manchmal zurückzuzucken schienen, wenn sie an besonders empfindsamer Stelle berührt wurden, brachte mich fast an den Rand der Selbstbeherrschung.

Hinzu kam, dass die Lust die beiden wieder und wieder in heftigen, gierigen Küssen vereinigte, in zärtlichem Streicheln und beinahe brutalem Massieren.

»Dreh dich auf den Bauch«, hörte ich Dereks atemlose Stimme, deren Rauigkeit mich noch mehr erregte. Ich zog meinen Bauch ein und ließ meine Finger in meinen Slip gleiten. Als ich meine Klit erreichte, zuckte ich heftig zusammen. Meine Möse war prall geschwollen, das Blut pulste in meinen Labien.

Derek beugte sich zu Jays Hintern herab und barg sein Gesicht zwischen dessen festen Hälften. Als er ihn offensichtlich feucht genug geleckt hatte, kniete er sich gerade hin, zog den Unterleib seines Liebhabers in die richtige Höhe und drang dann mit herabgedrücktem Ständer in diesen ein. Wie geschmeidig und glatt Derek sich in Jay bewegte, war atemberaubend. Ihre schlanken Körper, die sich lustvoll aneinander rieben, hatten eine ganz eigene überwältigende Ästhetik.

Jay, den es nun offensichtlich wieder nach den Lippen seines Liebhabers gelüstete, reckte sich nach hinten, unterstützt von Dereks Hand unter seinem Kinn, und sie küssten sich abermals leidenschaftlich, während Dereks Hintern sich in gleichmäßigem Rhythmus vor- und zurückbewegte. Ich liebe den Anblick der kleinen Dellen, die sich seitlich an seinem Po bilden, jedes Mal wenn er seine Muskeln anspannt.

Es war nun Jay, der die Initiative zum Wechsel ergriff, indem er sich von Derek wegbewegte. »Leg dich hin, mein schöner Hengst«, sagte er ebenso leise, wie zärtlich und ein heftiger Blitz fuhr durch mich hindurch.

Der junge Mann mit der lockigen Löwenmähne hob die Beine seines Liebhabers an, wie die einer Frau und drang dann seinerseits in Derek ein, der laut aufstöhnte.

»Entspann dich«, flüsterte Jay besänftigend. »Ich tu dir nicht weh! Ich bin absolut vorsichtig! Aber du darfst dich nicht so verspannen!«

Ich schämte mich für die Erleichterung, die ich verspürte, als ich Jays Worte hörte.

Sanft rieb er Dereks Bauch. »Jaaa ... so ist es gut.« Es war eine irgendwie obszöne Position, in der Derek sich hier befand, und sein Gesichtsausdruck zeigte eine gewisse Unsicherheit. Doch als Jay seinen Schwanz in seinen Anus schob, langsam und tatsächlich äußerst vorsichtig, entspannte sich Dereks Miene. Er schaute zu Jay auf und nun öffnete er stöhnend seine üppigen Lippen. »Oh, Gott. Das ist gut. Ah ... ah ...«, begleitete er jeden von Jays Stößen, während dieser seine Beine entschlossen in Position hielt.

»Fass dich an!«, forderte sein Liebhaber ihn auf und Derek kam dem ohne zu zögern nach. Er umschloss seinen Schaft mit der Faust und begann sich zu wichsen, was ganz offensichtlich seine Lust noch weiter steigerte.

Nie zuvor hatte ich gespannert. Und wenn mir jemand davon erzählt hat, fand ich das immer peinlich. Und zwar für den Spanner. Doch hier an diesem Türspalt beim Anblick von Derek und Jay, die in ihre eigene geile Welt abtauchten, und mir selbst, die ich meine Möse mittlerweile wie eine Verrückte rieb, konnte ich mir kaum erklären, warum ich das bisher abgelehnt hatte!

Ich war so in meine eigene Lust vertieft, dass ich kaum mitbekam, dass die beiden jetzt die Position dahingehend gewechselt hatten, dass Jay auf einem Stuhl kniete und Derek, hinter ihm stehend, wie ein Irrer in seinen Liebhaber hineinstieß. Jays Knöchel waren weiß vor Anspannung, während seine Finger sich an die Stuhllehne klammerten. Mühsam hielt er seinen Kopf zur Seite gewendet, um Derek dabei zu beobachten, wie er ihn durchfickte. Ich aber presste meine glühende Schläfe gegen das Holz und rieb mich ohne Unterlass. Diese beiden Körper, die Sex-Arbeit, die sie verrichteten, die Lust, die sie sich bereiteten ... Ich stellte mir vor, wie sie beide kommen würden und im gleichen Moment, musste ich die Luft anhalten und mir auf die Lippen beißen, denn ein Orgasmus riss nun mich mit sich, der so gewaltig war, dass meine Sinne taub wurden und meine Finger eiskalt.

»Jetzt ... jetzt ...«, schrie Derek. Er zog seinen Schwanz heraus und wichste, bis sein Sperma auf Jays Hintern tropfte, von wo aus es in seine Pospalte floss.

Jay wiederum kniete noch immer auf dem Stuhl und besorgte es sich mit hart klammernder Faust. Dann endlich verströmte auch er sich mit einem lauten Aufstöhnen. Derek hielt seine Hände unter Jays Eichel und fing so dessen Sahne auf. Diese zwischen seinen Fingern reibend, beugte er sich nach vorn und küsste Jay lange und intensiv.

Ich aber zog mich so leise ich konnte zurück und war froh, nicht vorher erwischt worden zu sein.

Gerade war ich die obersten Stufen hinabgestiegen, als die Tür hinter mir aufging und Jay in das fahle Licht des ansonsten dunklen Flurs trat. Schnell schloss er die Tür seines Zimmers hinter sich und hielt die Klinke umklammert. Etwas Lauerndes lag in seinem Blick.

»Ich muss ihn sprechen!«, presste ich hervor.

Statt naiv zu fragen, wen ich denn so dringend sprechen müsse, schüttelte er nur energisch den Kopf.

»Es muss sein. Er ist doch hier, oder? Ich habe keine Waffe. Nichts. Ich muss ihn nur sprechen.« Ich hatte jetzt keine Zeit für Gefühle. Weder für die von Jay noch für meine eigenen.

Der Ausdruck in meinem Gesicht schien ein Umdenken bei meinem Gegenüber zu bewirken, denn plötzlich gab er die Tür frei.

Die Luft roch abgestanden und ich war stark versucht, als erstes das einzige Fenster zu öffnen. Als ich zur Matratze hinuntersah, erblickte ich Derek. Er war noch nackt und höchst unzureichend von einer alten Karodecke bedeckt. Man sah sogar einen Teil seines Pos.

Trotz dieses erregenden Anblicks musste ich zuerst mit Jay sprechen. Also schnappte ich ihn mir, schob ihn auf den Flur zurück und dann in das nächstbeste Zimmer, was sich als altmodisches, heruntergekommenes Bad erwies.

»Ich muss mit dir reden.« Damit setzte ich mich auf den heruntergeklappten Klodeckel, während Jay auf dem Rand der Wanne Platz nahm.

»Um was geht es?«, wollte Jay wissen.

»Um was wohl?! Es liegt da drinnen in deinem Bett und erholt sich nach eurer Nummer. Und das könnte eine Probe für seine Zukunft sein.«

Ich sah Jay an, wie die Wut in ihm hochkochte. »Warum bist du hergekommen? Eifersucht?«, stieß er mir entgegen.

»George sucht Derek, weil er einen Tipp bekommen hat, dass man hinter Derek her ist und ihn kalt machen will.«

Nicht mal darauf reagierte er! Er sagte schlicht: »Das wissen wir. Deswegen ist er hier.«

Dieses Wir baute sich wie eine riesige Wand vor mir auf. An wie vielen Fronten musste man eigentlich noch kämpfen, wenn es um Derek ging?

»Du glaubst doch nicht ernsthaft, dass er hier in Sicherheit ist!«

Plötzlich griff Jay hinter sich und im nächsten Moment hielt er mir eine Pistole unter die Nase, die er aus seinem Hosenbund hervorholte.

»Oh, verdammt«, rief ich erschrocken. Noch nie hatte jemand den Lauf einer echten Waffe auf mich gerichtet. Denn daran, dass sie echt war, zweifelte ich keine Sekunde. Mein Mund trocknete schlagartig aus und meine Kehle klebte innerlich zusammen.

»Pack die Knarre weg!«, zischte ich, denn so hatte ich es immer in den Gangster-Filmen gesehen. »Genau das wollen die doch. Dass ihr hier rumballert.«

»Und was willst *du*? Ihn zurück haben?«

»Jay ... Derek gehört mir nicht. Also kann ich ihn wohl kaum zurück haben wollen. Aber *dir* gehört er auch nicht.«

Er presste seine wunderschönen, langen Wimpern zusammen und legte seinen Kopf schräg, als könne er mich so besser sehen. »Aha ... und wem gehört er dann?«

Genau diese Frage hatte ich vermeiden wollen.

»Laura«, stieß ich hervor. »Er gehört seiner Verlobten Laura. Sie ist eine fantastische Frau und sie werden ... sie werden heiraten. Und wir ... du und ich ... wir werden keine Rolle mehr in seinem Leben spielen. Aber um das zu erreichen, müssen wir ihn davon überzeugen, sich mit George zu treffen und sich dann mit ihm an seiner Seite zu stellen.«

»Was ist die Alternative?«

»Dass wir beide hinter seinem Sarg hergehen werden.«

Die Waffe ruhte in seinem Schoß. Direkt vor seiner imposanten Beule, mit der er Derek gerade eine verdammt gute Zeit beschert hatte.

»Nein!« Das kam überraschend.

»Jay, diese Leute wollen ihn ergreifen und dann erledigen.«

»Ich lasse weder zu, dass sie ihn kaltmachen noch dass sie ihn einbuchten!« Aus dem einen Satz sprach eine ganze Welt aus Ungeheuerlichkeiten, die er im Gefängnis erlebt hatte, und von denen ich einen kleinen Teil bereits kannte. Sein Atem ging schnell. Seine entblößte Brust hob und senkte sich hektisch und ich sah seinem Gesicht an, was in ihm vorging. Er war in die Ecke gedrängt, samt seinem Liebhaber. Jenem Liebhaber, den er nur allzu bald wieder verlieren würde. Entweder an die Strafverfolgungsbehörden, an dessen Verlobte, oder an den Tod.

»Du läufst ein aussichtsloses Rennen. Du kannst nicht gewinnen«, sagte ich und fügte leise hinzu: »Aber ich auch nicht.«

Seine Hand umklammerte den Griff der Waffe derart fest, dass ich nur noch beten konnte, dass jetzt niemand versuchen würde, dieses Haus zu stürmen. Es führte kein Weg daran vorbei, ich musste ihn überzeugen, Derek gehen zu lassen.

»Und wer dann? Hm? Wer kann dann gewinnen?«

»Derek. Wir müssen ihm helfen. Er soll sich stellen. George wird bei ihm sein und aufpassen.«

»Tssss«, war sein Kommentar und er rollte die Augen, als erhoffe er Hilfe aus dem Himmel für die dämliche Frau, die mit ihm zusammen im Badezimmer saß. »Klar. George wird da sein. Und wie lange? Bis Derek in seine Zelle geht. Und dann geht das Licht aus. Vielleicht lassen sie ihn in der ersten Nacht in Ruhe. Vielleicht auch noch in der zweiten. Aber ein Typ, der aussieht wie Derek … meinst du, sie lassen die Finger von ihm? Welche Chancen hat er da drinnen? Nur die eine, dass er sich einen Beschützer sucht. Einen Knacki, der die anderen in Schach halten kann. Und dann muss er für denjenigen den Arsch hinhalten. Und wie lange, denkst du, wird er das durchhalten? Eine Woche? Einen Monat? Er wird dich verfluchen, weil du ihn bequatscht hast, sich zu stellen und nicht mit offenen Augen in die Kugel eines Bullen zu rennen.«

Jay war aufgesprungen und lief nun den kleinen Weg zwischen Badewanne und Waschbecken hin und her, während er die Waffe in seinen Händen wog und dabei betrachtete. »Vielleicht sollte ich hineingehen und es selbst tun. Jetzt, wo er schläft.«

Mit einem Schritt war er aus der Tür. Und ich mit einem Aufschrei hinterher. Mein Herz raste bis in meine Ohren hinein. Ein lautes Pfeifen löste plötzlich das tiefe, monotone Rauschen ab. An Jays bemerkenswerten Bizeps geklammert stand ich halb hinter ihm, neben dem zu unseren Füßen schlafenden Derek.

»*Nein*, Jay … *bitte*!«

Er streckte den rechten Arm nach vorn. Der Lauf der Pistole zeigte genau auf Dereks Schläfe.

»Tu es NICHT!!! BITTE … JAY! Ich flehe dich an!« Tränen schossen aus meinen Augen. Irgendein rudimentäres Teil meines Verstandes versuchte, nach einer sinnvollen Lösung zu suchen. Etwas, um Jay von seinem irrwitzigen Plan abzubringen. Doch mir fiel nichts anderes ein, als mich an ihm herab auf die Knie rutschen zu lassen und seine Oberschenkel zu umklammern.

Im gleichen Moment, wohl von meinem Geschrei geweckt, öffnete Derek die Augen und starrte fassungslos in die Mündung der Waffe, die genau auf ihn gerichtet war.

»Verdammte Scheiße, JAY! … Was machst du da???«, rief er und rutschte ein wenig nach hinten. Was vollkommen sinnlos war, denn die Kugel konnte ihn jetzt nicht mehr verfehlen.

»Sie wollen dich kriegen.«

Dereks Blicke wanderten von der Waffe zu mir. Abrupt setzte er sich auf. Die Decke rutschte etwas herab und gab den Blick auf sein dunkles Schamhaar frei. »Spinnt ihr beide? Seid ihr vollkommen übergeschnappt? Willst du mich abknallen, oder was?«

Ich kam um Haaresbreite vor Jay zur Besinnung. »George war bei mir.«

»So? Ich hoffe, ihr hattet Spaß!« Damit schnappte er seine Jeans, die neben der Matratze lag und schlüpfte im Liegen in die Hose hinein, gerade so, als wäre keine entsicherte Waffe auf seinen Kopf gerichtet. Wie zum Teufel konnte er derart cool sein?

»Wo sind die Kippen?«, fragte er Jay, der ihm sein Päckchen daraufhin zuwarf. Derek fing sie geschickt mit erhobener Hand. »Okay. Du hast ihn also mal wieder gebumst. Und jetzt kommst du her, um mir das mitzuteilen.«

»Idiot! ... George sucht dich.«

»Das ist allerdings neu«, erwiderte er und zündete sich die Zigarette an. »Und was will er?«

Derek war so lässig, dass ich mich fragte, wie Jay und ich, George mit einbezogen, uns so hatten aufregen können. Mit einem Mal erschien mir unser ganzer Auftritt lächerlich. Also erhob ich mich wieder und Jay steckte die Pistole in seinen Hosenbund zurück.

»Du sollst dich mit ihm treffen und dann stellen. Er weiß aus sicherer Quelle, dass man dich aus dem Weg schaffen will, weil ihr zu viel Informationen über die falschen Leute habt.«

Lässig zog Derek die Knie gegen die Brust und umschlang sie mit beiden Armen. »Aha, und George will dabei sein, wenn ich mich stelle.« Er grinste mich an und nickte.

»Genau.«

»George ist nichts, als eine miese Ratte. Er …« Seine Worte wurden durch die Klingel unterbrochen. Mit angehaltenem Atem starrten wir zur Tür hin.

»Sieh nach!«, zischte ich Jay zu, der sich sofort zum Flur begab. Derek sprang auf und versteckte sich hinter der Tür.

»Wasn los?«, hörten wir die Stimme des Mitbewohners.

»Ist die Schwuchtel nicht da?«, zischte eine herrische Stimme.

Vorsichtig sah ich nach unten. Ein Polizist!

Sein Blick wanderte nach oben und entdeckte Jay. »Komm her!«, befahl er barsch.

Ich sah an Jays Rückenmuskeln, wie er sich straffte. Der Polizist drehte sich um und rief hinter sich in die Dunkelheit: »Er kommt runter und sicher ist der andere Schwanzlutscher auch oben.«

Langsam ging Jay Stufe für Stufe nach unten, während mir allein beim Anblick dieses Polizisten-Typs übel wurde.

»Okay, mein Süßer. Wir suchen deinen niedlichen, kleinen Freund.«

Jay schwieg. Da sah ich die Pistole in seinem Rücken. Verdammt! Wenn der Polizist sie entdeckte, war alles verloren.

»Wie ist es? Hattest du gerade deinen Schwanz in seinem Arsch oder bist du das Mädchen bei euch beiden Queenies? Sag ihm, er soll seinen kleinen Tunten-Hintern runterschieben. Aber flott!«

Wie konnte dieses Mistvieh es wagen, so mit einem anderen Menschen zu sprechen? In meine Wut mischte sich Panik, was geschehen würde, sobald Jay sich umdrehte, um Derek zu rufen.

Aber genau das war ja die Idee …

Ohne zu zögern, zog ich mich in Windeseile aus. Warf einen

Bademantel über meine Blöße und trat dann an die Treppe.

»Was zur Hölle machst du da?«, zischte Derek hinter mir. »Emma!« Ich ignorierte ihn. »Verdammt!«, stieß er hervor.

Doch ich war schon aus der Tür und raunte stattdessen erfüllt von künstlicher Schläfrigkeit. »Darling? Wer ist denn da?«

Vollkommen verblüfft starrten die beiden Männer zu mir hoch. Der Polizist schaute von mir zu Jay. Doch als er dessen Gesicht sah, musste er wissen, dass er von ihm keine Antwort zu erwarten hatte.

Also schlenderte ich langsam abwärts, wobei ich sorgfältig darauf achtete, dass der Bademantel sich so weit über meinen Brüsten öffnete, dass dem Polizisten ein exklusiver Anblick geboten wurde. Unten angekommen drängte ich mich an Jay. »Es ist so kalt, Baby. Oben zieht es ganz fürchterlich.« Sanft biss ich in seinen festen Oberarm und leckte mit meiner Zungenspitze über seine salzige Haut. Jay legte mir einen Arm um die Schultern und ich ließ meine Hand an seinem Bauch abwärts gleiten. So lange, bis meine Fingerspitzen hinter seinem Bund angekommen waren. Der Polizist schluckte hart. Wenn der keinen Ständer bekam, dann wusste ich auch nicht ...

Jays Schwanz fühlte sich großartig an und wäre die Situation eine andere gewesen, ich hätte Jay auf der Stelle vernascht.

»Wer ... wer ist noch da oben?«, fragte der Polizist mit belegter Stimme.

Ich schenkte ihm einen herrlich großen Augenaufschlag. »Da oben? Niemand. Nur ich. Aber ich bin gut für zwei ...«, hauchte ich in bester Marilyn Monroe-Manier.

»Wo ist der andere?« Er kämpfte um ein letztes Zipfelchen Macht über das Geschehen.

»Ein anderer?« Jetzt riss ich meine Augen begeistert auf. »Ein Dreier? Wow! Wer?« Mit einer kleinen Drehung schob ich meinen Mantel noch weiter auf. Dem Polizisten fielen beinahe die Augen aus dem Kopf.

»Darling ... kommst du jetzt wieder ins Bett?«, bettelte ich und grinste dann den Polizisten an. »Ich habe nämlich noch Hunger ...«

Jay beugte sich zu mir runter und küsste mich auf den Mund. Der Polizist drehte sich um und wollte gerade weggehen, als er sich uns wieder zuwendete. Bis heute begreife ich nicht, welcher vollkommen idiotische Zufall es war, der den Polizisten noch einmal zurückschauen ließ, während Jay bereits die Haustür schließen wollte. Ein Geräusch von oben? Verursacht durch Derek? Interesse am Aussehen meines Hinterteils?

Mit einem gleichmäßigen, angenehmen Gefühl der Zufriedenheit trat ich gerade meinen Weg nach oben an, als eine Stimme hinter mir donnerte: »Die Sau hat eine Knarre!«

Ich begriff es nicht. Dann ging alles ganz schnell. Jemand stieß mich. Die Welt um mich herum kam ins Taumeln. Ich brüllte, doch ich hörte meine eigene Stimme nicht. Völlig verängstigt kroch ich rückwärts die Treppe hoch und sah den entsetzten Blick des Polizisten, der nach oben starrte. Derek!

Ich blickte zu Jay. Dieser griff hinter sich, riss seine Hände, beide aneinandergelegt hoch. Das Metall seiner Pistole blitzte zwischen seinen Händen auf. Alles wurde hell. Das ganze Haus schien erleuchtet. Meine Welt explodierte und platzte in Milliarden winzigster Teilchen. Ich konnte nichts hören, nichts begreifen. Mein angsterfüllter Blick jagte nach oben, dorthin, wo Derek stand. Halbnackt. Eine Waffe in der Hand. Seine Hände schlossen sich um den Griff und breitbeinig sicher stehend, zielte er nach unten in den Eingangsbereich des Hauses.

Alles wurde hell. Ein ohrenbetäubender Knall. Sein Körper

wurde plötzlich nach hinten gedrückt. Derek hatte geschossen! Dann überstürzte sich alles. Derek kam die Treppe heruntergepoltert, packte meinen Arm und zerrte mich mit sich. Ich stolperte die Treppe hoch, fiel, schlug meine Knie und Schienbeine gegen die Stufen. Ich sah Blut, wusste aber nicht, ob es von mir war. Mein Körper fühlte sich taub an. Derek stieß mich in Jays Zimmer und knallte die Tür hinter uns zu.

Flucht & Zuflucht

Derek brüllte mich an. Aber ich konnte ihn nicht verstehen, denn um mich herum knallte, krachte und splitterte es und ich schrie wie von Sinnen. Meine Angst war grenzenlos, gespickt mit Panik. In meiner Todesangst schlug ich nach Derek, trat nach allem, was ich irgend treffen konnte und mein Wahnsinn endete erst, als Derek mir eine scheuerte. Der Schlag brachte mich augenblicklich zur Besinnung.

»Komm, Emma, komm!«, hörte ich ihn wieder. Er packte meine Hand und zog mich zu einer kleinen Tür, die hinter einem Vorhang verborgen lag. Durch diese Tür flohen wir auf eine Treppe, die an der Rückseite des Hauses herabführte und entkamen in die Nacht. Derek schwang etwas Dunkles über seine Schulter, dann rannten wir barfüßig durch den mit Schnee bedeckten Garten. Etwas stach in meinen Fuß, doch ich konnte mir gerade noch rechtzeitig auf die Lippen beißen, um nicht zu schreien. Durch eine kleine Tür in der Mauer schlüpften wir mühelos auf die Straße. Derek sah sich schnell und konzentiert um. »Okay. Die Luft ist rein. Komm, Emma.«

»Was hast du vor?«, keuchte ich.

Doch er antwortete nicht, sondern suchte sich ein bestimmtes Auto und sprang hinein. »Steig ein!«, zischte er. Ich lief um das Auto herum und zog die Tür auf, die er mir geöffnet hatte. Derek gab Gas, setzte aus der Parklücke und raste die Straße hinunter.

»Fahr langsamer! Wir fallen doch auf!«, stieß ich hervor. Tatsächlich drosselte er das Tempo. Ich betete, dass keiner der abendlichen Passanten in das Auto hineinsehen möge. Ein nackter Mann – Dereks Jeans sah man nicht von außen – und eine Frau im Bademantel. Ich begann zu lachen. Immer lauter. Immer hysterischer. Ich schlug mir auf die nackten Schenkel. Klatschte mit beiden Händen auf das Armaturenbrett, bis meine Handflächen brannten. Bald lachte ich nicht mehr, sondern heulte nur noch und schluchzte.

»Emma, bitte! Reiß dich zusammen.«

»Ich kann nicht«, wimmerte ich. »Ich kann nicht mehr … Lass mich aussteigen! Ich muss raus!«

»Hör auf, Emma! Wir müssen hier jetzt durch!« Er schrie und ich konnte nicht glauben, dass ich die Situation noch länger ertragen konnte. Ich hatte solche Angst, unerträgliche Angst. Und in diesem Augenblick legte Derek seine Hand auf meine, die auf meinem Bein zitterte. Seine Wärme und Stärke durchfloss mich wie ein warmer Strom, und schaffte es, mich zu beruhigen. Es ging sogar so weit, dass ich die Augen schloss und nur noch seinen leicht streichelnden Fingern nachspürte. Als ich nach einer Weile die Augen wieder öffnete, richtete ich sie auf die dunkle Straße. Hinweisschilder flogen an uns vorüber. Derek fädelte den Wagen auf die M1 North ein und ich ahnte, wohin die Reise ging.

Die folgenden Stunden hielt Derek dauerhaft meine Hand. Wenn er sie wiederhaben wollte, so hielt ich sie fest, klammerte mich daran, wie an einen Strohalm. Er ließ es geschehen. Immer wieder beobachtete ich ihn, sah sein Gesicht von der

Seite an, als sähe ich ihn zum ersten Mal.

Als wir endlich unser Ziel erreichten, lag um uns herum tiefer Schnee und am Horizont dämmerte es bereits.

Schottland! *My heart's in the Highlands*, summte ich, während Derek hinter dem Lenkrad sitzen blieb und wohl darüber nachdachte, wie er es anstellen sollte, mich in das Haus zu schaffen, ohne dabei aufzufallen.

»Kannst du jetzt aussteigen?«, sagte er mit gepresster Stimme. Er holte Luft, was ihm offenbar äußerst schwer fiel, denn sein Brustkorb machte ein rasselndes Geräusch.

»Ich habe keine Schuhe an und keine Klamotten.« Ich blickte zum halbnackten Derek, meinem Fluchtgefährten.

Über dem kleinen Backsteinhaus prangte ein Schild, auf dem »B&B« stand und das mit einem Bündel Heidekraut aus Ton geschmückt war. Ich seufzte. Genau diese Art von Gastgeber, die sich über nackte Gäste wie uns freuen würden.

»Sie werden unseren Trauschein sehen wollen«, bemerkte ich knapp.

Dereks Brust hob und senkte sich, als müsse sie mit jedem Atemzug einen Betonklotz hochheben. »Verflucht«, stöhnte er plötzlich und drückte einmal kurz gegen die Hupe.

Ich zuckte zusammen.

Als habe man nur auf dieses Zeichen gewartet, ging augenblicklich Licht im Inneren des Hauses an und sofort erschien ein Mann. Vielleicht ein wenig älter als ich. Er stopfte sein Hemd in die Hose und eilte zu uns herüber, während er die Arme, der Kälte trotzend, um sich schlang. Sein Kinn war stoppelig und sein an den Schläfen ergrautes Haar wirr. Er öffnete die Fahrertür und sah zu uns herein.

»Derek ...«, grüßte er erstaunt mit starkem schottischen Akzent.

»John. Wir brauchen eine Unterkunft. Ist das möglich?«

John blickte kurz zu mir herüber und nickte.

»Wo kann ich den Wagen parken?«

»Hinten im Schuppen. Warte, ich mach dir das Tor auf.«

»Nicht nötig. Das schaffe ich schon. Bitte bring Emma rein.«

John beugte sich ein wenig in den Wagen. »Emma ...«

Ich hauchte ein dünnes »Hallo«, dann stieg ich aus. Die Kälte war unglaublich. Sie schnitt wie mit zahllosen Klingen ins Fleisch.

Derek wendete den Wagen.

Kaum beim Haus angekommen, drehte ich mich nach Derek um. Eigentlich ohne Grund. Ich sah gerade noch, wie er ausstieg, sein linkes Bein nachgab und unter ihm wegknickte. Derek schrie auf und fiel in den Schnee. John und ich vergaßen, was wir vorgehabt hatten und rannten zu ihm. Er krümmte sich im Schnee, krallte seine Finger in sein Bein. Jetzt erst sah ich, dass sich seine Jeans dunkel verfärbt hatte.

»Derek!« Mühsam versuchte ich, den sich im Schnee wälzenden Mann zu halten. »Wir müssen ihn hochziehen. Derek, mach mit ... Komm schon. Allein packen wir es nicht!«

Als Derek mich in diesem Moment ansah, sprach nackte Angst aus seinen Blicken. Doch er kämpfte sie nieder und half so gut er konnte, während wir ihn ins Haus schleppten.

»Wir bringen ihn ins Wohnzimmer. Nach oben schaffen wir es nicht«, sagte John. Seine Frau kam die enge Stiege herunter, während sie den Gurt ihres Morgenmantels zuband. »Um Gottes Willen, was ist denn passiert?«, stieß sie hervor. Sofort rannte sie zu ihrem Handy und wählte eine Nummer. »Ich rufe Dr. Scott an. Der soll sofort herkommen.«

»Sag ihm, dass Derek sehr viel Blut verloren hat.«

Derek kam gerade noch bis zur Couch, dann sackte er in

sich zusammen. Nackt und frierend, nur mit dem viel zu großen Bademantel bekleidet, half ich John, Dereks Hose aufzuschneiden, bis er entblößt vor uns lag.

»Ich richte heißes Wasser. Wir müssen das Bein reinigen«, sagte Johns Frau entschieden. Mit Tüchern und einer Schüssel Wasser kam sie zu uns.

Und jetzt, da wir das Blut von seinem Bein wuschen, erkannte ich, dass da ein Loch in seinem Fleisch war. Mein Magen drehte sich um und ich fürchtete, mich erbrechen zu müssen.

»Es sieht bestimmt schlimmer aus, als es ist«, versuchte Johns Frau mich zu beruhigen.

Ich nickte und kämpfte mit der Übelkeit.

»Ich bin übrigens Tammy.«

»Hallo, Emma«, sagte ich matt.

»Emma, versuche, ihn zu beruhigen.«

Derek bewegte sich unruhig hin und her und stöhnte immer wieder auf. Während Tammy und John sich um seine Wunde kümmerten, streichelte ich seine Wangen und lächelte ihn an. Sein Gesicht war schweißüberzogen, wenn es auch ansonsten von wächserner Farbe war. Von Zeit zu Zeit öffnete er seine Augen, doch ich wusste nicht, ob er mich erkannte.

Es schien Ewigkeiten zu dauern, bis Dr. Scott eintraf. Er betrachtete die Wunde und dann uns. »Das ist eine Schussverletzung«, stellte er lakonisch fest.

»Und?«, versetzte Tammy.

»Die muss ich melden«, gab der Arzt zurück und blickte von dem nackten Mann mit der Schussverletzung zu der aufgelösten Frau im verdreckten Bademantel, sprich mir.

»Dann muss ich melden, dass du öfter Besuch aus Derry bekommst«, konterte John.

»Mistkerl«, sagte der Arzt.

Ich hatte keinen Schimmer, über was die drei sich da unterhielten, doch ich hörte an ihren Stimmen, dass keine wirkliche Gefahr drohte.

»Derek wollte mir im Stall helfen und ist in einen Eisenspieß gefallen. Städter tun sich oft schwer mit der Arbeit im Stall.«

Dr. Scott nickte nachdenklich. »Ja. Das hast du wohl recht.«

Er zog die Wunde auseinander und drückte sie dann wieder zusammen, sodass noch mehr Blut herauslief.

Derek stöhnte.

»Ihr habt einen Haufen Blut draußen im Schnee.« Er hob Dereks Bein an und besah sich die Unterseite. »Der Junge hat Glück gehabt. Ist ein Durchschuss.«

»Woher weißt du das?«, fragte Tammy spitz.

Ein langer Blick war die einzige Antwort, die sie bekam. »Bring mir meine Tasche.«

Er verarztete die Wunde und gab Derek eine Spritze, während ich Dereks kalte Hand an mich presste und ihm den Schweiß aus dem Gesicht wischte.

»Fertig. Ich komme in den nächsten Tagen wieder. Wenn das Fieber stark steigt, ruft mich an!«

Mit einem Ächzen beugte er sich zu seiner Tasche herab, warf Tammy ein paar Mullbinden hin und ging dann zur Tür. »Seht nur zu, dass die Nummer in der Familie bleibt!«, knurrte er und ging dann hinaus.

»Willst du hier unten bei ihm schlafen?«, fragte Tammy mit sanfter Stimme.

Ich nickte. Die Müdigkeit war beinahe übermächtig.

Fürsorglich brachte Tammy mir Kissen und Decken für uns beide. »Du darfst dir keine allzu großen Sorgen machen. Er ist ein gesunder junger Kerl ... Er schafft das.«

Die Tränen schossen mit solcher Geschwindigkeit in meine

Augen, dass ich nur noch eine Hand vor die Lippen pressen konnte, um nicht laut aufzuschreien.

Tammy legte mir einen Arm um die Schultern und ich schluchzte. »Ich ... ich weiß nicht, wer ihr seid und warum Derek ausgerechnet hierher gefahren ist ... aber ... bei dieser Sache ... also da wurde ein Freund von uns verletzt. Könnt ihr in den Nachrichten schauen, ob etwas darüber gebracht wird?« Es beschämte mich zutiefst, aber ich hatte erst wieder in dem Moment an Jay gedacht, als Dr. Scott das mit dem Durchschuss gesagt hatte. Doch dafür trieb mich die Sorge jetzt umso mehr um.

Tammys Blick, mit dem sie John bedachte, verunsicherte mich zutiefst. Eine grauenhafte Fantasie erfasste mich. Ein Bild, zu schrecklich, um es in allen Details in meinem Verstand zu betrachten. *Ich ertrage nichts mehr heute Nacht*, wollte ich sagen. *Sagt mir, dass er okay ist, dann kann ich einschlafen.*

»Ruh dich aus!«, sagte John ebenso sanft wie seine Frau. »Morgen können wir dann über alles reden. Jetzt ist nur wichtig, dass Derek wieder auf die Beine kommt.« Sie nickten mir aufmunternd zu und gingen. Aber ich sah die Blicke, die sie tauschten. Und ich ertrug es fast nicht.

Vorsichtig deckte ich Derek zu, dann wendete ich mich dem Fernseher in der gegenüberliegenden Ecke des etwas altmodisch eingerichteten Wohnzimmers zu. Dieser Raum war zum gemütlichen Entspannen gedacht, nicht als repräsentativer Empfangsort.

Bei abgedrehtem Ton folgte ich den Bildern, die vor mir flimmerten. Ich hoffte, dass das Hell- und Dunkelwerden des Bildschirms Derek nicht störte.

Nachdem ich eine Weile schlaftrunken auf die vielen Bilder geblickt hatte, kamen die Nachrichten. Mein Blick und

Verstand stellten sich scharf. Wir waren der Aufmacher. Der Sprecher trug einen eleganten dunkelblauen Anzug und eine passende gestreifte Krawatte. Er wirkte freundlich und dabei doch sachlich. Über dem Kopf des Nachrichtensprechers hingen mehrere Monitore, auf denen man die Fotos sah, die zu dem gerade vorgetragenen Bericht gehörten.

In diesem Fall war es das Bild eines Mannes, lediglich mit einer Jeanshose bekleidet, der mit angewinkeltem Bein in einer offenen Haustür lag. Sein rechter Arm war weit ausgestreckt, während sein linker über seiner Stirn lag, als schütze er sich gegen die zu grelle Sonne. Sein Brustkorb war weit gedehnt. Ob er lebte oder tot war, ließ sich aus diesem Foto nur insofern schließen, als man einen gewaltigen dunklen Fleck sah, der sich unter dem Mann ausbreitete. Ein Fleck, der sich bis zu der Stelle hinzog, wo die üppigen Locken des Mannes, wie ein Heiligenschein um seinen Kopf gebreitet waren.

Das Foto verschwand und man sah eines jener unmöglichen Automaten-Fotos, die man macht, wenn man bei den Passfotos Geld sparen muss. Ein fröhliches, bemerkenswert gut aussehendes Männergesicht lächelte einen an. Jay!

Mein Blick verschleierte sich. Mehr wollte ich nicht sehen, so schaltete ich den Fernseher aus, setzte mich dann neben Derek in einen Sessel und breitete die Decke über mich. Jetzt fühlte sich nicht nur mein Körper taub an, sondern auch meine Seele.

Tief in mir wusste ich, dass in dem Moment, wo ich erwachen würde, meine Welt zusammenbräche.

Der Tag danach

Stundenlang hatte ich auf dem Sessel gelegen, die Augen geschlossen, und hatte auf Dereks Atem und seine kleinen Seufzer gelauscht, auch auf John und Tammy, die sich wie Einbrecher im eigenen Haus benahmen und auf Zehenspitzen nur die nötigsten Gänge machten, um uns nicht zu wecken.

Von Zeit zu Zeit war ich auch wirklich wieder eingeschlafen, wobei sich alles mischte: Farben, Gedanken und Wahrnehmungen …

Irgendwann gegen Mittag – ich roch das Essen, das auf dem Herd kochte – trat Tammy an meinen Sessel. Mein Nacken schmerzte und ich musste blinzeln, als ich zu ihr hochsah.

Sacht legte sie ihre Hand auf meine Schulter. »Es gibt Shepherd's Pie. Meinst du, du kannst etwas essen?«

Ich nickte und setzte mich gerade hin.

»Es ist noch nicht soweit. Ich rufe dich. Okay? Übrigens habe ich dir im Bad ein paar Sachen zum Anziehen hingelegt. Und, wenn du duschen willst, oder baden …«

Die zurückliegenden Tage hatten mir jegliche Kraft geraubt. Ich blickte zu Derek, der ruhig schlief. Dann stand ich auf und strich ihm ein paar Haarsträhnen aus der Stirn und streichelte seine Wange. Als ich kurz darauf hinauf ins Bad stapfte, fühlte ich mich am Ende. Jeder einzelne Knochen in meinem Körper schmerzte und ich hatte niemanden, mit dem ich reden konnte. So sehr ich mich auch dagegen sträubte, es wahrhaben zu wollen, aber ich wusste, dass das, was ich am Abend in den Nachrichten gesehen hatte, die Wahrheit war.

Die Sonne leuchtete hell ins Bad und ich stand vor der blitzblank geputzten Wanne, starrte hinein und konnte die beiden Bilder nicht wegbekommen: Jay, nur mit der Jeans bekleidet in seinem düsteren kleinen Badezimmer sitzend und Jay, erschossen in der offenen Haustür liegend.

Dann stürmten Bilder auf mich ein, wie Jay lachte, nachdachte, liebte, sich anstrengte, küsste und von seinen eigenen

Erinnerungen heimgesucht wurde. Aber ich begriff nicht, dass es nur noch Bilder aus der Vergangenheit waren. Dass keine neuen mehr dazu kommen würden. Dass er weg war. Der Mann in den Nachrichten – das war Jay!

Als ich mich später anzog, tat ich es mechanisch. Tammys Sachen waren etwas zu lang, aber ich ignorierte das. Ich fühlte mich fremd in ihren Klamotten, wie in einem fremden Körper. Aber das passte ja auch irgendwie.

Der Duft nach dem Fleisch erfüllte mittlerweile das ganze Haus und ich hatte eine unglaubliche Sehnsucht danach, dass es einfach ein ganz normaler Urlaub sein möge, anstatt dieses schrecklichen Alptraums.

Bevor ich in die Küche ging, sah ich noch mal nach Derek. Der Arzt hatte ihm schwere Schlaf- und Schmerzmittel gegeben, sodass er die meiste Zeit schlief. Wie friedlich er aussah. Meine Hand glitt über seine Wange und ich bildete mir ein, dass er lächelte. *Wie sage ich dir nur, dass er tot ist? Was wirst du machen? Wie wirst du reagieren?*

Die Wunde blutete nicht mehr und auch das Fieber sank. Ich spürte es, als ich meine Hand auf seine Stirn legte. Ich hatte so oft seine Stirn befühlt, dass ich mir einbilden konnte, ich könnte die genaue Temperatur allein durch Handauflegen nennen.

»Kommst du essen?«

»Nur einen Moment. Ich will noch wenig bei ihm sitzen«, sagte ich und John zog sich zurück.

NÄHE

Hatte irgendjemand gedacht, der Schneefall würde nachlassen, so war er im Irrtum. Die Flocken fielen dicht an dicht und machten einen Besuch im Ort für Tammy und John beinahe unmöglich.

Dr. Scotts Besuche bei Derek hatten die erhofften Ergebnisse gebracht und seinen Zustand verbessert, ohne dass er in ein Krankenhaus gemusst hatte, was unser Versteck verraten hätte. Doch mit jeder Stunde, in der das Fieber sank, rückte auch der Moment näher, wo Scott das Schmerzmittel ausschleichen lassen würde. Und das wiederum bedeutete, dass der Moment nahte, wo ich ihm von Jay berichten musste.

Noch fand ich tausend Ausreden, Begründungen, Vorwände, die eintreten mussten, bevor ich ihm die Wahrheit sagen konnte.

Nach und nach wurde Dereks Schlaf lebhafter. Die Schwere, der beinahe todesähnliche Schlaf, zog sich zurück und er begann sich zu bewegen, und das Gesicht zu verziehen, wenn er die Haltung seines verletzten Beins änderte.

Am Mittwoch nach unserem Eintreffen bei John und Tammy öffnete er die Augen. Gerade saß ich bei ihm, hielt seine Hand und blickte aus dem Fenster, wie ich es so oft in letzter Zeit getan hatte. Ich spürte eine kleine Bewegung seiner Finger, die sanften Druck auf meine Hand ausübten, sodass ich sofort zu ihm hinsah. Als sich unsere Blicke trafen, schluckte er hart. Sein Kehlkopf wanderte auf und ab.

Ich bekam keine Luft mehr. Schwebte auf einer Wolke. Mein Herz setzte aus. Doch nur um gleich darauf wie wild zu hämmern.

»Derek ...«, hauchte ich, mehr konnte ich nicht sagen.

Er versuchte sich aufzurichten, doch ich drückte ihn wieder herunter. »Was ... ist ... passiert?« Er sah so ungläubig aus, wie Komapatienten in einem Spielfilm, die erwachen. Seine olivenfarbenen Augen wanderten über mein Gesicht, als müssten sie sich der Realität versichern.

»Hast du Schmerzen?«

Er dachte einen momentlang nach und schüttelte dann den Kopf. »Was ist passiert?«, wiederholte er.

»Sie haben dich angeschossen. Aber du konntest noch bis hierher fahren.«

»Wo sind wir?«

»Bei Tammy und John.«

Die Wärme seiner Hand war unglaublich. Ich dachte in diesem Moment nur, wie wundervoll es sich anfühlte, dass er sie mir ließ, sie nicht zurückzog. Wie gern hätte ich ihn jetzt gestreichelt, so wie ich es Tag und Nacht in der hinter uns liegenden Zeit getan hatte. Ich lächelte ihn an.

»Habe ich das Bein noch?« Die Angst in seiner Stimme war nicht zu überhören. Eine Frage, die alles beinhaltete, was in seinem Kopf vor sich gehen musste.

Ich aber konnte nicht anders, als die Furcht zu mildern, indem ich einen Scherz daraus machte, die Decke anhob, theatralisch darunter sah und dann erleichtert »Ja« sagte.

Jetzt lächelte er. Ein kleines, freches Bubenlächeln.

»Tut es noch weh?«

Er bewegte es vorsichtig und nickte dann. »Ich fürchte, ja.«

»Wenn du eine Tablette willst ... Dr. Scott hat jede Menge dagelassen.«

»Nein. Im Moment geht es.«

Es hat ein gutes Ende genommen, sagte ich mir und schwamm auf einer warmen Woge der Erleichterung davon, während ich dabei geflissentlich all jene Wahrheiten hinter mir ließ, die nur allzu bald mit voller Wucht auf mich niederkommen würden.

Wir versteckten uns. Die gesamte Polizei des Vereinigten

Königreichs war uns auf den Fersen. Ob Derek das Bein je wieder richtig würde gebrauchen können, war fraglich. Und außerdem ... Jay war tot.

»Du hast aber nicht die ganze Zeit hier gesessen und mich bewacht, oder?«, flüsterte Derek, und riss mich aus meinen Gedanken. Das kleine Lächeln umspielte noch immer seine Mundwinkel. Jetzt tat ich es doch und ließ meine Finger durch die braunen Wellen über seiner Stirn gleiten, wobei ich so tat, als müsste ich sie ihm aus den Augen streichen.

»Kannst du mir helfen?«, fragte er plötzlich zaghaft. »Ich muss auf 's Klo ...« So vorsichtig wie nur irgend möglich half ich ihm, beide Beine von der Couch zu heben.

»Bleib noch einen Moment so sitzen, damit dein Kreislauf es geregelt bekommt«, mahnte ich besorgt, während John bereits in der Tür Wache stand, falls wir seine Hilfe benötigen sollten.

»Okay. Jetzt!«, kündigte Derek an, schlang seine Arme um meinen Nacken, damit ich ihn hochziehen konnte und presste sich gegen mich. Ohne, dass ich es wollte, riss ich meinen Mund auf, schlang meine Arme um seinen noch dünner gewordenen Oberkörper und hielt ihn so an mich gedrückt. Ich atmete seinen Duft, als wäre es die einzige Luft, die ich zu atmen vermochte, spürte ihn mit jedem Millimeter meiner Haut. Meine Brüste rieben an ihm. Seinen Kopf zu spüren, der sich an meinen drängte, war fast mehr, als ich ertragen konnte.

So standen wir da. Er mit zitternden, kraftlosen Beinen, ich mit einem Herzen, das flatterte, wie ein junger verängstigter Vogel. Dann schob er mich ein wenig von sich weg.

Verwirrt und erschrocken starrte ich ihn an. Doch wie seine Augen über mein Gesicht glitten, seine Hände sich an meine Wangen legten – da wusste ich, was er wollte. Und so schloss ich meine Lider und empfing seine Lippen, seinen Atem, seine

Zunge. Und küsste er zu Beginn nur sanft erst meine Ober- und dann meine Unterlippe, so wurden seine Berührungen mit jedem Herzschlag intensiver, wilder, fordernder. Humpelnd, taumelnd, weil er wieder und wieder das Gleichgewicht verlor, versuchte er keinen auch noch so winzigen Abstand zwischen unseren Körpern zuzulassen.

Und dann spürte ich seine Erregung. Hart drückte sie sich gegen meine Scham. Ich ächzte vor Lust, vor Gier auf seinen Körper. Ich ertrug es keine Sekunde länger, nicht nackt an seinem nackten Körper zu liegen.

»Oh Gott ...«, stöhnte er in mein Haar, als würde ihm jetzt erst bewusst, was uns beiden entgangen war. Was wir uns angetan hatten, unfähig zu erkennen, was doch so deutlich vor uns stand.

Ich küsste ihn, wie ich nie zuvor einen Mann geküsst hatte. Mit einer Leidenschaft, einer Sehnsucht, die ich selbst für unmöglich gehalten hätte, nach all den Männern, die ich gehabt hatte. Nach all der Sicherheit, die mich durch mein Leben trug, dass es keinen gab, den ich für immer besitzen wollte.

Es schien eine Ewigkeit vergangen zu sein, als Derek sich von mir löste. Mein Gesicht noch immer zwischen seinen Händen, sah er auf mich herab und sein Lächeln wandelte sich in ein breites Grinsen.

»Ich muss immer noch auf's Klo ...«

»Schon klar«, sagte ich und führte ihn langsam, Schritt für Schritt, zur Gästetoilette.

»Geht es?«, wollte John wissen, und ich nickte ihm zu. Dann schloss ich die Tür hinter Derek, blieb aber stehen, denn ich wollte gleich bei ihm sein, wenn er meine Hilfe brauchen sollte. Ich traute seinem Kreislauf nicht und war mir auch nicht sicher, ob er nicht zu entkräftet war, um sich schon wieder so lange auf den Beinen zu halten.

Nachdem er fertig war, half ich ihm nach oben, wo Tammy ihm eines der kleinen Schlafzimmer gerichtet hatte. Mit letzter Kraft schaffte er es in das hübsche, gemütliche Bett.

»Ich gehe runter und hole dir etwas zu essen, okay?«

Er saß aufrecht gegen die Wand gelehnt und nickte mir erschöpft zu. Bereits im Gang, hörte ich seine Stimme, die mich nochmals rief: »Emma?«

Ich lief zurück. »Ja?«

»Denkst du, sie kriegen uns?«

Ich zuckte mit den Schultern. »Ich habe von John ein Handy. Damit werde ich George anrufen und hören, was er meint.«

Im gleichen Moment, ich hatte den Satz noch nicht beendet, stemmte Derek sich nach vorn. »Nein! Auf keinen Fall George! Wir können ihm nicht trauen!« Er stieß seine Worte mit solcher Abscheu aus, dass mir angst und bange wurde.

»Er ist dein Vater!«, mahnte ich verblüfft.

»Ja und? Er ist der erste, der die Polizei anruft. Wir brauchen einen anderen.«

ZURÜCK ZU IHM!

»Jemanden aus der Gruppe?«, schlug ich wenig überzeugend vor. Derek schüttelte energisch den Kopf und ich sah, dass sich seine Finger in die Decke krallten. »John und Tammy ... sie sollen dir Lauras Telefonnummer geben. Ruf sie an. Sie wird uns helfen.«

Mein Herz blieb stehen und meine Gesichtshaut begann zu prickeln. Sie prickelte, bis sie taub wurde. Hatte ich all das mit ihm durchgestanden, um jetzt seine Verlobte anzurufen und hierherzuholen? Diese Umarmung vorhin – hatte ich sie so falsch deuten können? Das konnte doch unmöglich nur Erleichterung und Dankbarkeit eines Mannes gewesen sein, der dem Tod um Haaresbreite von der Schippe gesprungen war …

Laura! Wie hatte ich nur so dämlich sein können, sie in meiner Rechnung zu vergessen?

Okay. Dann galt jetzt, das Pokerface aufzusetzen. *Du bist allein, Emma Hunter. Und wenn du dir je etwas anderes eingebildet hast, bist du eine vollkommene Idiotin gewesen. Laura ist die Person, an die er denkt, wenn er Hilfe braucht. Laura – nicht Emma! So sieht es aus! Hör endlich auf, dir etwas vorzumachen. Natürlich hatte Derek sich gefreut, mich zu sehen, überlebt zu haben, noch alle Körperteile in der richtigen Reihenfolge vorgefunden zu haben. Aber das war es dann auch.*

»Ja, okay. Bin gleich wieder da.«

Es muss niemand sehen, wenn man nicht mehr kann, wenn es nicht mehr geht. Keinen Schritt. Keinen Atemzug. Man schließt die Tür hinter sich und macht ein tapferes Gesicht! So nahm ich mit glasigen Augen meinen Teller vom Tisch, den Tammy bereits gerichtet hatte, füllte ihn mit Essen und sagte dann möglichst tapfer: »Ach, ja. Derek sagte mir, ich solle Laura anrufen. Ihr hättet die Nummer.«

John und Tammy wechselten düstere Blicke, die ich nicht zu deuten vermochte und auch gar nicht deuten wollte. John holte Luft und stand auf. Mit dem Rücken zu mir notierte er etwas und gab mir dann den Zettel zusammen mit dem Handy. »Das Gerät ist sauber. Wenn ihr mit Laura gesprochen habt, werde ich es vernichten.«

So ging ich also, Zettel und Handy gegen den Rand des Tellers gedrückt, die Treppen hinauf. Und auf meinen Weg nach oben fragte ich mich, wieso zur Hölle ich seine Laura anrufen sollte?! Aber was spielte es jetzt noch für eine Rolle, denn momentan fühlte ich mich einfach nur erschöpft. Ich war an einem Punkt angelangt, wo mir einfach alles egal war. Ich konnte Derek doch gar nicht verlieren! Denn ich hatte ihn nie besessen ...

Lediglich wütende Gastspiele hatte Derek in meinem Leben gegeben. Mehr nicht. Und jetzt würde er sich bei Laura zurückmelden. Ich war raus!

Neben seinem Bett stehend, hielt ich ihm sowohl Teller als auch Handy hin. Er nahm das Telefon zuerst und ließ mich den Teller beiseite stellen.

An der Tür hielt er mich auf. »Bleib doch!«, sagte er beiläufig, doch ich schüttelte nur den Kopf und verschwand.

Nein, zuhören musste ich nicht. Seine Stimme, erfüllt von Liebe und Sehnsucht nach Laura oder auch diesen alltäglichen Tonfall zweier Menschen, die sich vertraut sind, die aus einer gemeinsamen Quelle schöpfen.

Auch wenn ich seine Stimme hörte, so konnte ich doch nicht verstehen, was er genau sagte und erst, als das Gespräch beendet war, rief er mich wieder herein. Etwas in mir bäumte sich dagegen auf, so dienstbar ihm gegenüber zu sein, doch ich fügte mich trotzdem. Warum, wusste ich nicht.

»Laura macht sich sofort auf den Weg«, erklärte er ruhig. Seine Stimme, seine Haltung – alles an Derek war wieder Robin, der Kopf der »Avengers«. Und ich war wieder lediglich die Nutte, die ihm bei der Umsetzung seiner Pläne half.

***

Es war spät in der Nacht, als die Scheinwerfer über die Hauswand streiften und mich aus einem leichten Dämmerschlaf rissen, in den ich auf meinem Posten im Wohnzimmer-Erker gefallen war. Bewusst hatte ich keinen Schlafanzug angezogen, sondern wartete in meinen Sachen auf die Ankunft der Königin.

Noch ehe sie klingeln konnte, hatte ich die Vordertür geöffnet und sie eingelassen.

»Wie geht es ihm?«, war das Erste, was sie fragte und sah mich mit hektisch flackerndem Blick an.

»Soweit ganz gut. Er schläft noch viel.«

Sie nickte und schaute die Treppe hinauf, als erwartete sie, dort oben jemanden zu entdecken.

»Kann ich dir etwas anbieten? Tee? Kaffee?«

»Tee. Wenn du mir einen Tee machen könntest. Das wäre sehr nett. Ist er oben?«

Ich nickte, auch wenn es mich alles kostete.

Am Fuß der Treppe blieb sie stehen, sah hoch und drehte sich dann zu mir um, die ich noch in der Tür wartete. »Emma?«

»Ja?«

»Danke.«

Ohne zu reagieren verzog ich mich in die Küche. Ich spürte, wie sich meine Tage als Heilige dem Ende entgegen neigten.

Das Wasser prasselte im Kocher und der Teebeutel rutschte in die Tasse. Oben blieb alles ruhig. Wie viel Zucker nahm Laura wohl in ihren Tee? Hörte man es hier unten, wenn oben das Bett quietschte? Ich würde den Zucker in einem Schälchen daneben stellen. Ich zuckte zusammen. Hatte ich ein Aufstöhnen gehört? Nein. Alles blieb still. Die Milch goss ich in das Kännchen mit dem zotteligen Highland-Rind vorn drauf. Konnte es wahr sein, dass ich hier wie ein Dienstmädchen stand und den Tee für die Verlobte meines Wasauchimmer richtete, während sich die beiden oben auf dem Bett wälzten? Vielleicht blies sie ihm auch nur einen, weil er sich wegen der Schmerzen nicht bewegen konnte.

Tasse, Milch, Zucker auf ein Tablett.

Erwartete Laura ernsthaft, dass ich jetzt da oben anklopfte?

Nein! Ich würde das Tablett vor die Tür stellen, schnell klopfen und dann in mein Zimmer verschwinden. Man brauchte keine große Fantasie, um sich vorzustellen, wie er aussah, wenn er nackt auf dem Bett lag, während sie die Tür aufhielt, um den Tee entgegenzunehmen ...

Mit festem Schritt stieg ich gesammelten Sinnes nach oben. Was dann geschah, erwischte mich eiskalt.

Ein Schrei wie von einem Tier. Dann krachte etwas gegen die Wand. Splitter? Derek schrie gellend: »NEIN!!!«. Dann krachte es wieder. Es klang, als habe man ein wildes Tier dort oben eingesperrt, das sich nun seinen Weg nach draußen freikämpfte.

Plötzlich, ich stand erstarrt auf der Treppe und sah aus dem Augenwinkel John und Tammy herbeieilen, wurde die Tür zu Dereks Zimmer aufgerissen und Laura stand mit vor Schrecken weit aufgerissenen Augen vor mir. »Emma!«, brüllte sie.

Augenblicklich ließ ich das Tablett fallen und stürmte los, begleitet von Lauras Schreien: »Hast du es ihm nicht gesagt? Himmel Herrgott! Ich dachte, er wüsste es!«

Derek warf sich gegen den Schrank. Die Tür splitterte. Blut floss aus der Wunde an seinem Bein. Sein ganzer Körper war zerkratzt. Als er jetzt merkte, dass der Schrank nicht nachgeben würde, wandte er sich der Nachttischlampe zu. Er packte sie, riss den Stecker aus der Steckdose und schleuderte sie gegen die Wand. Glassplitter sirrten um meinen Kopf. Mit verzerrtem Gesicht rammte er die Fäuste gegen die Wand und brüllte.

Das Zimmer war ein einziges Schlachtfeld. Trümmer, wohin man blickte!

»Emma! So tu doch etwas!«, rief Laura.

Ich trat in den Raum auf ihn zu und knallte die Tür zu.

In dem Moment, als das Geräusch verhallt war, stand Derek still. Leicht torkelnd, da er versuchte, das verletzte Bein nicht mehr zu belasten. Schwitzend. Schwer atmend. Aus zahlreichen oberflächlichen Wunden blutend sah er mich gequält an. »Stimmt es?«

Ich schwieg.

»Ob es stimmt, will ich wissen!«, donnerte es über mich hinweg.

»Ja. Ja, es stimmt. Er ist tot!« Stieß ich ihm entgegen. Atemlos.

Ein Beben lief durch seinen Körper. Erfasste seinen Kopf, Arme, Beine, Oberkörper. Seine Lider begannen zu flattern und ich fürchtete, er würde jeden Moment kollabieren. Sein Kopf bewegte sich wie suchend hin und her. Dann rutschte er plötzlich zu Boden. Hielt sich noch an der Bettdecke fest, die mittlerweile blutverschmiert war, und zog diese mit sich. So saß er in den Trümmern, die vor wenigen Minuten noch ein hübsches Zimmer gewesen waren.

Ich kroch zu ihm hin und wusste doch, dass er sich in einer anderen Szene aufhielt. Wusste, dass er jetzt genau das vor sich sah, was ich seit jenem Abend mit mir rumschleppte. Das Bild von Jay in seinem Haus. Den Polizisten an der Tür. Dem Moment, als dieser sich noch einmal umblickte und die Pistole in Jays Rücken erkannte. Der Moment, als um uns herum die Hölle losbrach.

»Derek ...«, wisperte ich, die Tränen zurückhaltend, und drückte seinen Kopf gegen meine Schulter. Er hob sein Gesicht zu mir auf und ich sah all die Verzweiflung, den Schmerz, das Nichtverstehen in ihnen, das auch mich quälte.

»Aber das kann nicht sein«, stammelte er. »Er ...« Dann starrte er wieder vor sich hin.

Vorsichtig, als habe er sich plötzlich in kostbarstes Porzellan verwandelt, legte ich meine Arme um ihn und hielt ihn fest.

Wir saßen am Boden, gegen das Bett gelehnt und schwiegen. Die Sonne ging auf und brachte den Schnee zum Funkeln. So wie in jenem Moment, als ich Derek mit dem Hund Bo hatte spielen sehen.

Damals ... Als alles noch wie ein großes, gutes Spiel erschienen war, wo niemand zu Schaden kam, als ein paar durch Zockerei und Betrügerei zu viel Geld gekommene Banker.

Alles Zeitgefühl war mir abhanden gekommen. Irgendwann hatte ich die Bettdecke über Derek und mich gezogen, mit ihm gesessen und gewartet, bis ich merkte, dass ich auf die Toilette musste.

»Ich bin gleich wieder da«, sagte ich und küsste ihn auf die Schläfe. Dann ging ich hinaus. Tammy, John und Laura saßen auf der Treppe. Sie hatten neuen Tee und heile Tassen, und boten mir auch welchen an.

»Es tut mir so leid«, flüsterte Laura. »Ich wusste doch nicht, dass ... oh ...«

»Wir konnten es ihm noch nicht sagen«, erläuterte John. »Es ging ihm noch zu schlecht.«

»Soll ich Dr. Scott rufen?«, fragte Tammy.

»Warte noch. Im Moment hätte es eh keinen Sinn.«

»Sie müssen wirklich gute Freunde gewesen sein«, sagte Laura plötzlich versonnen.

»Ja. Sehr gute Freunde«, erwiderte John und sandte mir einen stechenden Blick.

Da schaute Laura auf. Ihr Blick wanderte von John zu mir. Bei mir angekommen wurde er fragend. »Was heißt das?«, wollte sie wissen. »Emma, sag mir, was das heißt!«

»Herrgott! Was wird es wohl heißen«, sagte ich ungeduldig.

Laura wandte sich hilfesuchend an Tammy, doch die ließ nur den Kopf sinken und rührte intensiv in ihrem Tee.

»Aber ... aber ich dachte ... du und Derek ... Ich meine. Das hat jeder gesagt. Aber Jay ... und Derek ...«

Sie war die Heilige in dieser grotesken Situation. Nicht ich.

Ich ging auf die Toilette.

Als ich zurückkam, saßen die drei unverändert auf der Treppe.

»Jeder sagte, Derek und du ...«, schien sie den gleichen Gedanken ständig zu wiederholen und nur ab und zu laut auszusprechen.

Wortlos ging ich zu Derek zurück und setzte mich wieder zu ihm auf den Boden.

Die Sonne stand hoch am Himmel, als er versuchte, aufzustehen. Ich schob ihn auf das Bett und deckte ihn zu. Als ich mich aufrichtete, sagte er mit leiser Stimme: »Geh nicht. Bleib hier!« Dabei hob er seine Decke etwas an.

Ich verstand das Zeichen und kuschelte mich an ihn.

»Erzähl mir, wie es geschehen ist.«

»Nein. Ein andermal«, wehrte ich ab.

»Nein, ich will es jetzt wissen. Ich werde sonst verrückt. Verstehst du?«

Natürlich verstand ich ihn. »Gut. Sag mir aber, wenn ich aufhören soll, okay?«

Ich spürte an meiner Schulter, dass er nickte.

Dann begann ich zu erzählen. Von dem Moment an, als mir eingefallen war, dass Derek sich bei Jay versteckt halten könnte. Ich ließ kein Detail aus. Nicht mal jenes, wie viel ich dem Taxifahrer bezahlt hatte. Nichts war unwert, erzählt zu werden. Und ich endete bei der Nachrichtensendung, durch die ich von Jays Tod erfahren hatte.

Dann schwieg ich. Ich ließ meine Kehle sich verschließen, das Brennen in meine Augen aufsteigen, ließ meine Lippen beben und dann meine Tränen fließen. Versteckt unter der Decke hielten wir uns umklammert und weinten. Weinten, bis wir keine Tränen mehr hatten und keine Kraft, bis wir neue Worte gefunden hatten, um nach all dem von vorn beginnen zu können. Seinen Körper an meinem Körper hielt ich ihn in meinen Armen und gleichzeitig hielt ich mich an ihm fest.

Dann erinnerte ich mich an Laura ...

»Laura ist noch draußen. Sie macht sich größte Vorwürfe«, sagte ich und entzog mich seiner Umarmung.

»Was machst du?«, fragte Derek mit heiserer Stimme, die noch tiefer war, als normal.

»Ich hole sie rein.«

»Nein!« Es war für mich ein Wort wie aus Diamanten geschnitten.

Er bekam meine Hand zu fassen und hielt mich fest. »Du bist diejenige, die ich jetzt bei mir haben will.«

Damit zog er mich an sich und legte seine Lippen sanft auf meine. Ich aber schloss meine Lider und gab mich ganz der Berührung seiner vom Weinen rauen Lippen hin. Seine Hand glitt unter meinen Pullover und begann, meine Brust zu massieren. Oh, wie sehr hatte ich mich danach gesehnt. Sein Atem strömte in meinen Mund und ich vergaß alles, was sich um uns herum abspielte.

Da waren nur noch seine Küsse, sein Körper, der sich langsam über meinen schob. Meine Fingerspitzen glitten durch seine rauen Schamhaare und als ich seinen Schaft berührte, warf Derek seinen Kopf in den Nacken und stöhnte auf.

Wie schmal er geworden war! Ich wagte kaum, ihn so derb anzufassen, wie meine Lust es eigentlich forderte. Er zog seinen Bauch ein und seine Lenden machten stoßende Bewegungen, als könnten sie es kaum erwarten, diese in die Wirklichkeit umzusetzen. So schnell ich konnte, schlüpfte ich aus der Hose und meinem Slip.

»Geht es überhaupt mit deinem Bein?«, fragte ich besorgt, massierte aber im gleichen Moment schon derart intensiv seinen Schwanz, dass die Frage an Bestand verlor. Sein Mund wurde über meinen gestülpt und ich drohte mich in seinem Kuss zu verlieren. Mit schmerzverzerrtem Gesicht schob er sich zwischen meine Schenkel. Ich war zu diesem Zeitpunkt bereits so feucht, dass ich kaum noch merkte, wie er in mich eindrang. Das verletzte, noch immer blutende Bein hinter sich ausgestreckt und mit durchgedrückten Armen über mir balancierend, stieß er beständig heftiger in mich hinein. Er vögelte sich selbst so in Rage, dass er bald keine Schmerzen mehr zu spüren schien.

Ich beobachtete seinen Nabel, der sich getrieben von seinen Bauchmuskeln heftig hin- und herbewegte, spürte Dereks Eichel in mir, während ich mit meinem Zeigefinger meine Klit stimulierte. Er beugte sich zu mir herab und saugte meinen Nippel ein. Sein Knabbern hinterließ einen scharfen Schmerz, der mich aber nur noch mehr antrieb, mich schneller auf einen Orgasmus zusteuern ließ. Und als Derek jetzt sein Gesicht verzog, sich einem gewaltigen Krampf unterworfen zu werden schien, da kam ich, weil er in mir explodierte, sich in mich verströmte. Vor lauter Angst, zu laut zu schreien, stopfte ich ein Stück der Decke zwischen meine Zähne und brüllte in den Stoff. Welche Vorstellung, dass draußen auf den Stufen Dereks Verlobte saß, während er mich hier drinnen vögelte.

Als er sich von mir herunter gerollt hatte und erschöpft gegen die Decke zu schnaufen schien, kniete ich mich neben ihn und untersuchte seinen Verband. »Ich muss ihn erneuern. Er ist völlig durchgeblutet.«

Derek kam mühsam auf seine Unterarme und schaute an sich herab. Das Blut beschmierte mittlerweile nicht nur ihn, sondern auch mich und die Bettwäsche. Anstatt sich jedoch um die Wunde zu kümmern, sagte er: »Ich frage mich die ganze Zeit, ob Jay sehr gelitten hat. Ob er große Schmerzen hatte.« Sein Blick war leer und gleichzeitig strahlte der ganze Mann eine unglaubliche Verlorenheit aus.

»Ich kann es dir nicht sagen. Dass ihm überhaupt etwas passiert ist, habe ich erst mitbekommen, als ich die Nachrichten geschaut habe.«

Langsam bewegte er seinen Kopf hin und her. »Ich habe nur diesen verdammten Bullen mit der Knarre gesehen. Ich habe geschossen und dann wollte ich nur noch dich aus der Schusslinie kriegen.« Immer noch schüttelte er fassungslos den Kopf. »Ich konnte einfach an nichts anderes mehr denken, als dass dieses Schwein dich umlegen würde.«

Um mich war es ihm gegangen? Voll ungläubigen Staunens sah ich ihn an. Aus Sorge um mich hatte er geschossen?!

»Derek ...«, flüsterte ich und abermals begannen wir uns zu küssen. Doch diesmal langsamer, sanfter. Meine Hand lag auf seiner Brust und ich spürte, wie sich sein Nippel verhärtete. Konnte er wirklich schon wieder Lust verspüren, mich zu nehmen?

»Emma?«, flüsterte es plötzlich, begleitet von einem zaghaften Klopfen an der Tür.

»Tammy«, flüsterte ich erschrocken.

Derek hob den Kopf und sah zur Tür hin, wo jetzt Stille herrschte.

»Ich gehe raus und schaue, was ist. Okay?«, sagte ich leise.

Er nickte. Immer noch die Augen auf die Stelle gerichtet, wo die Geräusche herkamen. »Aber komm gleich wieder. Ich brauche dich!«

Das hatte noch nie ein Mann zu mir gesagt! Mit dem zärtlichsten Blick, dessen ich fähig war, sah ich zu Derek hin. Noch während ich den Pullover überzog, öffnete ich.

Mir gegenüber stand Tammy mit schuldbewusstem Gesicht. Vielleicht drückte sich in ihren Zügen aber auch nur Angst aus. Angst vor dem, was jetzt gleich geschehen würde.

»Die Polizei?«, flüsterte ich und mit jedem Buchstaben schien meine gerade so mühsam erbaute Welt wieder in sich zusammenzufallen. Aber Tammy schüttelte den Kopf. Verschwörerisch beugte sie sich vor und zischte: »Schlimmer.«

Und jetzt sah ich ihn ...

George! Groß und schlank erhob er sich hinter Tammy. Sein silbernes Haar glänzte wie immer und sein Gesicht war eine Maske nur kümmerlich bezwungenen Zorns.

Tammy machte einen Schritt zur Seite und im nächsten Moment hatte George meinen Arm gepackt und mich die Treppe hinuntergezerrt. Im Wohnzimmer angekommen, stieß er mich gegen die Wand. Mein Magen schien gegen die Wirbelsäule gedrückt zu werden.

»So. Und jetzt reden wir zwei miteinander.« Drohend kam er auf mich zu. Seine Schritte gemessen, seine Bewegungen beherrscht. »Was treibst du da oben?« Sein Gesicht belegte die eigene Enttäuschung über die mickrige Anklage, die er vorgebracht hatte und die in keinem Vergleich stand zu dem, was in ihm vorging.

»Wir trauern.«

Wenn George mit allem gerechnet hatte – damit offensichtlich nicht. Perplex nahm er Zuflucht zu einer Zigarette. Dann grinste er. Gemein. Dreckig. »Trauern? Ficken gegen die Trauer? Ist das so, wie Kiffen für den Weltfrieden? Hör zu ... ich mache viel mit, aber jetzt gehst du zu weit. Du versuchst, Dereks Heirat zu hintertreiben. Aber da schaue ich nicht tatenlos zu.«

»Er steckt in einer fürchterlichen Sache, George, und ich will ihm helfen.«

Der versierte Anwalt machte eine wegwerfende Handbewegung, sodass die Glut von seiner Zigarette flog.

»Jay wurde getötet. Unschuldig!«, sagte ich beherzt.

»Ein vorbestrafter Verbrecher, der mit einer Waffe vor einem Polizisten rumwedelt. Und mein grenzdebiler Sohn muss auch noch rumballern. Weißt du, was es mich kostet, ihn aus der Sache rauszuhauen? Hast du irgendeine Ahnung?«

Betroffen schüttelte ich den Kopf. Betroffen, weil er damit nichts Geringeres sagte, als dass er dabei war, Derek zu retten. Und das war alles, was ich hören wollte.

Mein Herz hüpfte und ich wäre George am liebsten um den Hals gefallen. Musste er seine Hilfsbereitschaft hinter dieser wütenden oberlehrerhaften Fassade verbergen? Warum konnten Männer nicht einfach ihren Gefühlen folgen?

»Und weißt du, was es *dich* kostet?« Die Drohung in seinen Worten war nicht zu überhören. Ich wollte meine Finger in die Ohren stecken, als könnte ich damit das ungeschehen machen, was jetzt zwangsläufig passieren würde.

Aber ich war ein großes Mädchen. Also schaute ich ihm direkt in die Augen und war bereit, meine Strafe zu akzeptieren. Alles würde ich hinnehmen, wenn es Dereks Rettung bedeutete.

»Er wird Laura heiraten, sobald er auch nur zum Altar kriechen kann.«

Meine Blicke wichen den seinen keine Sekunde aus. Ich blinzelte nicht mal, sondern spaltete mich einfach ab. Es gab jetzt zwei Emmas. Eine, die George zuhörte und eine, die hinaufrannte, Derek bei der Hand packte und mit ihm davonlief.

»Und weißt du, warum er sie heiraten und dich nie mehr sehen wird? Nicht weil Laura ein anständiges Mädchen ist, verglichen mit dir. Und auch nicht, weil sie so schön und so intelligent ist. Ja nicht einmal wegen des ungeheuren Vermögens, das sie eines Tages erben wird. Nein! Nur aus einem einzigen Grund: Sie ist die Tochter des Lord Chief of Justice.«

Die Tochter des obersten Juristen des Vereinten Königreichs! Tja, wie hätte ein Mann in Dereks Position eine bessere Verlobte finden können. Außer ...

»Aha. Der Lord Chief of Justice akzeptiert also einen Schwiegersohn, der vor der Polizei auf der Flucht ist ...« Es war der letzte Trumpf in meinem Ärmel. Mehr gab es nicht. Und ich hatte die Karte noch nicht ganz gespielt, da war mir schon klar, dass mein Gegenüber das mit Abstand bessere Blatt besaß.

»Oh, er hat mir bereits seine volle Unterstützung zugesagt. Immerhin weiß er seit ein paar Tagen, dass seine über alles geliebte Tochter von eben jenem fälschlicherweise gesuchten Mann ein Kind erwartet.«

Mein Kopf begann zu glühen. Dann wurde mir eiskalt. Es war wie ein Schlag in die Magengrube. Ich taumelte, Tränen schossen in meine Augen, die ich bekämpfte.

»Emma ... versteh mich nicht falsch ...« In einer bemüht- verbindlichen Geste streckte er seine Hand nach mir aus, doch ich wehrte seine Berührung ab, suchte mir einen Stuhl zum Hinsetzen.

»... ich will dir nicht wehtun, Emma. Aber jetzt geht es um Dereks zukünftiges Leben. Wenn die Verlobung mit Laura platzt, geht er ins Gefängnis. Und zwar für eine sehr lange Zeit. Wenn nicht sogar Schlimmeres! Deine Gefühle für ihn in allen Ehren, aber bitte glaube mir ... von einem inhaftierten – oder gar toten – Mann hättest du auch nichts. Zumal wenn eine andere sein Kind erwartet.«

Hatte ich gedacht, ich hätte die Minenfelder hinter mit gelassen? Hatte ich gedacht, alle Gefahren seien verflogen, nur weil ich dort oben in seinen Armen gelegen hatte?

Laura war schwanger von ihm! Das ultimative Zeichen, dass zwei Menschen zusammen gehörten. Er gehörte zu ihr, nicht zu mir. Das Auf und Ab meines Lebens wollte einfach kein Ende nehmen. Es hörte nicht auf!

»Emma ... Ich kann ihn nicht beschützen. Nicht mehr.« George klang, als läge ihm wirklich daran, mich in sein Boot zu holen. Dann aber legte er noch ein weiteres Holz auf die Flammen. »Derek hat sich in eine Situation manövriert, wo ich niemanden mehr finden kann, der irgendwie bereit wäre, sich für ihn aus dem Fenster zu lehnen. Wenn sich in den richtigen Kreisen in London derzeit zwei Leute treffen und der Name Derek McLeod fällt, gehen sie schnell wieder auseinander.«

Mit einem beinahe hypnotischen Blick fixierte er mich, die Hände an meinen Oberarmen, als wolle er mich auf keinen Fall gehen lassen, bevor er mir nicht seinen Standpunkt klargemacht hatte. »Emma! Hör mir zu: Laura ist Dereks letzte Chance, seinem sicheren Untergang zu entgehen! Er hat zu vielen Leuten Probleme gemacht. Mächtigen Leuten. Die wollen ihn aus dem Weg haben. Ultimativ. Und jetzt rede ich nicht vom Gefängnis. Das kann man überleben. Akzeptier es! Hilf ihm! Er soll Laura heiraten und ihr Vater wird dafür sorgen, dass er seinen Kopf aus der Schlinge ziehen kann.«

Energisch drehte ich mich von einer Seite zur anderen, bis George seine Hände herabgleiten ließ. Dann wandte ich mich zum Gehen.

»Ich wusste, du bist vernünftig und hilfst ihm«, sagte er zufrieden. Er hatte sich wieder aufgerichtet und eine neue Zigarette angezündet.

An der Tür drehte ich mich noch einmal um und sah ihm genau in die Augen. Mitten hinein in dieses wunderbare, tiefe Blau. »George?«

Vor meinem inneren Auge rasten all jene Bilder vorbei, die mich seit so langer Zeit mit Derek verbanden. Was wir gemeinsam erlebt hatten, die Auseinandersetzungen, die wir uns geliefert hatten. Ja, auch den Sex, der – manchmal brutal, aber immer erfüllend – meinen Körper zu durchströmen vermochte, wie mein Blut. Das, was er mit den »Avengers« auf die Beine gestellt hatte. Und auch Jays Tod. Die Art, wie er auf diese Nachricht reagiert hatte ...

George drehte sich zu mir um. Freundlich und erwartungsvoll. Selbstsicher. »Ja«, sagte er.

Ich stellte mich sehr gerade hin. Die Hand an der Klinke: »Weißt du was? ... Du kannst mich mal!«

Er sah mich lange an und dann sagte er ganz ruhig: »Jederzeit. Aber das weißt du ja, meine Süße!«

Henry Nolan - KillerHure

Eine Hure aus Passion, ein smarter Agent und ein tödlicher Auftrag ...

Sie verführt ihre Opfer mit Sex, Schönheit und Raffinesse.

Tauchen Sie ein in eine Welt voller Intrigen, Adrenalin, Erotik,
Liebe und unerwarteter Wendungen.

»Man genießt, leidet und fiebert mit der Hauptfigur! Großartig!«
Trinity Taylor

Weitere erotische Geschichten:

Trinity Taylor

Ich will dich

Leidenschaftliche Geschichten voller Lust & Begierde
Trinity Taylors erotische Geschichten
berühren alle Sinne:

Auf einem Kostümfest in der Liebesschaukel,
als Köchin mit dem Chef unter freiem Himmel
oder im Schuppen mit einem Vampir ...

Abwechslungsreich, rasant und erotisch
ziehen die Geschichten den Leser dauerhaft in einen
Bann der Leidenschaft.

Trinity Taylor

Ich will dich noch mehr

Trinity Taylors erotische Geschichten berühren
erneut alle Sinne:

Während einer TV-Produktion im Fahrstuhl,
mit dem Ex auf der Massageliege,
mit Gangstern undercover im Lagerhaus
oder im Pferdestall mit dem »Stallburschen«...

Spannend und lustvoll knistern die neuen Storys
voller Erotik und Leidenschaft. Sie fesseln den
Leser von der ersten bis zur letzten Minute!

Trinity Taylor

Ich will dich ganz

Trinity Taylor entführt den Leser in Geschichten
voller lasterhafter Fantasien und ungezügelter
Erotik:

Im Theater eines Kreuzfahrtschiffes,
auf einer einsamen Insel mit einem Piraten,
mit der Freundin in der Schwimmbad-Dusche oder
mit zwei Männern im Baseballstadion ...

Trinity überschreitet so manches Tabu und schreibt
über ihre intimsten Gedanken.

Weitere erotische Geschichten:

Trinity Taylor
Ich will dich ganz & gar

Lassen Sie sich von der Wollust mitreißen und fühlen Sie das Verlangen der neuen erotischen Geschichten:

Gefesselt auf dem Rücksitz,
auf der Party im Hinterzimmer,
»ferngesteuert« vom neuen Kollegen
oder in der Kunstausstellung ...

»Scharfe Literatur! - Bei Trinity Taylor geht es immer sofort zur Sache, und das in den unterschiedlichsten Situationen und Varianten.« BZ, die Zeitung in Berlin

Lucy Palmer
Mach mich wild!

Romantik, Lust und Verlangen werden Sie auf dem Weg durch die erotisch-wilden Geschichten begleiten ...

Ob mit dem unerfahrenen Commander im Raumschiff, dem mächtigen Gebieter als Lustsklavin unterworfen oder mit Herzklopfen in den Fängen eines Vampirs ...

Es erwartet Sie eine sinnliche und abwechslungsreiche Sammlung von lustvollen Erzählungen.

Lucy Palmer
Mach mich gierig!

Es wird wieder heiß: Lucy Palmer entführt Sie ein drittes Mal an sündhafte Schauplätze ...

Seien Sie gespannt auf ...
eine Vampirjägerin mit ihrem Bodyguard,
auf Gestaltwandler, Dunkelelfen,
Piratenladys und kesse Zimmermädchen.

Erleben Sie die wilde Gier und ungezügelte Leidenschaft, brennende Liebe und pures Verlangen!

Weitere erotische Geschichten:

Anna Lynn

FeuchtOasen Erotische Bekenntnisse

Anna Lynn berichtet aus ihrem wilden, erotischen Leben. Es ist voll von sexueller Gier, Wollust und wilden Sexpraktiken.

Anna Lynn kann immer, will immer und macht es immer ... Sex!
Pastorinnen, Reitlehrer, Architekten, Gärtner, Chauffeure, Hausdamen & Co.
Alle müssen ran!

Anna Lynn

FeuchtOasen² Erotische Bekenntnisse

Anna Lynn berichtet weiter aus ihrem wilden, erotischen Leben. Es ist voll von sexueller Gier, Wollust und wilden Sexpraktiken.

Anna Lynn kann immer, will immer und macht es immer ... Sex!
Chorknaben, Mathelehrer, Heilpraktiker, Opernsänger, Taxifahrer, Tennisluder & Co.
Alle müssen ran!

Sara Bellford

LustSchmerz Erotischer SM-Roman

Sir Alan Baxter hat eine Passion:
Er sammelt Frauen!

Er will sie um ihretwillen besitzen

Sie wollen vom ihm gedemütigt und geliebt werden

Gemeinsam zelebrieren sie die schönsten Höhepunkte aus Lust, Schmerz und Qual ...